Le Jeu des Sensations

Indigo Bloome

Traduit de l'anglais
par Jocelyne Barsse

City
Roman

Pour mon mari,
dont le soutien depuis le début de cette
incroyable aventure a été extraordinaire.

ISBN : 978-2-8246-0299-8
Code Hachette : 51 1989 6

Rayon : Roman

Collection dirigée par Christian English et Frédéric Thibaud
Catalogues et manuscrits : www.city-editions.com

Dépôt légal : mai 2013
Imprimé en France par France Quercy - Mercuès - N° 30772/

— As-tu parfois l'impression que tu étais prédestinée pour le jeu ?
— Seulement dans mes rêves…

Jouer : se livrer à une activité dans le but de se distraire, de se détendre sans chercher à poursuivre un objectif sérieux ou pratique. Activité qui concerne aussi bien les humains que les animaux.

Sentir : percevoir ou examiner par le toucher, être conscient d'expérimenter, d'avoir une sensation qui n'est ni provoquée par la vue, l'ouïe, le goût ou l'odorat.

Prologue

Si, à l'époque, j'avais su ces choses, est-ce que la situation serait différente aujourd'hui ?

Je ne sais pas très bien pourquoi, ni comment ma vie s'est transformée de façon aussi rapide et radicale, mais elle se poursuit comme si rien n'avait changé.

Tout a commencé par un week-end qui, peut-être, avec le recul, n'aurait jamais dû avoir lieu, mais au fond de moi, j'ai le vague sentiment que tout était écrit d'avance…

Je me retrouve au cœur d'un tourbillon psychologique et sexuel, qui a foncé sur moi sans un seul avertissement ni avis de tempête. Ou bien peut-être n'en ai-je pas vu les signes ?

De toute façon, ce qui est fait est fait, et ce qui arrivera arrivera. J'ignore simplement comment les choses vont se terminer ou si je vais survivre à ce périple.

Première partie

Souciez-vous de ce que pensent les autres et vous serez toujours leur prisonnier.

Lao Tseu

Alexa

Me voilà assise dans le salon VIP de l'aéroport, une grande première pour moi, avec mon verre de champagne Taittinger offert par la compagnie. Je grignote des anneaux de calamar marinés dans du citron vert, du sel et du poivre. Je me cale contre le dossier du somptueux canapé et je regarde la pièce qui m'entoure : un mobilier moderne et épuré, une lumière tamisée, et tout le confort moderne imaginable.

La vie est belle. Non, la vie est géniale, vraiment géniale. Je suis quand même surprise que tout se soit aussi bien passé. Robert et moi nous entendons à merveille depuis que nous avons parlé honnêtement de nos sentiments l'un pour l'autre. Nous nous sommes vraiment concentrés sur le bien-être des enfants, et je suis persuadée que cela a été bénéfique pour eux. Mes petits mangeurs de Vegemite nagent dans le bonheur et, chaque fois que je pense à eux, je souris. J'aimerais dire la même chose de certaines de mes amies qui sont complètement désorientées et angoissées par les changements subits survenus dans ma vie. Il faut bien reconnaître qu'il s'agit d'un retournement de situation des plus étranges : je rentre d'un déplacement professionnel avec un nouvel (ex-) amant, je me sépare de mon mari tout en continuant à vivre sous le même toit que lui, dans la bonne humeur, et j'ai désormais une carrière internationale pour échapper de temps à autre à la vie quotidienne en Tasmanie. C'est vrai qu'en y réfléchissant, tout cela paraît complètement irréel et trop bizarre pour mettre des mots dessus. C'est pourquoi je comprends qu'une petite communauté très unie ne puisse s'empêcher de parler de cette situation scandaleuse. Pourtant, je ne peux pas rester insensible aux commentaires blessants et sarcastiques concernant mon week-end illicite. Le pire, ce sont les ricanements, les murmures en petits groupes, les haussements de sourcils quand je dépose Elizabeth et Jordan à l'école.

Ce sont les non-dits qui m'affectent le plus. Pourquoi les gens ne peuvent-ils pas être francs et avoir le courage de leurs opinions ? Ou alors, pourquoi ne peuvent-ils pas garder leur avis pour eux et se taire plutôt que de tenter d'échanger des commérages plus méchants les uns que les autres devant le portail de l'école ?

À vrai dire, je l'ai bien cherché. J'aurais pu ne rien dire du tout… Est-ce que je regrette d'avoir tout raconté ? Je ne pense pas… Rien de tel que de partager avec mes amies les plus proches l'excitation, les émotions et l'émerveillement, les sensations incroyables que j'ai éprouvées au cours des derniers mois depuis que je me suis lancée dans cette aventure. Certes, pour des raisons évidentes, j'ai dû rester évasive. Il faut bien reconnaître qu'elles m'ont aidée à ne pas sombrer dans la folie, et je leur en suis reconnaissante. Je doute de toute façon qu'elles puissent croire à ma version de la réalité ; j'en ai moi-même du mal. Dès qu'une femme devient mère, elle est obligatoirement confrontée à l'espèce de la planète la plus impitoyable qui soit dans ses jugements : les autres mères. De l'allaitement et la nourriture à la discipline, en passant par l'apprentissage de la propreté, aucune n'est à court d'opinions et d'arguments. C'est comme si le fait de devenir mère nous donnait le droit de partager notre expérience et nos connaissances avec des mères moins expérimentées que nous, qui nous semblent avoir un besoin urgent et désespéré de puiser dans notre fabuleux savoir.

Je me suis moi-même aventurée sur ce terrain à l'occasion, je ne peux le nier. Si nous sommes si enclines à prodiguer nos conseils sages et avisés, c'est sans doute pour flatter notre ego (et pour nous persuader que nous suivons la bonne route en tant que parents), mais aussi pour nous rassurer les unes et les autres quant aux combats que nous menons et aux écueils que nous rencontrons. Cela dit, je ne pense pas qu'il y ait un autre groupe dans la société capable de nous apporter autant d'aide dans le besoin, mais c'est parfois au prix de jugements catégoriques et implacables.

Les visages bouleversés de mères qui sont venues dans mon cabinet me reviennent sans cesse à l'esprit : des femmes égarées, en quête de mécanismes d'adaptation pour affronter les pièges tendus par les autres mères, auxquels personne ne les avait préparées. Aujourd'hui, c'est moi qui fais les frais de leurs commérages et commentaires acerbes : suis-je encore une bonne mère ? Apparemment, je l'étais avant cette fameuse semaine, mais à présent ? Qui sait ? Et je ne fais qu'empirer les choses en partant de nouveau, cette fois, pour Londres et pour deux semaines avec *cet* homme ! Comment puis-je encore me regarder dans une glace ? À l'évidence, seule une mauvaise mère peut être capable d'un tel acte, même si c'est pour le travail. Les jugements seraient-ils moins sévères si je partais faire du yoga pendant dix jours avec des amies pour profiter d'un repos et d'une détente bien mérités, loin des tracas quotidiens. Mon choix serait-il pour autant mieux compris des autres ? Je sais au fond de moi que je suis une bonne mère, que j'aime mes enfants inconditionnellement et qu'ils m'aiment de la même façon en retour. Ils me disent tous les jours que je suis « terrible », ce qui doit bien compter pour quelque chose, non ?

Les pères, de leur côté, se sont montrés solidaires. Ils ont soutenu Robert, mais ils ne savent sans doute rien de son désir d'explorer ses tendances homosexuelles. Cela changerait-il quelque chose ? Je suis heureuse qu'il prenne un peu de temps pour lui après mon retour ; je pense que c'est exactement ce dont il a besoin avant de franchir cette nouvelle étape dans sa vie. Imaginez les ragots si un homme emménageait chez nous… Quel scandale ! Je ne peux m'empêcher de pouffer en y pensant ! En tout cas, ça le regarde, et je respecterai son choix qu'il décide ou non de parler des changements dans sa vie à son entourage.

Je secoue la tête pour chasser ces pensées stériles. Quelle perte de temps que de ressasser les réactions et le comportement des autres ! Chacun a le droit d'avoir son avis. Ce n'est que la façon de l'exprimer qui peut être vexante. Il me reste quelques minutes avant l'embarquement, et je serai alors injoignable pendant le long vol jusqu'à Londres, avec une courte escale à Singapour. Je décide de profiter pleinement de ces derniers instants et je prends une photo du décor somptueux qui m'entoure pour l'envoyer à Jeremy en guise de « remerciements pour ma nouvelle vie ». Je joins à la photo un message avec plein de bisous et de caresses. Quelques gorgées de champagne plus tard, mon portable sonne et c'est lui.

— Salut. Quelle surprise !

— Salut, ma chérie ! Je suis vraiment impatient de te revoir.

Sa voix est grave et provoque un frisson délicieux en moi.

— Moi aussi.

J'ai l'impression que ça fait une éternité que ses mains magiques n'ont pas touché ma peau.

— Je suis ravi que tu apprécies le salon VIP.

— Oui, j'apprécie vraiment, mais je serais encore plus heureuse si tu étais à mes côtés.

— Il ne reste plus très longtemps à attendre. Je devrais arriver à Londres environ douze heures après toi. Je fais le voyage avec Sam.

— Oh ! Il est avec toi ? Super.

Je me dis que ça va être un peu étrange de revoir le Pr Samuel Webster pour la première fois depuis l'expérience. Il a été mon directeur de thèse et, avec le temps, il est passé du statut de mentor à celui de père spirituel à mes yeux. Depuis un an environ, son équipe de chercheurs d'élite se concentre sur la sexologie féminine étudiée à travers le prisme de la neuroscience. C'est ainsi qu'il est entré en contact avec Jeremy et le Forum mondial de recherche. Je me trémousse sur mon siège, soudain mal à l'aise à l'idée qu'il apprenne ce que j'ai fait… et ce que j'ai accepté qu'on me fasse. Mais je ne peux plus y faire grand-chose à présent, si ce n'est rester le plus professionnelle possible dans ces circonstances inhabituelles. Au fond de moi, je sais qu'il va avoir exactement la même approche. Comme ça ne me poserait aucun problème d'analyser les résultats de quelqu'un de ma connaissance, je décide d'envisager la situation sous cet angle.

— J'ai tellement de choses à te raconter, Alexa. Nous avons beaucoup progressé le mois dernier, et ça devient vraiment excitant !

— Tu as l'air excité, en effet, dis-je en souriant. Moi aussi, je suis impatiente et j'ai quelques questions pour toi aussi.

— Je n'en doute pas, Alexa.

Sa voix résonne dans mon oreille, et je sens des picotements au niveau de ma vulve, car elle saisit tout comme moi ce qui se cache derrière ses mots. Oh non ! Pas pendant que je suis au téléphone ! Comment pourrais-je l'expliquer ? Il faut que je me concentre sur autre chose pour chasser les souvenirs qui m'assaillent et leurs effets physiques risquant une fois de plus de me compromettre en public.

— Je n'ai encore reçu aucun document, Jeremy. J'aurais dû ? J'aimerais être le mieux préparée possible à mon arrivée.

— Non, je ne t'ai encore rien envoyé. Je préfère en discuter avec toi en personne. En attendant, détends-toi et profite de ton voyage. Tu auras suffisamment à faire une fois que tu seras là, ne t'inquiète pas.

J'entends l'annonce pour le vol à destination de Singapour.

— Il faut que j'y aille : ils viennent d'annoncer mon vol.

— Pas de souci, AB. Ça fait du bien d'entendre ta voix.

— Je suis impatiente de te revoir, Jeremy. J'ai l'impression que ça fait une éternité.

Une sensation de chaleur envahit mon bas-ventre.

— Je sais, ma chérie… Il ne reste plus très longtemps maintenant. Tu portes toujours le bracelet ?

— Bien sûr.

Comme si je pouvais l'enlever ! Je regarde à mon poignet le bracelet en argent, incrusté d'éclats de diamants roses et équipé d'un traceur GPS.

— Bon sang que j'aime savoir où tu es !

Je lève les yeux au ciel, mais il ne peut pas me voir.

— Tu devrais peut-être en porter un, toi aussi. Comme ça, je pourrais suivre ta trace partout…, avec la vie de jet-setter que tu mènes...

— Je n'y avais pas pensé… On verra.

Il rit, puis ajoute plus sérieusement :

— Pour moi, il est beaucoup plus important de te savoir en sécurité.

Retour en mode protecteur, ce qui, je dois bien l'admettre, me donne le sentiment d'être vraiment chérie.

— Je t'aime. Il faut que je file. C'était le dernier appel.

— D'accord.

Il n'a pas l'air de vouloir raccrocher, tout comme moi d'ailleurs.

— À demain soir, et promets-moi que tu ne t'attireras pas d'ennuis.

— Dis-moi bien quand je me suis attiré des ennuis ? Ça n'arrive que lorsque je suis avec toi !

— Alex ! me réprimande-t-il.

Puis il ajoute rapidement :

— Moi aussi, je t'aime.

Je sens son sourire malgré la distance qui nous sépare.

— À plus tard. Prends soin de toi.

Et il raccroche. Je fixe le téléphone, un peu étourdie,

quand le dernier appel avant l'embarquement me tire de ma rêverie. Malheureusement, entre les changements de fuseaux horaires et mon désir charnel de plus en plus urgent, demain soir, c'est dans une éternité pour moi.

***

L'avion sur le tarmac ne va plus tarder à décoller maintenant. Je n'aurais jamais imaginé un instant que cela pourrait m'arriver un jour. J'ai l'impression de devenir progressivement la personne que j'aurais toujours dû être. Je suis tellement excitée à l'idée de revoir Jeremy que j'ai du mal à me contenir, tandis que je m'installe sur mon siège et que je recense tous les bonus de la première classe. Je suis presque aussi émerveillée et impatiente que lorsque je suis montée à bord de mon premier 747, à l'âge de sept ans, pour aller rencontrer Donald et Daisy à Disneyland… Les raisons sont complètement différentes aujourd'hui, naturellement.

Mon état correspond à une version exclusivement adulte de cette impatience sans retenue. Je ressens un certain trac, comme le jour où j'ai retrouvé Jeremy à Sydney, mais cette fois, il est mêlé de joie et d'impatience. Je savoure cette sensation ; elle me donne l'impression d'être bien vivante. Je finis par m'attacher juste avant que l'avion ne décolle. Mon long périple commence.

Quand j'arrive à Singapour, j'allume mon téléphone pour envoyer un court texto aux enfants. Je découvre avec joie qu'ils m'en ont déjà fait parvenir un avec une photo d'eux en pyjama, prêts à aller se coucher, m'envoyant un baiser. Mon cœur déborde d'amour pour eux ; j'ai envie d'embrasser l'écran. Je profite de cette escale pour me dégourdir les jambes et je fais une longue promenade dans l'aéroport de Changi, toujours aussi propre et parfaitement organisé, avant d'aller me rafraîchir dans le salon VIP. Je lorgne avec envie les douches aux murs courbes avec leurs pommeaux géants à effet pluie, mais malheureusement je n'ai pas le temps de m'attarder. Alors que je jette un dernier regard dans le miroir pour m'assurer que je suis présentable avant d'amorcer la prochaine étape de mon voyage, je remarque que la femme au lavabo voisin me fixe intensément. Je suis en train de me demander si c'est moi qui me fais des idées et si je suis un peu paranoïaque, quand elle m'adresse soudain la parole d'une voix formelle et polie, où je décèle un accent français.

— Excusez-moi de vous regarder et de vous aborder ainsi, mais ne seriez-vous pas le docteur Alexandra Blake ?

Encore qu'un peu déconcertée par son regard intense, je réponds :

— Oui, c'est moi.

— Oh ! c'est formidable.

Elle s'adoucit.

— S'il vous plaît, permettez-moi de me présenter. Je suis Lauren Bertrand.

Elle est parfaitement coiffée, comme seules les Françaises le sont, et vêtue d'un tailleur élégant avec chaussures et sac à main assortis. C'est une femme à l'allure impressionnante.

— Bonjour.

Nous nous serrons la main, et je me demande pourquoi son nom ne m'est pas inconnu. C'est alors que je réalise qu'elle est membre du forum de recherche de Jeremy. Le docteur Lauren Bertrand. Si mes souvenirs sont bons, c'est une spécialiste de la chimie.

— Je travaille avec le docteur Quinn. Je suis vraiment ravie de vous rencontrer. Bienvenue dans l'équipe.

Son sourire est aimable, mais reste professionnel.

— Je suis enchantée de faire votre connaissance, moi aussi. Merci.

— Vous allez à Londres ?

— Oui, mon vol va bientôt partir. Vous aussi ?

— Je vais d'abord à Bruxelles pour une réunion, puis je retourne passer quelques jours à Paris avant de rejoindre toute l'équipe à Londres. Le compte rendu des recherches que Jeremy nous a fait parvenir est vraiment fascinant. Je suis impatiente de participer au forum et de travailler plus directement avec vous. Les résultats sont surprenants, intéressants…

Ses yeux se posent sur mon corps et, pendant quelques secondes, elle semble perdue dans ses pensées. Je rougis sous son regard appréciateur. Je me demande pourquoi les résultats la surprennent à ce point. Comment se fait-il qu'elle les ait reçus, en tant que membre du forum, alors que moi, je n'ai rien ? Toujours écarlate, je suis à la fois embarrassée et déçue à l'idée de n'être qu'une actrice de l'expérience sans aucun résultat à analyser et décortiquer. Je me demande si mes patients ont le même sentiment pendant les consultations. Certainement.

Je suis vraiment soulagée d'entendre l'annonce de mon vol, car l'intensité de son regard me met mal à l'aise.

— Mon vol vient d'être annoncé. Bon voyage, et je suppose que nous nous reverrons dans quelques jours.

— Tout à fait. Je m'en réjouis. Bon voyage, docteur Blake. Je suis vraiment ravie d'avoir eu l'occasion de vous rencontrer avant le forum.

— Vous pouvez m'appeler Alexa.

— Merci, Alexa, à bientôt.

Elle me serre la main en l'entourant cette fois des deux siennes. Je n'arrive pas à déterminer si c'est un signe d'affection ou de possession. Une sensation étrange.

Au moment où je me retourne pour partir, son téléphone portable sonne, et elle s'empresse de répondre. Elle parle d'une voix excitée, en avalant ses mots.

— Tu ne devineras jamais sur qui je viens de tomber… Oui… Elle prend le vol Singapour-Londres.

Quand je sors, elle me fait un petit signe, puis se retourne pour continuer sa conversation téléphonique.

De retour dans l'avion, je bois avec joie quelques verres de Cape Mentelle Sauvignon Blanc Semillon. J'adore la région viticole de Margaret River, au sud-ouest de l'Australie. Le vin s'accorde parfaitement avec mon poisson en croûte d'herbes et ma salade. Impossible enfin de résister au délicieux cheese-cake aux fruits de la passion pour le dessert. Comme c'est la plus longue partie de mon voyage et que je n'ai pas dormi sur le premier vol, j'enfile volontiers mon nouveau pyjama, pas très sexy, et les socquettes fournis par la compagnie en première classe. Je transforme mon siège en couchette pour me blottir sous les couvertures bien chaudes et appuyer ma tête contre l'oreiller confortable. J'ai une pensée pour toutes les personnes qui voyagent en classe économique, comme je l'ai fait si souvent, et j'espère qu'elles parviendront à s'endormir en position assise... Je mets mes boules Quiès, puis fixe le bandeau fourni en me demandant si je vais l'utiliser. J'ai soudain les mains moites. Un frisson lascif parcourt ma colonne vertébrale, et, à l'idée d'être de nouveau aveugle, je sens mes tétons se durcir contre le coton doux du pyjama. Je prends de profondes inspirations pour contrer la vague de chaleur qui m'envahit et je serre fermement les cuisses pour empêcher toute embuscade potentielle. Je m'empresse de jeter le bandeau au bas de la couchette, loin de moi ; à l'évidence, je ne suis pas prête à me couvrir les yeux après l'expérience extrême de la dernière fois. Pourtant, quand je repense à ce bandeau soyeux, sa dentelle…, j'imagine immédiatement Jeremy et ses plumes qui me titillent, sa patience, mon impatience… Mon Dieu ! Je dois immédiatement chasser ces pensées de mon esprit. Heureusement que je suis en première classe ; ainsi, personne ne peut voir où mes mains étaient en train de s'aventurer. Grand Dieu, non – dans un avion, avec des gens autour de moi ! Je me demande vaguement ce que ce bandeau a bien pu devenir. Jeremy l'a peut-être encore !

C'est de sommeil que j'ai besoin, pas de ces sensations intenses et érotiques qui devront encore attendre vingt-quatre heures, le moment de mes retrouvailles avec lui, pour exploser et se déchaîner dans toute leur passion. C'est comme si elles comprenaient que l'attente en valait vraiment la peine. Elles finissent par s'estomper et me laissent m'endormir.

Je suis devant la fenêtre de ma chambre dans mon déshabillé et je regarde par-dessus mon épaule le corps musclé et bronzé de Jeremy, profondément endormi dans mon lit. Son dos puissant et ses cheveux ébouriffés dans son sommeil me rappellent notre union récente. Heureuse, je serre les bras contre ma poitrine avant d'aller sur le balcon, où je vois Elizabeth et Jordan en train de jouer dans le jardin. Je souris et leur fais signe pendant qu'ils courent en criant autour du saule pleureur. Je retourne à l'intérieur et je remarque que Jeremy n'est plus dans le lit, ce qui me paraît étrange, car, il y a quelques secondes encore, il dormait à poings fermés. Je sors de la chambre et descends au rez-de-chaussée en l'appelant et en me demandant où il peut être. J'entre dans la cuisine, qui me semble soudain froide et vide, ce qui me donne la chair de poule. Je suis le courant d'air en empruntant une autre volée de marches et je trébuche, puis dégringole en bas, de plus en plus bas. Mon déshabillé est sale et déchiré. C'est tout juste si je peux encore bouger les jambes au terme de ma chute. J'ai l'impression de patauger dans de la mélasse. L'escalier au-dessus de moi semble monter indéfiniment, mais il est trop haut pour que je puisse l'atteindre avec mes jambes de plomb. Je rampe sur le sol, à la manière des membres d'un commando, incapable de distinguer où je vais. Je me fige immédiatement, terrorisée, quand je sens quelque chose onduler sur mon corps. Une fois que mes yeux se sont habitués à l'obscurité, je vois le corps d'un gros serpent particulièrement long. Il s'arrête comme s'il sentait ma présence, et mon cœur se met à battre la chamade dans ma poitrine. Il darde sa langue fourchue avant de lever la tête et d'onduler doucement et silencieusement jusqu'au creux de mes reins. Je n'ose pas respirer. Je sens son poids sur moi tandis qu'il suit les courbes de mon corps. Je suis pétrifiée. Son corps épais et sombre continue à glisser tranquillement entre mes fesses, sur ce qui reste de mon déshabillé blanc en soie.

Quelle étrange sensation ! On dirait que ses mouvements me paralysent. Bientôt, je ne sens plus son poids sur moi, et sa queue glisse lentement devant mes orteils. Il rampe sur un bâton de forme phallique. Une lumière au-dessus de moi illumine la scène. Je constate que la peau du serpent est verte et dorée, et je le vois s'enrouler autour du bâton d'Esculape, le symbole de la médecine et de la guérison. Je sens qu'il y a quelque chose de mystique dans cette vision et je ne peux m'empêcher d'être en admiration devant ce serpent. Ma peur initiale est immédiatement remplacée par une sensation de paix et de calme. Au moment où je m'apprête à me détourner, je sens des gouttes de sang indolores remplir mon nombril avant de s'écouler vers le bas. Bizarrement, ça me donne de la force, et je sais que je dois poursuivre ma route jusqu'à la lumière. Je me dirige vers un porche voûté. Je lance un regard par-dessus mon épaule et j'observe ma peau qui mue. Lorsque je tourne et que j'arrive dans la lumière, mes bras se sont transformés en ailes, et mon nez, en bec. Je m'élance dans les airs avec prudence et déploie mes ailes magnifiques pour voler. Chaque seconde qui passe, mon corps devient plus fort. Je vole de plus en plus haut et me pose sur un arbre majestueux. Mes yeux d'oiseau fixent un hibou qui trône sur une autre branche. On dirait qu'il me fait un signe de tête, et j'incline la mienne en retour. Quand je replie mes ailes le long de mon corps, elles frôlent un nid rempli d'œufs, blotti contre la branche puissante. L'un des œufs vacille dangereusement et menace de tomber par-dessus bord comme au ralenti. Je tente de le sauver en quittant la branche et en déployant mes ailes pour le protéger dans sa chute.

Je me réveille en sursaut avec la sensation de tomber et, complètement désorientée, je laisse échapper un petit cri. Quel rêve étrange ! Il me semble que c'est la première fois que je rêve d'animaux. Je ressens une légère anxiété en pensant soudain que ce songe pourrait être prémonitoire. Comme si j'étais destinée à suivre un chemin douloureux dans un avenir proche, mais bénéfique à plus long terme. Je secoue la tête pour chasser ces images mentales de mon esprit. Dommage que je n'aie pas emporté mon livre d'interprétation des rêves. Je trouverai peut-être, une fois que j'aurai atterri, une application qui m'aidera à interpréter un rêve si pénétrant et si coloré. Il fait jour, et le petit-déjeuner est servi. J'ai dû dormir assez longtemps. Je quitte mon pyjama et passe mes vêtements. Je suis vraiment heureuse d'arriver bientôt ; mes retrouvailles avec Jeremy sont imminentes. Je me demande ce qu'il va me réserver cette semaine. Je suis tellement excitée d'être enfin ici et de bientôt retrouver l'homme que j'aime, que j'ai toujours aimé. Je ne peux m'empêcher de sourire.

***

J'arrive à Londres à l'heure prévue.

Après avoir franchi les portes battantes à la sortie de Heathrow, j'aperçois un chauffeur qui porte une pancarte indiquant mon nom. Quel plaisir de voyager dans ces conditions ! Nous nous saluons, et il prend mes bagages. Lorsque nous atteignons la berline noire, dont une portière est ouverte, j'aperçois, debout près de la voiture, un autre homme vêtu de la même tenue.

— Bonjour, docteur Blake. Bienvenue à Londres.

— Bonjour. Merci, je suis ravie d'être ici.

Il tient la portière pour moi, et je lui souris. Le premier homme s'occupe quant à lui de mes bagages. Alors que je m'installe sur la banquette arrière et vérifie que je n'ai rien oublié, j'entends, loin derrière moi, quelqu'un crier mon prénom. Je jette un regard par-dessus mon épaule et suis stupéfaite de découvrir Jeremy et Samuel qui courent vers moi. Mais que font-ils donc ici ? Je croyais qu'ils devaient arriver tard dans la nuit ? Je les interroge d'un signe de la main lorsque l'assistant du chauffeur referme brusquement la portière et bondit sur le siège avant. Jeremy et Samuel se précipitent vers moi, et je peux lire la panique sur leur visage.

Au moment où je m'apprête à demander au chauffeur de les attendre, la voiture démarre en trombe, et je me retrouve projetée contre le siège.

Je lui demande de s'arrêter, lui explique que je connais ces deux hommes. Jeremy court après la voiture et tape du poing sur la lunette arrière. Je lis la peur dans ses yeux. Ça ne va pas du tout ! J'essaie d'ouvrir la vitre pour lui parler, mais je ne trouve aucun bouton. La vitre se teinte alors de noir, et je ne peux plus voir son visage.

On verrouille ma portière, et, lorsque je me retourne pour regarder le chauffeur, une cloison noire monte entre les sièges avant et arrière. Je crie et cogne contre la portière et la vitre. Nous prenons de la vitesse. Je me mets à trembler. Le visage angoissé de Jeremy reste gravé dans ma mémoire. Je cherche mon portable dans mon sac à main. Mes espoirs sont vite déçus quand je constate qu'il n'y a pas de réseau. Je n'y comprends rien. Me voilà enfermée dans le noir à l'intérieur d'une voiture et sans réseau téléphonique. Qui sont ces chauffeurs ? Je cogne contre les vitres, crie en direction des deux hommes en essayant de comprendre ce qui m'arrive. Je tente d'ouvrir les portières tour à tour et frappe de mes paumes contre les vitres teintées jusqu'à ce que la douleur me contraigne à arrêter. Qu'est-ce que c'est que cette histoire ? Soudain, tout devient flou ; je ressens une certaine faiblesse. Et puis, plus rien du tout…

Jeremy

La scène qui se déroule devant mes yeux me paraît complètement irréelle. Le monde s'écroule autour de moi, au ralenti. Ma cage thoracique me compresse les poumons.

J'ai du mal à respirer. Alexa vient de disparaître à deux pas de moi, au moment même où je m'apprêtais à la rejoindre.

— Sam, prenez ce taxi. Il faut absolument que nous les suivions. Vite, montez !

Nous nous installons à l'arrière du premier taxi de la file.

— Suivez cette berline noire devant, dis-je au chauffeur. Et tâchez de ne pas vous laisser semer, c'est vital.

Il démarre beaucoup trop doucement.

— On n'est pas à Hollywood, mon pote, répond-il. Que les choses soient bien claires entre nous. Je ne vais pas perdre ma putain de licence parce que vous vous prenez pour James Bond.

Je tape du poing contre le fauteuil. Quel cauchemar !

Le chauffeur s'arrête immédiatement au bord du trottoir.

— Sortez, sortez immédiatement de mon taxi ! Je n'ai pas besoin de salopards comme vous qui cassent tout. Fichez le camp ! Allez tirez-vous et plus vite que ça !

Zut, c'est la première fois que je perds à ce point mon sang-froid !

Puisqu'il est évident que le chauffeur ne veut rien entendre, nous sortons précipitamment du taxi. Debout au bord de la route, Sam est muet de stupeur. Nous restons là, quelques instants, à nous demander intérieurement ce que nous allons bien pouvoir faire.

***

Nous sommes arrivés à Heathrow tard dans la nuit. Un de mes rendez-vous a été annulé, et nous avons pu partir pour Londres plus tôt que prévu.

J'étais impatient de faire la surprise à Alexa, de l'attendre personnellement à l'aéroport, de la serrer dans mes bras, de lui dire à quel point elle m'avait manqué, à quel point elle est importante pour moi.

J'avais déjà tout organisé. J'ai pris la liberté de choisir une suite plus grande que d'habitude, de sorte que nous puissions la partager tous les deux, mais j'avais également réservé une petite chambre à son nom, au cas où ça lui poserait un problème de s'afficher ouvertement avec moi. Je sais qu'Alex a des idées bien arrêtées quand il s'agit de sa vie professionnelle.

Elle tient à son image et ne veut pas la compromettre. Comme c'est la première fois qu'elle va participer au Forum mondial de recherche, je me suis dit qu'elle souhaitait certainement sauver les apparences et je ne voulais pas que nos retrouvailles soient gâchées par une mauvaise décision de ma part. Je sais qu'il ne faudrait pas grand-chose pour la convaincre de rester avec moi, mais si ça lui fait plaisir d'avoir une chambre réservée à son nom, je n'y vois aucun inconvénient, en particulier après ce qu'elle a enduré la dernière fois qu'on s'est vus.

Mon Dieu, je secoue la tête en y repensant. Qu'elle ait consenti à subir tout ce qu'elle a subi, qu'elle ait accepté tout ça pour moi. Quelle femme ! Elle me surprendra toujours ! Dès que je pense à elle, mon sexe réagit. Comme elle est belle quand elle tente désespérément de nier ce que son corps ressent, quand elle joue à la femme convenable ! J'essaie toujours de garder mes distances le plus longtemps possible, jusqu'à ce que la situation devienne franchement ridicule.

Je suis alors contraint de la confronter à ses propres contradictions. Il arrive aussi que je me contente de la toucher. Les deux stratégies ont toujours été payantes jusqu'à présent. Je n'avais pas encore décidé si nous allions fêter nos retrouvailles tout de suite ou plus tard dans la journée. Même s'il est parfois bon d'attendre, je ne pensais pas avoir cette patience, car cela faisait un mois que nous ne nous étions pas vus.

Et voilà que je l'aperçois pendant deux secondes avant qu'elle ne disparaisse sous mes yeux, et tout est ma faute ! J'ai été informé du moindre de ses mouvements depuis qu'elle est retournée à Hobart. Nous avions même fait installer des caméras pour surveiller le portail de sa villa et identifier toutes les personnes qui y entraient et sortaient. Je n'en ai pas parlé à Alexa, je ne voulais pas lui faire peur, en particulier au téléphone. De plus, elle aurait été obligée d'expliquer à Robert pourquoi nous devions prendre toutes ces précautions, et je me suis dit que ça n'en valait pas la peine. J'ai préféré prendre cette décision seul, quitte à en assumer les conséquences plus tard ; c'est plus mon genre.

Je ne lui ai pas dit non plus que mon ordinateur avait été piraté. Ils ont pu accéder à certains fichiers, et même si, heureusement, ils n'ont pas pu décrypter ceux que j'avais protégés, ils détiennent cependant suffisamment d'informations sur la participation d'Alexa aux expériences. J'ai comme le pressentiment qu'ils se doutent de ce que nous sommes sur le point d'obtenir.

De toute évidence, ils veulent mettre la main sur ce que nous avons déjà. Heureusement que je n'ai pas envoyé à Alexa les documents détaillés.

Si elle savait tout, elle serait dans une situation encore plus délicate. Je n'avais pas réalisé qu'ils iraient jusqu'à l'enlever. Qui peut bien faire ça ? Qui peut prendre un tel risque ? Quelle merde ! S'ils osent la toucher, la malmener, je jure… Stop ! Chasse immédiatement ces pensées morbides, Quinn, et fais quelque chose plutôt que de rester les bras ballants à jurer et à envisager les pires scénarios. Les actes sont plus importants que les mots. Agis, prends les bonnes décisions pour mettre fin à cette situation.

Toutes ces pensées assaillent mon esprit en l'espace d'une seconde. Je remarque soudain Sam, à côté de moi, le regard fixe, la bouche ouverte, tourné dans la direction où la voiture emmenant Alexa a disparu. Alexa, la seule femme au monde que j'aime plus que ma propre vie. Oui, j'ai fini par l'admettre. C'est vraiment horrible ! Je prends mon téléphone dans la poche de ma veste et j'appelle notre chauffeur pour lui dire où nous sommes. Il arrive enfin après avoir contourné Heathrow pendant que nous attendions Alexa. Nous montons rapidement dans la voiture, et mon cerveau passe enfin en mode action après avoir été sous le choc.

— Sarah, contacte immédiatement Leo par téléphone. C'est une urgence.

J'attends avec impatience que mon assistante me passe la communication. Je finis par joindre Moira à New York, la super assistante de Leo, qui connaît presque toutes les facettes de sa vie. Nous avons souvent travaillé en étroite collaboration au cours de la dernière décennie, car Leo ne reste jamais très longtemps au même endroit.

— Moira, c'est Jeremy. Leo est là ? Où est-il, nom de Dieu ? En Amazonie ?

Elle me dit qu'il est au fin fond du bassin amazonien, qu'il vit au milieu des Waiwai et que le chaman du village l'initie aux voyages astraux. Il sera injoignable pendant au moins trois semaines. Merde alors ! C'est du Leo tout craché !

— Nous avons un gros problème. Alexa a été enlevée. Oui, maintenant… Ça vient d'arriver, sous mes yeux. Oui, je suis avec Sam. Il a tout vu, lui aussi. Deux hommes, habillés comme des chauffeurs. Ils l'ont tout simplement poussée dans la voiture quand ils nous ont vus courir vers elle. Non, je ne les ai pas reconnus.

Je hausse les sourcils en regardant Sam. Il secoue la tête.

— Sam non plus. Nous avons perdu leur trace. Ils pourraient être n'importe où à présent.

Moira passe immédiatement à l'action, exactement comme Leo l'aurait fait. Elle est très impliquée dans la recherche de l'identité de ceux qui ont piraté nos ordinateurs et qui ont écrit la lettre de chantage.

Elle connaît donc tous les détails. Leo lui a également demandé d'élaborer en secret des dossiers personnels sur chacun des membres du Forum mondial de recherche, juste au cas où les fuites et les menaces viendraient de chez nous. Un sentiment de colère m'a envahi à cette idée, mais je savais qu'il avait raison de prendre de telles précautions.

Je n'en ai pas parlé à Sam, ni à qui que ce soit d'ailleurs. Moira a la possibilité d'accéder à des ressources infinies pour gérer les urgences à la place de Leo, même si nous n'aurions jamais imaginé un tel scénario. Elle est calme et efficace, mais la panique me donne envie de crier face à la gravité de la situation.

Je prends une profonde inspiration avant de répondre pour tenter de contrôler ma peur qui augmente de seconde en seconde.

— D'accord… Et Martin, il est disponible ?

Martin Smythe s'occupe de la sécurité de Leo. C'est un ancien membre de la CIA. Il est très réactif et particulièrement compétent. C'est un immense soulagement de le savoir avec nous. Leo a veillé à ce qu'il se trouve à Avalon en cas d'imprévu.

— Super, il va pouvoir former une équipe. Peux-tu t'assurer qu'ils auront un contact à Scotland Yard ? Il faut que nous contrôlions le système de sécurité de Londres.

On ne la retrouvera jamais dans cette ville qui grouille de monde. Non, je ne peux pas raisonner ainsi. Mes mains se mettent à trembler. *Ressaisis-toi, Quinn*, me dis-je alors que Moira me demande si j'ai besoin d'autre chose.

— Peux-tu m'envoyer les dernières informations dont tu disposes sur les pirates ? Nous aurions aussi besoin le plus rapidement possible de tout ce que tu as sur les médicaments que les cinq plus grands laboratoires pharmaceutiques vont commercialiser dans les cinq prochaines années. Demande à des membres de ton équipe d'enquêter sur les cinq laboratoires qui suivent sur la liste, juste au cas où. Il faut absolument que nous trouvions qui sont ces fous prêts à tout ! Il doit y avoir un lien quelque part, et nous avons dû passer à côté ! Merci, Moira. J'apprécie vraiment tout ce que tu fais. Je dois à tout prix la retrouver.

Je raccroche et réalise que je tremble pour de bon cette fois. Je remets mon portable dans ma poche et passe les deux mains dans mes cheveux, un geste de pure frustration face à cette situation diabolique. Je me tourne vers Sam, qui n'a toujours pas dit un mot, ce qui est sans doute préférable vu la colère qui me ronge et l'effroi qui s'est emparé de moi.

Tandis que nous nous dirigeons en silence vers Covent Garden, je regarde distraitement par la vitre et me félicite de m'être lié d'amitié avec Leo à l'époque de son accident.

Ça fait un sacré bout de temps maintenant. Cette rencontre a changé ma vie. C'est grâce à lui que j'ai pu obtenir une bourse pour étudier à Harvard et encore grâce à lui que j'ai pu mener une telle carrière.

Leroy Edward Orwell : le philanthrope qui a parrainé mon travail à tous les niveaux pendant plus d'une décennie. C'est lui qui est derrière le financement de toutes les recherches qui ont permis les découvertes et les avancées auxquelles j'ai participé.

Il est issu d'une vieille famille à la tête d'une incroyable fortune qui lui permet d'avoir des contacts et des ressources dans le monde entier. Quand nous nous sommes rencontrés, je travaillais pour le service australien d'ambulances aériennes et j'étais de garde ce jour-là. Il descendait en rappel les parois rocheuses du Kings Canyon, dans le Territoire du Nord, et a fait une mauvaise chute quand un de ses pitons a cédé. Il s'est cassé la jambe et a dû être transporté par avion dans l'hôpital le plus proche. Nous nous sommes liés d'amitié pendant sa période de convalescence et nous avons beaucoup appris sur nos ambitions et nos motivations respectives.

Bien qu'il ait dix ans de plus que moi, les infirmières disaient toujours pour plaisanter que nous aurions pu être frères, même si j'ai toujours pensé qu'il était plutôt du genre Rob Lowe. En tout cas, le temps s'est montré indulgent avec lui, et il ne fait vraiment pas son âge. De plus, il est toujours en très grande forme et fait très attention à sa silhouette. Il y a toujours eu une compétition saine entre nous quant à notre condition physique. Nous surveillons tous deux notre ligne. Nous n'avons aucune envie d'aborder la cinquantaine avec un triple menton et un ventre flasque.

Leo est un passionné d'anthropologie, plus particulièrement d'anthropologie biomédicale. Son nirvana, c'est l'assimilation holistique des « sciences et de la médecine » occidentales aux « philosophies et à la spiritualité » orientales. C'est un grand penseur et il a beaucoup étudié.

Il est doté d'une intelligence exceptionnelle. Je suis en admiration devant un cerveau si brillant. Les phénomènes globaux l'intriguent, et mon travail n'est qu'un projet parmi tous ceux dans lesquels il est impliqué. Sa perception apparemment extrasensorielle n'est certainement pas étrangère à son succès dans les affaires : il a réussi à quadrupler sa fortune déjà colossale en quelques années.

Sa seule condition, la seule chose qu'il me demande, c'est de préserver son anonymat. J'ai rarement l'occasion de le voir en personne, mais chaque fois que nous nous retrouvons, nous passons d'excellents moments ensemble. Il apprécie sa vie recluse, et je respecte sa volonté, mais nous avons beaucoup de choses en commun, et c'est toujours très instructif de discuter avec lui.

Leo s'est intéressé à ma théorie et mes hypothèses concernant les groupes sanguins et la dépression, et il a même fait le déplacement jusqu'à Sydney pour assister avec moi à la conférence d'Alexa, ce qui était très étonnant de sa part.

Aujourd'hui encore, je me demande si c'est le projet qui l'a poussé à venir ou le sentiment que mes retrouvailles avec Alexa étaient déterminantes.

Il semble doté d'un sixième sens, et je pense qu'il a mis en plein dans le mille. Alexa l'a toujours surnommé « Charlie », comme dans *Charlie et ses drôles de dames*, car elle ne l'a jamais rencontré ; elle a uniquement entendu parler de lui.

En fait, il était déguisé en maître d'hôtel et nous a servi des martinis à l'hôtel InterContinental pendant le week-end qu'Alex et moi avons passé ensemble. Évidemment, elle n'a pas pu le voir puisqu'elle portait le bandeau, et il n'a pas souhaité être présenté.

Il était un peu choqué quand je lui ai demandé de la menotter. Ensuite, j'ai dû lui expliquer qu'elle avait écrit sa première thèse sur l'instinct et la suppression du comportement sexuel, et pourquoi je pensais que c'était un aspect fondamental de notre chemin ensemble au cas où elle résisterait et ne reconnaîtrait pas ses véritables sentiments.

C'était, par coïncidence, juste après avoir reçu une lettre anonyme à l'hôtel. Une lettre de menaces si Alexa venait à renoncer à l'expérience.

Je n'ai pas pu déterminer s'il s'agissait d'un canular et je n'ai pas eu le temps de me pencher sur la question pendant le week-end, ce qui m'a un peu contrarié, il est vrai. Je savais que je ne pouvais pas me permettre de la laisser partir pour de nombreuses raisons, sans parler du danger que la lettre représentait.

En tout cas, Alex était à la fois un peu apeurée et très excitée (son corps m'a toujours aidé à décrypter son véritable état d'esprit), ce qu'elle a trouvé vraiment fascinant, a-t-elle admis après coup.

Leo a demandé s'il pouvait avoir une copie de sa thèse, et Alex lui en a généreusement fait passer une par mon intermédiaire. Je n'ai été autorisé qu'à lire la version papier originale, il y a très longtemps, mais heureusement, j'ai une excellente mémoire. Je pense qu'après notre expérience, elle devrait la relire ou peut-être même la réécrire…

Pour en revenir à Leo, sa fortune lui a permis d'acquérir des propriétés dans le monde entier qui, pense-t-il, ont toutes une signification mystique ou spirituelle pour des cultures passées et présentes : elles sont connues sous le nom d'Avalon.

C'est son concept, son bébé si vous voulez, et il m'a ouvert sa luxueuse cabane dans les arbres sur l'île de Lord Howe pour mettre Alexa en sécurité et lui permettre de récupérer après notre week-end ensemble. Il avait posé une condition : Alexa ne devait pas connaître son emplacement. J'aurais aimé lui demander pourquoi, mais l'expression de son visage m'en a empêché, même s'il semblait parfaitement calme et placide. Au fil des ans, j'ai appris à choisir le bon moment pour interroger Leo et débattre avec lui. Il répond et argumente volontiers la plupart du temps, mais j'ai compris que ce n'était justement pas l'un de ces moments ; alors, j'ai tenu ma langue et ma promesse. Lui qui a tant fait pour moi ne me demande vraiment pas grand-chose ! Je me dois donc de respecter sa volonté.

Quand j'y repense maintenant, je me demande s'il a pressenti qu'elle était plus en danger que nous ne le pensions ou, avant même que nous ne vérifiions scientifiquement nos hypothèses, s'il a senti qu'il y avait quelque chose d'unique chez Alexa.

Voilà qui expliquerait son implication et son insistance pour que j'emmène Alexa à Avalon. Je soupire pendant que notre véhicule passe doucement devant le palais de Buckingham et s'engage dans Pall Mall. Et qu'en est-il de la sécurité d'Alexa maintenant ?

Sam et moi descendons comme prévu à l'hôtel One Aldwych. Je regarde la suite dans laquelle j'avais mis tant d'espoirs. Je ne peux ignorer plus longtemps cette sensation de vide qui m'envahit, sans Alexa, ni l'angoisse qui me noue l'estomac quand je me demande où elle peut être à cette heure.

Je fixe mon écran d'ordinateur sans vraiment le voir, comme s'il allait me dévoiler miraculeusement l'endroit où elle se trouve. Je n'ai pas eu de nouvelles de Moira, ce qui me rend fou, mais je sais qu'elle est très efficace et que personne ne peut égaler ses compétences. Je ne veux pas l'ennuyer pour rien, mais chaque seconde compte et j'ai l'impression d'être perdu sans Alexa. Je suis tenté d'appeler moi-même Scotland Yard pour régler cette horrible affaire. Je repense sans cesse à la lettre que j'ai reçue pendant notre week-end qui menaçait indirectement les enfants d'Alexa si je ne poursuivais pas l'expérience. Il s'agit sans doute des mêmes personnes. Merde.

Si seulement j'avais le pouvoir de remonter le temps, nous ne serions pas dans un tel pétrin ! J'aurais dû insister pour que toute la famille vienne se réfugier à Avalon avec moi jusqu'à ce que nous ayons élucidé l'affaire et démasqué ceux qui se cachent derrière tout ça.

Pourtant, comme nous n'avons pas reçu d'autre lettre, nous nous sommes contentés d'améliorer la sécurité et d'accroître notre surveillance autour de la maison d'Alexa et Robert, par mesure de précaution. Et voilà qu'ils l'ont enlevée ! S'ils sont prêts à aller jusque-là, où vont-ils s'arrêter ? Je rabats brusquement le clapet de mon ordinateur portable dans un geste de frustration.

Ce n'est pas comme ça que je risque d'obtenir les réponses dont j'ai tellement besoin. Il me faut un remontant. Je me mets dans tous mes états, et c'est vraiment contre-productif. Je m'arrête devant la chambre de Sam et frappe à la porte avant de l'ouvrir. Il est devant son ordinateur, l'air concentré, espérant sans doute, tout aussi futilement que moi, trouver des réponses.

— Je vais au bar, je vous rapporte quelque chose ?

— Je vous rejoins dans une demi-heure environ. Je veux réorganiser les priorités de mon équipe à Sydney pour qu'elle soit prête à traiter les informations que Moira va envoyer et je vais proposer notre aide à Martin pour mettre au point un système plus perfectionné sur le bracelet d'Alexandra. On ne sait jamais, ils trouveront peut-être quelque chose. Je sais que c'est peu probable, mais…

Quand il lève la tête, je remarque à quel point il a l'air découragé ; ses yeux reflètent notre détresse à tous les deux.

— Merci, Sam, je suis certain que ça va nous aider, et votre équipe a l'air très compétente. Je vais informer McKinnon que nous devons reporter le forum sans pouvoir fixer une autre date pour l'instant. Ainsi, il pourra prévenir les autres.

— Bien sûr, j'aurais dû y penser, c'est lui le président après tout. Je vous retrouve au bar. Nous ne pouvons pas faire grand-chose d'autre tant que nous n'avons pas de nouvelles de Moira.

Je ferme la porte et me dirige d'un pas traînant vers l'ascenseur. Je n'ai pas l'habitude d'être aussi inutile. J'ai besoin d'action, je veux traquer ses ravisseurs plutôt que de passer des coups de téléphone, bordel ! Cette attente forcée est un véritable supplice.

Une fois au bar, je regarde les flammes des chandeliers sans vraiment les voir tout en remuant les glaçons dans mon double whisky Glenmorangie. Une greluche, superficielle à souhait, me demande si je veux de la compagnie ce soir. Je lui fais signe de s'en aller.

Comme si je pouvais penser à quelqu'un d'autre qu'à Alex en cet instant, comme si je le pourrais encore un jour. Même ma queue compatit. Je repense aux nombreuses fois où nous avons joué ensemble.

Elle ne m'a jamais déçu, a toujours été partante pour faire de nouvelles expériences avec moi, pour explorer et repousser les limites. J'ai connu beaucoup de femmes dans ma vie, mais c'est vers elle que je reviens toujours. C'est à elle que je pensais quand deux blondes plantureuses m'ont fait jouir en Californie. C'est à elle que je pensais encore quand cette rousse lascive à la bouche de rêve m'a sucé. Oui, c'est elle (son corps, son âme, son cœur) qui hantait mon esprit par intermittence durant ces moments de plaisir brut m'empêchant de m'engager avec une autre femme. Je n'ai jamais parlé d'elle, bien sûr ; elles n'avaient pas besoin de savoir.

Marie et moi étions très proches, et elle voulait que notre liaison aille plus loin, mais je n'ai pas voulu parce que je savais qu'Alex était toujours là, même si elle n'était pas disponible et se trouvait à l'autre bout du monde.

Nous sommes toujours amis, mais elle est absorbée par sa carrière, tout comme moi. Si j'avais épousé Marie, notre union aurait plutôt ressemblé à un accord commercial, à la Kardashian, rien que pour la frime et sans véritable substance. Le mariage mérite quand même un peu mieux que ça.

De plus, j'avais besoin de savoir une fois pour toutes où j'en étais avec AB. Je savais qu'elle était mariée et qu'elle avait des enfants. Je suis le parrain de Jordan après tout, même si je n'ai jamais été très présent dans sa vie. Le week-end que j'ai organisé avec elle était très important pour moi.

J'ai su, dès l'instant où elle a accepté de rester, que notre heure était enfin arrivée, que nous avions rendez-vous avec notre destin, et que les flirts et les aventures sans lendemain étaient derrière moi. C'était vraiment du sérieux. Je ne la laisserais plus jamais m'échapper. Et ça n'aurait pas pu mieux marcher. Le plan que j'avais mis au point avec le plus grand soin m'a permis d'obtenir des résultats allant au-delà de mes espérances. Je devais m'assurer que nos vies seraient liées à jamais, à partir de cet instant, professionnellement, sexuellement ou psychologiquement, peu m'importait lequel des trois aspects l'emporterait. Enfin, pour être tout à fait honnête, j'espérais jouer sur les trois tableaux et remporter le jackpot.

Je l'ai invitée à repousser ses limites, à renoncer aux mécanismes de défense qu'elle avait mis en place avec le temps et, quand j'ai vu qu'elle voulait bien se prêter au jeu, je suis tombé encore plus amoureux.

Sans parler de l'effet qu'elle a eu sur mes recherches. Les résultats sont vraiment extraordinaires, mais, merde, à quel prix ? Que serait-il arrivé si elle avait refusé de participer ? Je ne l'aurais jamais forcée à faire quelque chose, et finalement elle a accepté, mais avec la lettre de chantage que j'ai reçue le vendredi soir de notre week-end, menaçant la vie de ses enfants, je ne pouvais pas prendre ce risque. Il est très facile de maquiller un crime en accident dans cette région sauvage de la Tasmanie. Je ne voulais certainement pas lui faire peur ou mettre ses enfants en danger à cause de mon travail. Elle est folle de ses enfants, ils sont tout pour elle.

Finalement, j'ai été heureux de ne pas l'avoir affolée inutilement en mentionnant la lettre, et je pensais que tout était réglé. Aujourd'hui, pourtant, l'enchaînement de ces événements forme une séquence particulièrement sordide : d'abord la lettre, puis le piratage de nos ordinateurs et enfin l'enlèvement.

Mais qui est derrière tout ça ? Qui est prêt à de telles bassesses ? Qui prendrait le risque de la mettre à ce point en danger ? L'enjeu doit être colossal ou alors j'ai plus d'ennemis que je ne le pensais… J'ai mal à la tête à force d'imaginer différents scénarios.

Je me dis pour me rassurer qu'Alexa est forte, qu'elle l'a toujours été et qu'elle l'est souvent beaucoup plus qu'elle ne le pense. Il suffit de penser à ce qu'elle a fait pour moi ! Ce qui me réconforte un peu, c'est de savoir qu'ils ne veulent pas sa mort. Morte, elle ne leur serait d'aucune utilité. Les résultats qu'ils cherchent à obtenir nécessitent qu'elle soit en pleine forme. Dieu merci !

Pourtant, je sais qu'ils n'ont pratiquement aucune chance d'atteindre les mêmes résultats que nous. Je sens mon estomac se nouer à l'idée de ce qu'ils pourraient lui faire subir, de la façon dont ils pourraient la toucher. Ça me dégoûte au plus haut point. Mon Alexa ne doit avoir du plaisir que sur mes instructions.

Personne ne connaît son corps comme je le connais, et cette certitude apaise un peu mon mal de ventre. Accroche-toi, Alexa, nous allons te retrouver. La lumière des bougies continue à danser. Je passe mon doigt à travers leurs flammes, sentant la chaleur, mais pas la brûlure. Et le souvenir d'une époque plus heureuse me revient à l'esprit.

***

Nous sommes à Val-d'Isère, où nous passons cinq jours avec un groupe d'amis. C'est déjà la moitié de notre séjour. Cette station est vraiment géniale ; la neige et le temps sont exceptionnels, tout comme le chalet dans lequel nous logeons. Nous avons un chef cuisinier, rien que pour nous, et du vin et du champagne à profusion. Nous skions tous les jours et nous nous relaxons une fois que le soleil est couché.

Alex a fait de gros progrès au cours des deux derniers jours. Ce n'était que la deuxième fois qu'elle montait sur des skis. Je suis vraiment fier de sa persévérance ; elle n'abandonne jamais, et aujourd'hui nous avons même pu faire une piste rouge ensemble. Pourtant, un imbécile, qui essaie de frimer, perd le contrôle de ses skis et la fait tomber. Elle dévale la pente et se retrouve tout au bord de la piste, mais ce n'est que lorsqu'elle brandit son bâton au-dessus de la neige particulièrement épaisse que je peux localiser l'endroit précis où elle se trouve. Une fois rassuré quant à son état – elle n'est pas blessée –, je pars d'un grand éclat de rire et elle aussi, ce qui ne m'aide pas à la sortir de cette position inconfortable.

— Tu l'aurais fait exprès que tu n'aurais pas réussi à t'enfoncer autant.

Je dois faire appel à toutes mes forces pour la saisir et pour contrôler mon fou rire. Je n'ai jamais vu une créature des neiges aussi mignonne et aussi sexy. Des flocons blancs sont collés sur ses cheveux et sur ses cils. Je décide que ce soir, je ne la partagerai pas avec les autres, en aucun cas.

Nous resterons au chalet, et voilà une parfaite excuse pour ne pas sortir.

— Je n'avais pas vraiment prévu de tomber, Jeremy. Et le type, il n'a rien ?

Sa voix est un peu assourdie à cause de la neige. C'est bien Alexa ! Elle s'inquiète plus pour l'individu qui l'a fait tomber que pour elle. Je fais un dernier effort, et la voilà qui sort de son trou et qui atterrit sur moi, ce qui ne me pose aucun problème, soit dit en passant.

— Le taré qui t'a renversée ? Ça fait longtemps qu'il est parti, mais tu es sûre que ça va ?

— Oui, ça va, sauf que j'ai de la neige partout, vraiment partout !

— Eh bien, on devrait peut-être arrêter pour aujourd'hui. J'ai une idée qui devrait vraiment te réchauffer.

Oh oui, cette lueur malicieuse dans ses yeux ! J'ai piqué sa curiosité.

— Quelle idée as-tu donc derrière la tête, docteur Quinn ?

— Si on rentrait et si on enlevait toute cette neige, d'abord. On reste au chalet ce soir.

Madame ne proteste pas.

C'est le jour de congé du chef cuisinier ; nos amis ont donc décidé de sortir et de passer une bonne partie de la nuit dehors. À mon avis, ils ne seront pas de retour avant quatre heures du matin. Je suis content que nous ayons le chalet pour nous tout seuls, car j'ai de grands projets pour notre soirée ensemble. Ma bite a eu envie de passer à l'acte toute la journée et est bien contente d'être libérée de ma combinaison de ski.

Quand je passe devant la salle de bains, je remarque que la porte est légèrement entrouverte, ce qui est pratique, car je peux voir le reflet d'Alexa dans le miroir… Difficile de ne pas sauter sur l'occasion quand elle est nue sous la douche.

C'est tout l'encouragement dont j'ai besoin. J'enlève immédiatement mon boxer et mon tee-shirt et je la rejoins, en érection et impatient de passer à l'acte. Son sourire confirme que ma présence est bienvenue.

Je prends le savon entre ses doigts et commence à la laver. Elle ne me résiste pas ; elle est habituée à ce que je prenne l'initiative. Ça lui plaît, et Dieu sait que j'aime ça, moi aussi. Je pourrais dévorer ses seins ; elle a une poitrine généreuse, mais j'ai de grandes mains. Je fais glisser mes paumes savonneuses sur les courbes de son corps tandis que mes yeux la regardent avidement. J'aime voir l'effet que mes caresses produisent sur son corps. C'est la seule chose qui peut calmer les ardeurs de ma queue impatiente. Je masse ses cuisses, et voici que sa bouche s'ouvre pour laisser échapper un soupir. Oui, elle sait ce qui vient. J'embrasse cette bouche, ces lèvres douces et pulpeuses, et je goûte son désir. Je ralentis mes caresses, car je sais qu'elle va bientôt devoir s'appuyer contre le mur ou contre mon corps.

Ma bite n'apprécie pas du tout ma stratégie ; je suis donc contraint d'accélérer. Je la retourne pour qu'elle soit face au mur, mes mains continuent à masser ses seins rebondis et jouent avec ses tétons bien durs. Ses yeux sont fermés. Elle a déjà atteint le point de non-retour, exactement comme je la veux.

J'appuie ma queue contre la fente de ses fesses pendant que mes doigts atteignent son orifice et le titillent pour qu'il s'ouvre un peu plus. Elle rejette la tête en arrière et l'appuie contre mon torse, découvrant son cou délicieux, mais mon désir est trop fort, trop immédiat. Sa respiration devient haletante alors qu'elle presse son corps contre le mur. J'écarte ses jambes et ses fesses, pour que mon sexe puisse se glisser à travers sa chair accueillante et s'enfoncer le plus profondément possible dans son ventre.

Tandis que je la prends par-derrière, ma bite affamée la pénètre un peu plus, et elle gémit en pleine extase. Ses bruits m'encouragent à pousser un peu plus, à la pilonner un peu plus vite, un peu plus fort. J'aime le pouvoir qu'elle me livre, j'aime le pouvoir que j'ai sur son corps réceptif. Ma queue atteint le nirvana avant d'exploser dans son doux tunnel. C'est l'endroit que je préfère par-dessus tout, comme si nos corps étaient faits l'un pour l'autre, et elle ne me déçoit jamais. Jamais.

Un peu plus calme maintenant que mes désirs les plus urgents ont été satisfaits, je mets de la musique, allume le feu et quelques bougies dans la pièce – plutôt beaucoup en fait. J'adore les bougies. Ce soir, je me suis promis de réchauffer Alexa et je suis fin prêt.

Je l'attends avec impatience et cherche à l'attirer hors de la salle de bains en lui promettant un Cointreau avec des glaçons, du fromage qui pue (un brie bien coulant) et du pain croustillant. Enfin, elle arrive, le visage rouge et la peau luisante.

— Santé.

— Santé.

— Docteur Quinn, tu ne vas quand même pas me sortir le grand jeu du romantique ? Tu as une réputation de play-boy à défendre.

— Mais si, Alexandra. C'est toi qui m'inspires et qui stimules mon imagination.

— Ton imagination ? Tu es sûrement capable de trouver mieux que les bougies, le Cointreau et le fromage ?

Elle aime me taquiner. Effectivement, je peux faire beaucoup mieux, mais je reste silencieux et me contente de lui lancer un regard qui signifie « Affaire à suivre ». Elle ne le voit pas, car elle est en train de s'installer bien confortablement dans le salon. Il n'en est pas question !

— Vide ton verre. Je veux te voir nue, par terre, près du feu.

Elle lève la tête et me dévisage, m'observe avec attention pour savoir si je suis sérieux. Puis elle boit une gorgée de liqueur. Ira ou n'ira pas ? Je lui laisse le temps de faire ce que je lui ai demandé de son plein gré et bois à mon tour une gorgée, tentant de calmer mon impatience de la voir là où je la veux, immédiatement. Nos regards se croisent tandis que nous jouons au chat et à la souris dans une version purement psychologique. Je la laisse continuer sa petite comédie. Elle boit une autre gorgée, d'un air de défi, avant de poser son verre sur la table basse. Elle prend vraiment son temps. Elle le paiera plus tard. Elle se lève, puis enlève très doucement la ceinture de sa robe qui glisse ensuite le long de son corps. Mon Dieu, qu'elle est sexy ! Et elle ne porte rien dessous. J'aime ton style, Alexa, quelle légende ! Je ne peux pas détourner les yeux de sa peau luisante. Elle m'excite toujours autant.

Elle s'approche d'un pas nonchalant du plateau, se sert de fromage et de pain. Elle mâche, sans dire un mot, bouge ses nichons au rythme de la musique tout en retraversant la pièce pour aller récupérer son verre et prend cette fois une goulée de la boisson glacée, qu'elle fait glouglouter dans sa bouche avant d'avaler le liquide aux agrumes. Il n'y a rien en elle que je ne désire pas en cet instant. Elle hausse les sourcils, et je tends la main vers elle. Elle la prend avec grâce, enfin.

Elle aime l'idée d'avoir un certain pouvoir, même quand elle se soumet à moi. Je me félicite de ma patience (qui finit toujours par payer avec Alex) et la conduis là où je veux qu'elle soit, nue, sur la carpette devant la cheminée et à ma merci.

— Bon, maintenant que je suis là, qu'est-ce que tu vas faire avec moi ?

Je suis contraint de chasser les visions charnelles qui assaillent mon esprit quand j'entends ses paroles. Je ne prends pas la peine de répondre, du moins pas verbalement. Je me contente de caresser son corps avec les doigts. Je commence par son gros orteil et prends mon temps pour passer aux plus petits doigts de pied, puis je continue par la cheville, le mollet, l'extérieur de la cuisse. Je suis la courbe de ses fesses, l'inflexion de sa taille, laisse mon petit doigt s'attarder pour caresser son mamelon quand j'arrive au niveau des seins, sans toutefois trop insister, car je veux avoir toute son attention, aussi bien celle de son corps que celle de son esprit. La douceur de sa peau m'étonnera toujours ; mes doigts et mes yeux absorbent sa texture et sa tonicité.

Aucune des femmes que j'ai connues intimement ne réagissait comme Alex sous mes caresses. Quand je passe vers son bras, je le prends avec moi et le soulève au-dessus de sa tête, si bien que ses seins se dressent vers le haut. Je dois faire appel à toute ma volonté pour ne pas poser mes lèvres sur son téton et le mordiller, l'aspirer, sachant qu'elle va immédiatement cambrer le dos et que son sexe va s'humidifier. Si ma queue avait une voix, elle serait en train de gémir, mais mon cerveau contrôle encore la situation.

Je continue mon voyage autour de son visage, et ses yeux fixent les miens. Je dois me concentrer sur les sensations que j'éveille en elle, ne pas me laisser envahir par le désir. Je soulève son autre bras au-dessus de sa tête. Je remarque que sa respiration devient superficielle dans sa poitrine.

Je sais que ça l'excite beaucoup, et elle sait que c'est la même chose pour moi. Je ne perds pas de vue ma mission, tandis que mes doigts continuent à glisser le long de ses contours sexy. Je suis impatient d'arriver à ses cuisses et je constate que ma respiration est aussi plus rapide. Je me dis que ma patience va bientôt être récompensée. J'arrive enfin vers son bas-ventre et je touche sa chair douce. J'ai tellement envie d'enfouir ma tête entre ses cuisses et de glisser ma langue dans son orifice, mais je me contente de la titiller un peu avant de passer mon chemin et de redescendre jusqu'à l'orteil par lequel j'avais commencé. Enfin !

— Bon, tu es prête à jouer ?

— Mon Dieu, Jeremy, tu es en train de me tuer à petit feu.

Rien de tel que la voix d'Alexa quand elle me supplie presque de la prendre. Rien que pour ça, ça valait vraiment le coup de suivre les contours de son corps avec une telle lenteur.

— Je ne pense pas que tu auras la volonté de rester dans cette position, Alexandra ; je vais donc te lier les poignets.

J'ai appris que les affirmations étaient beaucoup plus efficaces que les questions chez les femmes. De cette façon, elles n'ont pas à se donner la permission (ce qui est toujours le cas avec Alex). Si elles ne protestent pas, on leur a tout simplement dit ce qui allait se passer. Elles peuvent toujours refuser, mais ce n'est jamais le cas, du moins dans mon expérience.

Je m'empare de la ceinture de la robe d'Alexa et m'en sers pour lui nouer les poignets au-dessus de la tête. Elle sait qu'elle peut m'arrêter, mais l'expression d'horreur feinte dans ses yeux me dit qu'elle ne le fera pas. Oh non ! Elle le veut autant que moi. Ce que je vais lui faire l'intrigue tout autant que ça m'excite.

— On dirait que tu prends des libertés ce soir, Jeremy.

Elle ne me résiste pas, néanmoins.

— C'est toi qui m'incites à prendre de telles libertés, Alexandra.

Bon, je suis presque prêt.

Je déplace un des fauteuils du salon pour pouvoir attacher ses poignets déjà liés aux pieds du siège. Je sais qu'elle va être choquée par ce que je vais faire, mais elle aimera une fois qu'elle s'y sera habituée. L'une de mes amies amantes à Harvard me l'avait fait. Même si j'avais trouvé cette sensation fascinante, je n'avais pas supporté le fait de ne pas contrôler la situation. Je n'arrêtais pas de penser à la façon dont le corps d'Alexa réagirait et j'ai toujours voulu cette expérience avec elle depuis. J'en ai enfin l'occasion aujourd'hui.

— Est-ce vraiment nécessaire de m'arrimer ainsi au fauteuil ? Et si les autres rentraient à la maison plus tôt ?

— Ça ne risque pas d'arriver.

Je le sais parce que j'ai demandé à Craig de m'appeler si l'un d'entre eux prévoyait de revenir plus tôt. Comme si je pouvais être aussi mal préparé !

Elle devrait me connaître depuis le temps ! Je prends quelques secondes pour m'imprégner de la scène, pour admirer son corps nu et pris au piège. Ma queue sort spontanément par la fente de mon boxer.

Alexa rit.

— Je ne sais pas qui des deux est le plus excité par cette mise en scène.

Je me demande toujours si elle est consciente qu'elle enfonce ses dents dans sa lèvre inférieure quand elle dit des choses comme ça. Je ne veux pas lui en parler de peur qu'elle s'arrête de le faire ensuite.

Je baisse la tête jusqu'à son sexe et le renifle, l'instinct animal prenant le dessus sur ma raison. Elle sent merveilleusement bon, et il n'y a plus aucun doute dans mon esprit : elle est prête. Je lèche, dardant ma langue entre ses grandes et petites lèvres chaudes et humides. Elle gémit, cambre le dos, mais ne peut pas bouger les bras. Je continue à l'embrasser, à la lécher, taquinant son clitoris qui gonfle.

Puis je lève la tête d'entre ses cuisses, son jus exquis sur les lèvres, et je ne peux m'empêcher de sourire en voyant son visage choqué.

— Je dirais qu'on est ex æquo à ce stade, ma chérie, mais ce n'est pas pour ça qu'on est là.

Je me positionne au-dessus de son corps, abaissant mon bas-ventre au-dessus de sa tête, laissant pendre ma queue délibérément tout près de ses lèvres. Je la taquine, car je sais qu'elle ne peut pas soulever suffisamment la tête pour la prendre. Mon Dieu ! Quel pied ! Elle est frustrée par le désir, mais essaie de ne pas le montrer. J'adore ça ! Je prends une des bougies autour de la cheminée et l'apporte jusqu'au tapis où nous sommes.

— Jeremy… Qu'est-ce que tu fais ? Tu ne vas quand même pas utiliser ça, non ?

Elle semble un peu nerveuse.

— Tu l'as déjà fait ?

Elle secoue la tête. Pas de mots. Elle pèse silencieusement le pour et le contre. C'est tellement évident que je peux presque l'entendre. Mieux vaut agir avant qu'elle ne refuse.

— Je l'ai déjà fait et je sais que ça va te plaire, Alexa. Fais-moi confiance. Je ne te ferais jamais de mal.

Elle ferme les yeux. C'est bon signe. Elle cède, elle capitule devant moi.

— Je vais commencer doucement, à un endroit pas trop sensible. C'est toi qui choisis. Ainsi, tu pourras t'habituer progressivement à la sensation. C'est toujours préférable de lui faire savoir qu'elle a encore voix au chapitre, un peu de pouvoir.

— Qu'est-ce que tu me conseilles ?

Et voilà comment le pouvoir revient galamment là où il doit être…

— Les pieds et je remonterai. Prête ?

Je repère la télécommande derrière moi et monte le volume de la musique. Nous aimons tous les deux

Chicane, et ça aidera Alexa à se détendre pendant l'expérience.

Elle hoche la tête. Elle est prête, et je ne peux m'empêcher d'admirer sa volonté d'expérimenter avec moi, la confiance absolue qu'elle a en moi. Personne ne peut arriver à la cheville d'Alexa quand nous sommes ainsi ensemble. C'est grisant.

Elle ferme les yeux et retient son souffle pendant que je positionne la bougie au-dessus de ses jambes et que je laisse couler avec précaution un peu de cire sur le devant de son pied. J'attends. Elle soupire et se détend. Ce n'est pas aussi terrible qu'elle le craignait. Son consentement me permet de continuer. Quand je remonte doucement le long de ses jambes, son corps frissonne et ses poils se dressent sur sa peau. Elle a la chair de poule.

— Garde les yeux ouverts, ma chérie. J'ai besoin de te voir.

Je me concentre sur sa réaction tandis que je m'approche de son ventre. Le désir trouble son regard. Je m'assure que le bougeoir est plein de cire liquide et j'en renverse sur sa peau pour remplir son nombril.

— Mon… Dieu…

Elle en a le souffle coupé. Puis elle cambre le dos et laisse échapper un petit gémissement, tandis que ses poignets noués ancrent son corps dans le sol. J'espère que je ne vais pas jouir avant la fin de l'expérience. Elle est encore plus sexy que dans mes rêves. Je ne pensais pas que ce fût possible ! Si ses bras pouvaient bouger librement, elle se protégerait, mais elle ne peut pas, et je suis heureux d'avoir pris la peine de lui lier les poignets. Je préfère quand même m'assurer que tout va bien. Je ne veux surtout pas lui faire de mal.

— Ça va ? C’est un choc, n’est-ce pas ?

— Oui, c’est vraiment un choc. C’est chaud, mais ça ne brûle pas, puis la chaleur suit… C’est bizarre dans mon nombril, comme si tu m’avais touchée au plus profond de mon être.

Quelle femme ! Capable d’un tel abandon et d’une telle analyse en même temps. Je regarde la cire durcir sur son ventre comme un bouchon et je pose ma paume dessus, sentant la chaleur d’Alexa. Je ne peux m’empêcher d’embrasser ses lèvres sensuelles et de pénétrer sa bouche avec ma langue. Allongée sous mon corps, elle semble fascinée. Elle réagit à mon baiser avec une passion si immédiate et si inattendue qu’au bout de quelques secondes, nous sommes tous les deux hors d’haleine. Ça ne faisait pas partie de mon plan, mais je ne m’en plains pas. Je me demande si elle a une idée de l’énergie sexuelle et du désir brut qui suintent de ses pores. J’en suis moi-même choqué.

En tout cas, ses tétons sont exactement comme je les veux maintenant : durs, fermes et prêts à l’action. Je m’assois à califourchon sur son corps et m’assure que ses jambes ne peuvent pas bouger, tout comme ses mains. Il faut que je m’active, sinon en lieu et place de la cire chaude, ça sera mon sperme.

— Mon Dieu, Jeremy… Tu es sûr ?

— Certain. Tu vas aimer. J’y pense depuis que nous sommes arrivés. Je veux avoir les moules de tes magnifiques tétons. Maintenant, reste tranquille ; je ne veux pas me louper.

Elle prend de profondes inspirations, sans doute dans l’espoir de calmer sa nervosité et son anxiété. Et maintenant, elle attend.

— Ouvre tes yeux pour moi.

J'aime quand elle suit mes instructions. Ça la rend encore plus parfaite à mes yeux. J'avais l'intention de faire un bout de sein à la fois, mais comme je suis sur le point d'exploser, je prends une autre bougie, la fais pivoter pour m'assurer qu'elle dispose de la même quantité de cire liquide que l'autre et décide de faire confiance à ma précision médicale pour faire les deux tétons à la fois. L'expression sur le visage d'Alexa est exquise. À l'appréhension se mêlent la curiosité et l'excitation.

— Fais-moi confiance, je suis docteur.

Je lui fais un clin d'œil tout en plaçant chaque bougie à quelque distance au-dessus de ses seins. Comme le suspens est un véritable supplice pour elle, j'attends un peu plus longtemps pour être synchronisé avec le refrain du morceau. Je lui demande de respirer plus calmement parce que ses seins bougent trop vite, mais je sais parfaitement qu'elle ne peut absolument rien y faire. Elle laisse échapper un gémissement bruyant qui traduit son désir frustré.

Je sais qu'elle me frapperait en cet instant si elle le pouvait. Le timing est parfait, et je verse la cire chaude et soyeuse sur ses deux tétons. Elle se tord et hurle sous le choc. Je ne peux qu'imaginer ce qu'elle vient de ressentir, car ses bouts de sein sont beaucoup plus sensibles que les miens. Mais je sais aussi que la sensation et le plaisir qui s'ensuivent valent bien ce choc initial. Je suis ravi qu'elle fasse cette expérience, car je sens qu'elle va aimer.

— Ah ! Jeremy ! C'est chaud ! Putain que c'est chaud ! Oh ! Putain, putain !

Ce n'est pas son genre de jurer. Elle tire sur ses liens, et ses hanches se soulèvent sous les miennes tandis que mon poids la cloue au sol. Puis, la cire commence à refroidir sur ses mamelons roses et délicats. Il faut absolument que je contre le tsunami qui se prépare dans mes couilles.

Je repose avec précaution les bougies pour me distraire. J'en garde une à portée de main. Puis, j'attends que la sensation de chaleur pénétrant ses tétons s'estompe pour laisser place à son désir de moi.

— Baise-moi, s'il te plaît, Jeremy. Baise-moi, tout de suite !

Il serait vraiment grossier de ma part de ne pas satisfaire une demande aussi polie !

Je me soulève rapidement, puis je la retourne doucement, levant son magnifique cul vers moi, pour qu'elle se retrouve à quatre pattes. J'enfonce doucement mon pénis dans son vagin humide et je laisse sa chair rembourrée se resserrer fermement autour de moi. Ma bite ne connaît pas meilleur endroit sur terre.

— *Jeremy !*

Elle n'a plus aucune patience et pousse des halètements de frustration en direction du tapis. Ses tétons enflés, avec leur capuchon de cire, se balancent dans les airs. Son corps est sensationnel, vu sous cet angle.

Je prends la bougie à côté de moi et verse un filet régulier de cire fondu en haut de la fente de ses fesses, m'assurant qu'elle s'écoule directement vers le bas.

Son derrière tressaute à cause de l'intensité choquante de la sensation, et elle laisse échapper un cri puissant, tandis que son vagin se contracte autour de ma queue, provoquant ainsi un plaisir exquis quand j'explose en elle. Nous nous diluons dans l'union magique de nos deux corps et nous jouissons en même temps avant qu'elle ne capitule au-dessous de moi.

Dès que j'ai posé mon regard sur elle, j'ai senti que nous étions faits l'un pour l'autre, qu'elle touchait aussi bien mon cœur que mon âme.

Mais nous étions trop jeunes, nous avions encore tellement d'expériences à faire. Il fallait que je teste mes limites en dehors de mes sentiments pour Alexa, que je la repousse avant de comprendre à quel point elle était importante pour moi.

Les années passant, mes sentiments sont devenus de plus en plus profonds, intenses, tout comme le lien qui nous unit, à la manière des racines d'un arbre majestueux de la forêt tropicale qui s'enfoncent dans le sol fertile.

Deuxième partie

L'émotion survient précisément quand l'adaptation est empêchée pour une raison ou une autre.

E. Claparède

Alexa

Je reviens à moi, le corps lourd, la tête douloureuse. Je suis assise, mais mes membres sont solidement attachés, et je suis incapable de faire le moindre mouvement. Je me déplace pourtant au milieu de la foule, les gens autour de moi sont pressés. Je ne vois que des jambes qui avancent à toute vitesse, des corps, et il faut que je lève la tête pour apercevoir leurs visages. Ça me donne le tournis.

Je réalise que je suis sur un fauteuil roulant. Mon cœur se met à battre la chamade. Je sens une montée d'adrénaline qui alimente ma peur alors que je prends peu à peu conscience de la réalité de ce cauchemar. J'essaie de crier, mais un son étouffé sort de ma bouche qui a été scotchée avec du ruban adhésif.

Je baisse les yeux et constate que je suis vêtue d'une robe noire longue et ample par-dessus mes vêtements. Je secoue la tête, mais mes cheveux, mon nez et ma bouche sont recouverts du même tissu. Seuls mes yeux sont ouverts sur le monde extérieur, une paire d'yeux verts pétrifiés qui ne peuvent ni parler ni hurler. Ils sont condamnés à regarder, impuissants, la normalité qui les entoure. Quelqu'un m'a enfilé une burqa. Je suis horrifiée. Ce n'est pas uniquement d'utiliser la religion de cette façon. Personne ne peut voir que je suis prisonnière sous cette couche de vêtements. Je passe complètement inaperçue au milieu de la foule et de l'activité débordante de la ville. Je suis trop basse pour que les gens puissent percevoir la terreur dans mes yeux, et, de toute façon, ils sont trop préoccupés par leurs problèmes pour remarquer quoi que ce soit.

Nous passons sous un portique de sécurité sans que l'agent, qui a l'air de s'ennuyer ferme, prenne la peine de me regarder. J'essaie de l'interpeller silencieusement, l'implorant du regard pour qu'elle baisse la tête vers moi et s'aperçoive que quelque chose ne tourne décidément pas rond. Mais elle n'est pas là pour s'attarder et provoquer des retards ; elle se doit d'être efficace. Elle se contente de hocher sèchement la tête, sans sourire, et on me conduit vers l'accès réservé aux handicapés. J'essaie de me débattre, en vain.

Je peux à peine bouger dans mon accoutrement, et nous nous dirigeons inexorablement vers le quai et le train qui attend déjà. J'entends des annonces de départs imminents en anglais et en français. Mon Dieu ! Ils m'emmènent hors du pays. Je revois le visage torturé de Jeremy et j'ai soudain la nausée. Je me dis avec fermeté que je ne vais pas vomir et, après quelques secondes de conditionnement psychologique, ma volonté l'emporte sur mon estomac contrarié.

La réalité me rattrape, et la panique infiltre mes os. Ce n'est pas un jeu. C'est exactement ce que Jeremy redoutait. Il m'avait fait part de ses craintes lors de notre dernière conversation sur la plage, à Avalon, et voilà que sa plus grande peur vient de se réaliser. J'ai été enlevée en plein Londres. Il a suffi de venir me récupérer à l'aéroport et de m'emmener en fauteuil roulant jusqu'à l'Eurostar. Aucun haussement de sourcils, aucune question. Simple et efficace.

On me fait monter à bord du train, puis on me conduit dans un compartiment. La personne qui pousse mon fauteuil se penche vers moi, ouvre ma robe à l'aide d'une bande velcro, puis enlève la ceinture autour de ma taille et défait les liens autour de mes jambes et de mes poignets. Des bras me soulèvent et me posent sur un fauteuil confortable. Je n'ai pas le temps de regarder mon ravisseur que déjà il quitte le compartiment, emportant le fauteuil roulant.

Une fois qu'il a fermé la porte derrière lui, je me retrouve seule dans le petit compartiment bien agencé. Dieu merci, je ne suis plus affublée de cette maudite burqa ! Mon fauteuil est à côté d'une tablette près de la fenêtre sur laquelle sont posés un plateau-repas et une bouteille d'eau.

Dans le coin, il y a une petite cabine avec des toilettes et un lavabo. Je vérifie immédiatement la fenêtre, même si je sais pertinemment que le store est bloqué et qu'il me sera impossible de le remonter.

Je ne peux pas voir dehors, et personne ne peut me voir de l'extérieur. Je contrôle machinalement la porte qui, naturellement, est verrouillée. J'ai retrouvé un peu d'énergie et je cogne contre la porte dans un élan de rage et de frustration.

Je comprends que nous sommes en train de quitter la gare, car mes jambes, déjà un peu flageolantes, se mettent à chanceler. Je ne peux rien faire contre la terreur glacée qui envahit mon être. Un tremblement incontrôlable part du bout de mes doigts et se propage dans tout mon corps. Je me laisse choir sur mon fauteuil en me demandant ce qui va m'arriver.

Ma main saisit inconsciemment mon bracelet, cherchant le réconfort des puces cachées dans les éclats de diamants roses et l'inscription en gaélique sur sa surface lisse. *Anam Cara* : « ami de ton âme ». J'adresse une prière silencieuse à Jeremy, à l'univers.

S'il te plaît, s'il te plaît, fais que ce bracelet fonctionne comme tu l'as dit. Retrouve-moi, je t'en supplie. J'ignore où on m'emmène ou ce qu'ils veulent de moi. Tu ne me l'as jamais expliqué en détail. Fais que je sois assez forte pour survivre à ce qui va m'arriver jusqu'à ce que nous soyons de nouveau réunis. J'ai tellement besoin de toi.

Je n'ai plus qu'à espérer qu'il n'a qu'une parole et qu'il peut effectivement savoir où je me trouve vingt-quatre heures sur vingt-quatre, sept jours sur sept, partout sur la planète grâce à ce bijou truqué. Si ce n'est pas le cas, comment va-t-on me retrouver ?

Tandis que je referme ma main sur mon poignet, que je touche le seul lien qu'il me reste avec lui, j'essaie de refouler la panique qui m'envahit en prenant de profondes inspirations et en repensant à notre dernière nuit ensemble à Avalon, où notre amour physique a pris une tout autre dimension, comme si nos trajectoires étaient spirituellement entrelacées et l'univers conspirait pour que nous puissions nous réunir.

C'est du moins ce que j'ai ressenti de mon côté… Je touche mon bracelet du bout des doigts et m'imprègne de ce tendre souvenir dans l'espoir de calmer mes nerfs.

***

Après tout ce que j'ai enduré depuis que j'ai retrouvé Jeremy à l'hôtel InterContinental, je sais que je ne me suis jamais sentie aussi vivante ni aussi active sexuellement. Il a rallumé une étincelle dans mon âme, et je sais qu'elle ne s'éteindra plus jamais. J'ai l'impression que l'objectif de ma vie désormais est d'alimenter cette flamme qui ne cesse de grandir. J'ai besoin de m'unir à Jeremy, de l'emmener au-delà du sexe et, après tout ce qu'il a éveillé en moi, presque au-delà de notre amour l'un pour l'autre.

Adieu les expériences, les prélèvements, les analyses sanguines, les gadgets et les contraintes. Adieu les taux hormonaux. Je veux faire l'amour avec lui naturellement, passionnément, comme deux êtres qui ne font plus qu'un. Il y a désormais une force intense qui anime ma sexualité, comme si une personne différente habitait mon corps. Je ne peux pas la réprimer, et elle me pousse à prendre l'initiative avec un homme qui aime avoir le contrôle.

Je prends la main de Jeremy, en silence, car je sais intuitivement que les mots vont diffuser l'énergie du moment, et je le guide, d'un pas déterminé, jusqu'au lit. Il y a quelque chose dans la forme circulaire de cette cabane dans les arbres qui me donne le courage d'assumer la passion qui brûle en moi et de poursuivre ma quête.

Il me laisse enlever son peignoir tout en haussant les sourcils. Il se demande certainement où je veux en venir, et ses doigts se crispent le long de son corps, bien qu'il se force à rester immobile. Cette force puissante à l'intérieur de moi me pousse à prendre entièrement le contrôle de la situation. J'enlève à mon tour mon peignoir. Ils gisent tous deux sur le sol ciré.

Il se détend manifestement, et son regard se pose sur moi, ses yeux s'imprègnent de mon corps. Je sens la chaleur monter entre nous. Il attend que je continue, et je sais exactement où je le veux.

Il me laisse écarter ses bras et ses jambes au milieu du lit circulaire géant. Je le trouve absolument superbe dans cette position. Je le regarde avidement ; sa présence et sa majesté me paralysent presque.

Je respire à fond pour reprendre contenance. J'embrasse délicatement ses lèvres douces tout en m'asseyant à califourchon sur son corps nu, en veillant à ce que mon contact soit délibéré et non accidentel. Je pose doucement mon index sur sa bouche pour l'inviter au silence. Son regard me dit qu'il me cède son pouvoir, et je sais que c'est très difficile pour lui.

Mon homme de Vitruve, si parfait, entouré des draps blancs et dorés, me laisse caresser son corps ferme et puissant, jouer avec lui. Il se livre à moi. Mon cœur déborde d'amour pour lui. Il fait ça pour moi, sans bouger, sans me toucher. Il me laisse retourner son corps, l'embrasser, le toucher, le sucer, à mon rythme, en arrière et en avant, au-dessus et au-dessous. J'aime qu'il soit la seule et unique personne avec qui j'ai des liens aussi profonds et je peux enfin expérimenter ce qu'il a éveillé en moi pendant toutes ces années.

Je suis impressionnée par la puissance sexuelle qui émane de nos corps et de nos esprits et par sa volonté de s'abandonner à moi. Il essaie de réprimer ses gémissements de plus en plus forts tandis que je poursuis sans relâche mes jeux sensuels et mes explorations. Mon désir croissant enflamme mon bas-ventre. Le seul mouvement sur son corps, en dehors de ses frissons involontaires, se concentre au niveau de son phallus, qui enfle à vue d'œil, impatient d'être pris en charge par mes mains, mes lèvres et ma bouche. Sa force, sa patience et sa résolution me semblent complètement surnaturelles, tandis que je pose ma bouche sur ce qui m'appartient, puis il ne peut pas contenir plus longtemps ses gémissements.

Je prends mon temps, car je veux qu'il vienne doucement. Je lèche et joue avec ma langue, augmentant progressivement ma vitesse. Son corps tremble sous le mien et je sais qu'il n'est pas loin – tout comme moi. J'ai un peu mal au ventre au moment où il me pénètre, car lui seul est capable de me remplir de cette façon. Je me positionne de sorte qu'il soit parfaitement placé au-dessous de moi. J'écarte les jambes au-dessus de ses hanches pour accueillir en moi la totalité de son membre magnifique.

Je remarque des gouttes de sueur qui perlent sur son front, peut-être à cause de son immobilité forcée ou de son désir sexuel qui le consume…, mais ses mains se retiennent de toucher mon corps, comme s'il comprenait parfaitement pourquoi j'ai besoin de ça, pourquoi nous avons besoin de ça. Il ne m'empêche pas de définir mon propre rythme, en harmonie avec mon corps. Je suis tellement heureuse qu'il s'abandonne à moi, sa force pénètre tout mon être.

J'aime ce sentiment, j'aime le pouvoir qu'il me cède. Il me concède une part de sa virilité, de sa puissance, de la sève qui l'alimente. Je sens chaque parcelle de lui au plus profond de mon être. Nos regards se croisent tandis que je me balance au-dessus de lui. Nous sommes tous les deux sur le point de jouir, quand il lève légèrement la tête, m'interroge en silence, me supplie. Je ne peux pas lui voler une seconde de plus, à cet homme que j'aime, qui me demande la permission de jouir. Je rejette la tête en arrière tout en m'arrimant à son corps et en resserrant mon étreinte. Il explose immédiatement en moi, abondamment. C'est enivrant. Je m'effondre sur lui, dans un état de complète euphorie, une sensation magique, spiroïdale.

La lave, à combustion lente, désormais liquide, intensifie notre amour et le lien qui nous unit tandis que nos bouches et nos langues se cherchent, parlant un langage universel, silencieux et passionné de sexualité pure. Puis nous restons allongés, l'un à côté de l'autre, tous deux rassasiés aussi bien physiquement qu'émotionnellement.

— Merci de l'avoir fait pour moi. Je sais que ce n'est pas facile pour toi, dis-je en souriant avec indolence.

— Merci pour l'occasion que tu m'as donnée. Je ne m'étais jamais autorisé à faire ça.

— À quoi ? Abandonner le pouvoir ?

— Mmm, te laisser dominer. Tu sais que ce n'est pas ce que je préfère, mais c'était incroyable.

— Pourquoi t'es-tu laissé faire ?

Silence de quelques secondes.

— Je l'ai fait parce que c'était important pour toi et je ne te refuserai jamais une expérience sexuelle que tu désires ou dont tu as besoin. Tu sais que je suis tout à fait pour que tu explores et découvres chaque aspect de ta sexualité, surtout quand c'est entre nous. Et il semble que c'est une étape très importante pour toi, en particulier après tout ce que tu as enduré ces derniers jours.

Il me regarde d'un air interrogateur.

— Je me trompe ?

— Non, tu as tout à fait raison. Il y avait une force en moi qui me poussait à prendre le contrôle. Je n'avais jamais ressenti une telle pulsion sexuelle auparavant ; alors, j'ai tout simplement suivi mon désir.

— Tu ne peux pas savoir à quel point ça me fait plaisir de t'entendre parler ainsi, Alexa. Tu reconnais enfin que la sexualité est une partie importante de ton être. Tu avais enfoui et oublié cet aspect de ta personnalité ces dernières années, ajoute-t-il en riant.

— Grâce à toi, docteur Quinn. Je commence à me demander si je me connaissais véritablement avant ce week-end.

Jeremy m'attire contre lui.

— Comment te sens-tu ?

— Un peu étourdie, mais je me sens si entière, si satisfaite, si saine, si complète…

— Ma vie commence tout juste à trouver son véritable sens maintenant que je sais que nous sommes ensemble, murmure-t-il.

Combien c'est merveilleux pour moi aussi !… Nos membres sont entrelacés, et il me serre encore un peu plus contre son torse.

— Je t'aime, Jeremy.

— Moi aussi, Alexandra. Tu n'as sans doute aucune idée à quel point je t'aime.

Ce sont les derniers mots que nous échangeons avant que je ne m'endorme, parfaitement heureuse, dans la douce étreinte de Jeremy.

Ce souvenir me fait monter les larmes aux yeux, et la peur m'étreint. Ma détresse atteint son comble quand je pense à ce qui pourrait m'arriver, loin de Jeremy et de mes enfants. J'en deviendrais presque hystérique. Je suis terrorisée, bouleversée, et je m'en prends au plateau de nourriture que je suis bien incapable de manger. Je le balance contre le mur. C'est vraiment un cauchemar ! Que veulent-ils de moi ? Je me lève, les jambes en coton, et je me rends compte de la vitesse du train quand j'entre dans la minuscule salle de bains et que j'asperge mon visage d'eau froide. Je donnerais n'importe quoi pour me laisser tomber dans un lit et me réveiller dans les bras de Jeremy en réalisant que tout ça n'était qu'un mauvais rêve. Après avoir fait un brin de toilette, je tente vainement de forcer la porte, puis la fenêtre. Il ne me reste pas d'autre choix que de m'asseoir dans le silence pesant de mon compartiment-cellule, seule avec mes pensées inquiétantes.

Le train ralentit enfin, et je me demande si je vais encore subir l'humiliation d'être attachée à un fauteuil roulant. Je me rappelle vaguement avoir entendu que la burqa était interdite dans les lieux publics en France ; je ne sais pas si c'est le cas dans les pays européens voisins. La porte s'ouvre soudain. Je sursaute ; la terreur me remue les entrailles. Dieu, viens-moi en aide.

Deux hommes baraqués entrent dans le compartiment ; ils semblent emplir tout l'espace. Ils évitent mon regard. Je tremble tellement que je ne peux pas bouger de mon fauteuil. L'un d'eux s'approche de moi. Je suis incapable de parler ; c'est tout juste si je peux le regarder. Il me fait signe de me lever. Il ne comprend pas que je suis paralysée par la peur et que je ne peux pas faire ce qu'il me demande ! Il me prend sous les aisselles pour me mettre en position debout et s'empresse de me menotter les poignets. Mon Dieu ! Voilà qu'on pose un masque à gaz sur mon nez et sur ma bouche ! J'essaie de retenir ma respiration pour ne pas perdre à nouveau connaissance. Réalisant que mes efforts sont vains, je finis par inhaler, par une succession d'inspirations brèves et superficielles, tout en me demandant quelle substance est en train de s'infiltrer dans mes poumons. Le premier homme me tient fermement pour m'empêcher de bouger pendant que l'autre fixe une bouteille derrière mon dos, qui ressemble à un extincteur ou à une bouteille d'oxygène.

Il fait passer des sangles autour de ma taille et sous mes bras pour l'attacher. Me voilà munie d'un appareil respiratoire autonome. On me lie les chevilles et les genoux, et je me sens un peu groggy. Une douce chaleur envahit mes membres, et je deviens toute molle dans les bras de l'homme qui me maintient debout. Cette chaleur est en fait plutôt agréable, et je sens que je me détends. Cette sensation ne m'est pas complètement inconnue : je l'ai déjà vécue chez le dentiste. Le gaz hilarant ou protoxyde d'azote. Il atténue la douleur et plonge dans un état euphorique.

L'un des hommes quitte brièvement le compartiment et revient en tirant une immense valise sur roulettes. Je me mets à glousser, tandis que mon esprit s'égare et que je me demande si la valise va contenir les tenues pour la Fashion week de Paris.

Sur ce, il ouvre la valise pendant que l'autre me soulève, et ils me fourrent littéralement dedans. L'intérieur est doublé d'une sorte de rembourrage en mousse. Je suis vaguement consciente que ce n'est pas bien, mais je ne me sens pas trop mal et je ne parviens plus à analyser mes émotions face à cette situation. Je tente d'enlever le masque à gaz tout en poussant contre la mousse, car il faut que je continue à penser rationnellement, mais mes efforts sont complètement vains. J'essaie de crier, de me débattre. Je sens que c'est ce que je devrais faire, mais je n'ai pas suffisamment de volonté pour rassembler toute l'énergie nécessaire. Mes membres me paraissent particulièrement lourds et envahis par une certaine chaleur ; pourtant, je me sens étonnamment bien malgré ma position inconfortable.

De toute façon, je ne peux pas bouger, et le masque étouffe les sons que je pourrais émettre. Je suis stupéfaite qu'ils aient réussi à me faire entrer dans cette valise. Ils n'auraient jamais pu faire ça avec Jeremy. Ils auraient dû lui en fabriquer une sur mesure.

Le couvercle se referme, et je me retrouve de nouveau dans le noir complet. Si je n'étais pas aussi détendue, je suis certaine que je serais en train de trembler de tout mon corps. J'entends une fermeture éclair, et la valise est placée à la verticale.

Heureusement qu'il y a ce rembourrage à l'intérieur vu le voyage qui m'attend. Je frémis à l'idée des bleus qui couvriraient mon corps sinon. Les roulettes se mettent en mouvement, et je me demande où je vais atterrir. Je ne peux pas voir, je ne peux pas entendre, je ne peux pas parler ni goûter ni sentir. Je ne sens plus qu'un corps immobile, imbibé de relaxant. Je n'ai pas d'autre choix que de continuer à respirer.

Jeremy

Je m'attarde au bar et joue avec la nourriture dans mon assiette, ignorant tout ce qui se passe autour de moi. Je suis hanté par Alex, par ce qui lui arrive. Ces pensées me dévorent et me perturbent.

J'envisage les pires scénarios, je crains qu'on ne lui fasse du mal, et en même temps je repense à toutes les occasions manquées, à mon incapacité à assumer mes sentiments pour elle… Et maintenant, je n'aurai peut-être plus jamais l'opportunité de me racheter.

Je ne peux même pas dire si Alexandra a été consciente un jour de la complexité de mes sentiments envers elle, des émotions que j'ai toujours ressenties pour elle.

Il m'a fallu un certain temps pour le reconnaître ; pourtant, même après cette prise de conscience, je n'ai pas voulu la faire fuir et j'ai toujours veillé à ce que notre relation reste légère et joyeuse.

En fait, je voulais lui donner le monde tout en étant le centre de son monde à elle. Mais j'étais acculé à l'époque et je savais que nous ne poursuivions pas les mêmes objectifs.

Mon frère cadet était atteint d'une forme très grave de dépression, et, peu de temps avant mon vingt-cinquième anniversaire, je l'ai découvert mort dans notre garage. Il s'était suicidé au gaz dans la voiture de notre père qu'il avait verrouillée de l'intérieur.

Ce jour-là, le monde m'est apparu sous un tout autre jour, mes priorités ont changé, et mon ambition a été alimentée par ma douleur et mon incapacité à lui apporter l'aide dont il avait cruellement besoin.

Mes parents, Dieu merci, ont mieux réagi que moi à la mort de leur fils… C'est du moins ce que je croyais. Mon chagrin était âpre, incroyablement dérangeant et écrasant. Je m'en voulais. Si seulement j'en avais su plus, si j'avais plus étudié, si je l'avais mieux compris, si j'avais passé plus de temps avec lui…, si seulement les médicaments qu'il prenait l'avaient aidé à affronter la vie plus efficacement.

Je n'arrivais pas à accepter la mort de Michael, la fin brutale de sa vie. Il y avait tellement de questions en suspens dans mon esprit ; il me fallait absolument comprendre. Pourquoi mon frère, pourquoi pas moi ? Pourquoi était-ce arrivé à notre famille ? Était-ce inscrit dans notre patrimoine génétique à tous ou était-il le seul concerné par cette maladie ?

Dieu sait que ma famille et mes amis ont essayé de me soutenir, mais je n'étais pas prêt à accepter leur aide. Je ne voulais pas de leur pitié, ni de celle de personne, d'ailleurs. Alors, je les ai repoussés, Alexa comprise, pour me débrouiller tout seul.

J'avais besoin de m'éloigner du stress et de l'agitation de la ville, de retrouver un sens à ma vie. Je voulais enfouir mon chagrin en privilégiant l'action plutôt que la réflexion. Les livres, les conférences, les théories ne m'intéressaient plus. J'avais besoin de sentir que j'étais vivant contrairement à Michael, dont la vie s'était arrêtée à l'âge de vingt ans, l'âge de tous les possibles. Le service d'ambulances aériennes et la campagne déserte m'ont permis de m'isoler, de m'éloigner de tous ceux que je connaissais et de tout ce que j'avais vécu jusque-là.

Heureusement, on cherchait désespérément du personnel médical et on a accepté ma candidature, car non seulement j'avais les connaissances médicales nécessaires, mais en plus je venais d'obtenir mon brevet de pilote d'avion. Une paire de mains masculines et fortes n'était jamais de trop dans les conditions rudes de notre belle région du Sud.

Tout a semblé se mettre en place quand j'ai fait la connaissance de Leo. Lui aussi avait perdu un proche, son cousin, qui avait mis fin à ses jours. Nous avons passé de longues heures à discuter de nos théories sur le profil des personnes atteintes de dépression grave.

Nous nous demandions si les facteurs entrant en jeu étaient d'ordre psychologique, chimique ou environnemental, ou comment ils interagissaient. Il m'a offert le mentorat dont j'avais besoin pour remettre ma vie sur les rails.

C'était vraiment ce qu'il me fallait à l'époque, et aujourd'hui c'est Alexa qu'il me faut, c'est d'elle que j'ai terriblement besoin. En ce temps-là, j'ai dû la laisser partir pour que nous puissions chacun suivre la voie que nous avions choisie.

Je n'étais pas prêt à lui donner la famille qu'elle désirait tellement et je ne pouvais pas me détourner de ma mission qui consistait à trouver un médicament pour soigner la dépression. Je devais épargner aux autres familles la douleur et l'angoisse que nous avions connues. Mais maintenant, je sais que c'est elle qui me rattache à la vie ; mon amour pour elle est si fort que je ne la laisserai plus jamais me glisser entre les doigts. Elle est l'oxygène qui alimente ma vie.

Je me souviens de la conversation que nous avons eue à Santorin et qui a scellé notre séparation pendant plus de dix ans. Tout avait commencé par une discussion inspirée sur nos choix de vie, et puis nous sommes arrivés à la croisée des chemins, une fourche, telle la langue d'un serpent, tout aussi douloureuse. Pour moi, en tout cas…

***

— J'aimerais construire quelque chose de plus sérieux, Jeremy. Je ne m'éclate plus autant qu'avant au travail. Ça devient monotone, une vraie routine. Il n'y a que l'argent qui compte dans le monde des affaires, et j'ai besoin de savoir que j'aide des gens. Je ne veux pas gagner de l'argent pour le plaisir d'en gagner.

En plus, je ne suis pas aussi obsédée que toi par ma carrière. Je sais que le travail ne me suffit pas pour être heureuse…

— Alors, qu'est-ce que tu vas faire ?

Nous nous prélassons au soleil sur un rocher chaud au bord des eaux tièdes de la mer Égée. Je fais mon devoir en passant de l'écran solaire sur le dos d'Alexa. La vie est dure !

— J'envisage de reprendre la psychologie à plein temps.

— Waouh ! C'est un grand changement. Tu es prête à franchir le pas ?

— Oui, mais il y a plus que ça. Je pense que je suis prête à m'installer pour de bon.

Je continue à caresser sensuellement la peau douce de son dos.

— T'installer ? Qu'est-ce que tu entends par là ?

Je suis parcouru d'un frisson d'appréhension. S'installer, merde… Pas mon Alexa !

— Eh bien, fonder une famille, retourner en Australie peut-être. Je ne veux pas élever des enfants en plein centre de Londres.

— Tu es sérieuse ?

Je verse par inadvertance un peu trop de crème solaire sur ses épaules et m'empresse de l'étaler pour me distraire du choc qu'ont provoqué ses mots.

— Bien sûr que je suis sérieuse, Jeremy. Pourquoi ne le serais-je pas ? Mon horloge biologique tourne, et la vie nocturne, le rythme endiablé de Londres ne m'intéressent plus.

— Mais tu n'as pas encore trente ans ; tu as encore le temps.

Mon Dieu, il faut que je trouve quelque chose : elle est en train de me filer entre les doigts. Je sais que je ne suis pas prêt. Je ne veux ni m'installer ni fonder une famille. Ma carrière commence tout juste à décoller. Mes recherches à Harvard servent uniquement à me confirmer que je suis sur la bonne voie.

Je n'ai jamais été aussi près d'une avancée significative pour parvenir à traiter les déséquilibres chimiques dans le cerveau. Après toutes ces années, je sais que je suis enfin sur la bonne voie, sur le point d'accomplir quelque chose de très concret pour éviter aux familles la douleur et l'enfer que nous avons connus avec Michael. Je ne peux pas m'arrêter en si bon chemin et je ne peux pas me concentrer à la fois sur mon travail et sur une famille. Cela aurait des conséquences désastreuses sur mes études et mes recherches. Et Alexa n'accepterait jamais d'avoir un partenaire qui n'est pas là pour s'occuper de ses enfants, certainement pas.

— Je sais, répond-elle calmement.

Je suis de mon côté toujours sous le choc.

— Mais j'approche vraiment de la trentaine, et certaines femmes mettent beaucoup de temps à tomber enceintes. L'une de mes amies, qui vient d'avoir trente ans, essaie en vain depuis deux ans d'avoir un enfant. Je ne sais pas comment je survivrais si cela m'arrivait. Je ne peux pas l'ignorer plus longtemps, Jeremy. Chaque fois que je croise une maman avec un bébé dans la rue, j'ai le cœur serré. Comme s'il se contractait, comme s'il était pris de convulsions. Ce désir d'enfant, de mettre au monde un bébé et de l'élever n'a rien de comparable avec ce que j'ai vécu jusqu'à présent. Quand je vois une femme enceinte, je souris à la future mère, et les larmes me montent aux yeux. Je ne peux pas refouler ce sentiment qui chaque jour devient un peu plus fort. Il n'y a plus rien d'autre qui compte pour moi.

Je chasse toutes les pensées morbides de mon cerveau sur la dépression qui peut dévaster la vie des familles même les plus heureuses et me concentre pleinement sur les paroles d'Alexa. Mon amante…, ma meilleure amie…, l'horloge biologique qui tourne… Mon Dieu, s'attend-elle à ce que je sois le père ? Et si elle était déjà enceinte ? Bon sang ! Je ne suis absolument pas prêt. Elle se redresse et me regarde droit dans les yeux, comme si elle sentait ma peur, mon anxiété croissante quant au tour que prend la conversation.

— Ce n'est rien, Jeremy.

Elle part d'un grand rire, ce rire si adorable.

— Ce n'est pas la peine de flipper ! Je sais que ta carrière est tout pour toi, ce n'est pas nouveau pour moi. Et puis, il n'a jamais été question de monogamie, de relation sérieuse entre nous. On s'amuse bien quand on est ensemble, c'est tout. Tu m'as très bien fait comprendre ce que tu pensais du mariage pendant toutes ces années.

— Oui, bien sûr.

Elle me regarde, les yeux pétillants, et sa fossette apparaît à côté de son sourire. Je pousse un soupir de soulagement et me détend un peu en me demandant toutefois si elle croit vraiment qu'elle n'est pour moi qu'une partenaire sexuelle avec qui je m'éclate au lit. Quant à mes vues sur le mariage…, eh bien, nous avons passé les dernières années aux antipodes. Alors, je n'ai pas eu l'occasion de lui expliquer que cette position anti-mariage valait pour toutes les autres femmes du monde jusqu'à ce que je sois prêt pour elle.

— J'ai rencontré quelqu'un.

Cette nouvelle me fait l'effet d'une douche froide. Mes pensées se figent brutalement. Mon cœur bat la chamade.

— Et c'est sérieux, je pense.

Je m'arrête provisoirement de respirer, puis je réalise qu'elle attend une réaction de ma part.

— Vraiment ? Comment s'appelle-t-il ?

Je fais semblant de tousser pour masquer ma voix qui s'étrangle.

— Robert. C'est un Anglais, mais il semble prêt à venir s'installer en Australie avec moi et il adore les enfants. Je l'ai rencontré il y a quelques mois à un baptême et…

Je vois ses lèvres bouger, mais je n'entends pas sa voix à cause du bourdonnement dans mes oreilles et de la douleur lancinante dans ma poitrine. C'est donc ça. Je suis en train de perdre mon Alexa.

Ne réalise-t-elle pas qu'elle est à moi, qu'elle m'appartient depuis le jour de notre rencontre ? Et voilà qu'elle veut s'installer, avoir des enfants, retourner en Australie. Ces trois choses sont complètement impossibles pour moi à ce stade de ma vie. Je l'aime, elle doit bien le savoir. Sinon, comment pourrais-je le lui dire maintenant ? Elle semble si heureuse, si enthousiaste quand elle parle de « Robert » et de leur nouvelle vie. Merde ! Comment se fait-il que notre conversation ait pris ce tour qui me déplaît au plus haut point ? Je secoue la tête, tandis que sa voix me sort de ma torpeur.

— En tout cas, je voulais juste te dire que si Robert et moi emménageons ensemble, comme nous prévoyons de le faire, que si nous nous mettons en couple, je ne pourrai plus partir en week-end avec toi, comme aujourd'hui. Ça ne serait pas… correct, tu comprends ?

Elle lève la tête vers moi, et je vois à la fois de la résignation et de la nostalgie dans ses yeux. Et voilà. Mon Alexa, si taquine, si ouverte aux nouvelles expériences se détourne de moi parce que je ne peux pas lui donner ce qu'elle veut à ce stade de sa vie. Et elle a raison.

Je ne peux pas, je ne le ferai pas. C'est trop tôt, nous sommes encore si jeunes. De plus, on dirait vraiment qu'elle l'aime ; alors, comment pourrais-je, en toute justice, la priver de ce bonheur, juste parce que je ne suis pas prêt à m'engager ? Merde, j'en suis malade ! Je ne peux pas me permettre de ressasser ça maintenant. J'essaie de parler d'une voix calme.

— Non, ma chérie, en effet. Je suis content que tu sois heureuse et merci de m'en avoir parlé. Mais sache que, s'il te fait du mal, s'il te blesse, s'il lève un jour la main sur toi ou s'il ne te traite pas comme la déesse que tu es, il aura affaire à moi, et tu sais de quoi je suis capable.

Elle m'adresse son sourire dévastateur, et je ne peux m'empêcher de sourire à mon tour.

— Très théâtral, ton petit discours, Jeremy, mais, oui, je sais de quoi tu es capable.

Elle me donne un coup de poing taquin, affectueux sur le bras.

— Tu aimes jouer les protecteurs.

— Je serai toujours là pour toi, Alexandra. C'est très important pour moi que tu le saches.

On dirait que je sombre dans la solennité, ce qui doit la foutre en boule, en particulier si c'est lui qu'elle aime et pas moi. Je dois absolument essayer de me faire à cette idée, de la soutenir dans son choix. Il faut que je détende l'atmosphère de toute urgence.

— En attendant, c'est moi qui t'ai à mes côtés ce week-end, pas lui, et, si c'est notre dernier week-end avant que tu ne te « ranges »…

Je ne peux pas empêcher l'amertume de percer dans ma voix.

— … dis-toi bien que nous allons en profiter un maximum.

Je suis incapable de la regarder, car les larmes me montent aux yeux. Je la soulève, et elle se met à hurler quand je la porte jusqu'au bord du rocher et que je la jette dans l'eau bleu-vert et chaude. J'attends qu'elle remonte à la surface, puis je m'empresse de sauter à mon tour pour récupérer ce qui m'appartient, du moins pour l'instant. J'ai besoin du contact de l'eau sur ma peau pour me débarrasser de mes émotions turbulentes et pour soulager mon cœur.

Je ne la laisserai pas filer cette fois. Je tape du poing sur le dessus du comptoir en bois, je sens mes doigts fourmiller, ma peau devient brûlante sous l'effet de ma détermination.

— Jeremy, ça va ?

— Oh ! Sam, salut. Je ne vous ai pas vu arriver.

Son visage, d'ordinaire si jovial, est parcouru de rides profondes qui trahissent son inquiétude. J'essuie rapidement les larmes qui perlaient au coin de mes yeux ; il ne doit pas me voir ainsi. Nous ne devrions pas être dans une telle situation !

— Oui, j'étais vraiment plongé dans mes pensées. Des nouvelles ?

Je fais signe au barman pour qu'il vienne prendre notre commande et je demande un autre whisky, qui atténue provisoirement ma douleur, mais ce sera le dernier.

Je ne peux pas me permettre de ne pas être en état de faire le maximum pour retrouver Alexa.

— En fait, j'ai des nouvelles, oui. Le signal émis par le bracelet d'Alexandra nous a permis de la localiser à la gare de Saint-Pancras. Nous pensons qu'elle est montée à bord d'un train à destination de Paris. Le traceur GPS du bracelet n'est pas très efficace dans les trains à grande vitesse, mais nous avons pu mettre en corrélation l'heure de départ du train et le bracelet, nous en sommes certains à quatre-vingt-dix-neuf pour cent. À moins que…

— À moins que ? dis-je d'un ton brusque, agacé par

son explication qui me paraît interminable. À moins que quoi, Samuel ?

Il faut absolument que je parvienne à me contrôler.

— Eh bien, ils auraient pu truquer le bracelet pour nous mettre sur une fausse piste. Vous pensez qu'ils peuvent être au courant de sa véritable fonction ? demande Samuel.

— Il n'y avait rien sur le fonctionnement de ce bracelet sur mon ordinateur au travail. Le fichier était enregistré ailleurs. Qu'en est-il de vous ?

— C'est la même chose. Alors, nous devrions être tranquilles pour un moment, du moins jusqu'à ce qu'ils essaient de l'enlever et qu'ils réalisent que c'est impossible.

— Bon, il faut absolument que nous agissions. S'ils pensent qu'elle est à Paris, alors, je vais m'y rendre.

Je vais enfin pouvoir me concentrer sur quelque chose plutôt que de sombrer dans le désespoir. Je fais mine de me lever, mais Sam pose sa main sur mon bras pour m'arrêter.

— C'était il y a quelques heures, Jeremy. Elle pourrait être partout en Europe maintenant. J'espère que vous ne m'en voudrez pas, mais, comme vous étiez bouleversé, j'ai pris la liberté de joindre directement Martin…

L'expression de mon visage le réduit immédiatement au silence, et je prends une profonde inspiration pour calmer ma colère. *Ressaisis-toi, Quinn.*

— Désolé, Sam, oui, bien sûr, continuez.

Il se détend visiblement. Je devais avoir l'air vraiment effrayant. Sam n'est pas si impressionnable d'habitude.

— En tout cas, nous avons détecté le signal à la gare du Nord, pendant quelques minutes, puis nous l'avons de nouveau perdu. Les agents de sécurité pensent qu'elle est à bord d'un autre train en direction sud, peut-être de la frontière suisse, mais nous n'en serons sûrs à cent pour cent que quand elle sera arrivée, que le train sera à l'arrêt. Nous devrions connaître l'endroit exact dans la matinée. Martin espère avoir formé son équipe dans les vingt-quatre prochaines heures.

— Quoi ? Nous ne pouvons pas nous permettre d'attendre aussi longtemps, Sam ! Ils ont enlevé Alex !

— Ces choses peuvent prendre un certain temps, Jeremy, et ils ne veulent pas impliquer les autorités pour le moment…

Sam parle d'un ton apaisant, mais je ne veux pas l'entendre. Pourquoi Martin et Moira ne m'ont-ils pas appelé plutôt que de parler à Sam ? Je sors mon téléphone de la poche de ma veste et constate que j'ai cinq appels en absence et que j'avais désactivé la sonnerie. Comment est-ce possible ? Je le jette brutalement sur le comptoir dans un geste de frustration ; rien ne va comme je veux.

Je bouge le bras pour qu'il enlève sa main et me lève.

— Vous plaisantez, j'espère !

Je sens des pulsations douloureuses au niveau de mes tempes. Le calme de Samuel ne fait qu'accroître ma colère, et j'ai le plus grand mal à rester courtois. Je reprends mon portable, bien décidé à passer le coup de téléphone qui nous permettrait peut-être de sortir de cette situation.

Quand Sam me voit appuyer sur les touches du clavier, il intervient rapidement.

— Ils essaient apparemment d'éviter toutes les lenteurs de l'administration, au cas où nous serions contraints d'agir rapidement, si vous voyez ce que je veux dire.

Il semble nerveux en prononçant ces mots et s'empresse d'ajouter :

— En tout cas, nous prendrons le premier vol pour Paris ce matin. Espérons que nous aurons une idée plus précise de l'endroit où elle a été emmenée.

Je réfléchis à ce qu'il vient de dire et reconnais à contrecœur qu'il a peut-être raison. J'essaie de refouler ma colère.

— D'accord, je vois ce que vous voulez dire. Oui, si nous devons agir rapidement, nous ne voulons pas avoir à demander la permission à qui que ce soit.

Je bois ma dernière gorgée de whisky pour calmer mes nerfs et mes craintes quant à ce que pourrait subir Alexa. Si seulement elle était dans mes bras en cet instant.

Une explosion de rage enflamme mon ventre et se propage dans tout mon corps. Je serais capable en cet instant de tuer les salauds qui l'ont faite prisonnière. Ce n'est pas du tout une émotion appropriée pour un médecin, mais je m'en fiche royalement.

— Il faut absolument que je prenne le premier vol, Sam, dès que nous saurons où elle a été emmenée. Dites-le à Martin.

J'ai besoin de prendre l'air ; j'ai l'impression d'étouffer.

— Ça sera fait.

Je me conduis vraiment comme un type grossier et arrogant. Je suis injuste de m'en prendre à Sam alors qu'il fait tout pour m'aider. Je respire un bon coup et fais un gros effort pour contrôler mes émotions menaçantes. Je pose ma main sur son épaule et dis d'une voix plus douce :

— Merci, Sam. J'apprécie vraiment ce que vous faites. En fait, c'est vraiment affreux pour moi de ne pas savoir comment elle va. Il faut absolument que je la retrouve, que je la sorte de là.

— Je sais, Jeremy, et c'est ce que nous allons faire.

Troisième partie

Pendant que le docteur réfléchit, le patient se meurt.

Proverbe italien

Alexa

Après m'être frotté la peau pour enlever la crasse, la fatigue liée au décalage horaire et les larmes, je laisse l'eau brûlante couler sur mes muscles fatigués. Je me sens complètement engourdie, mes émotions se sont tues, mon cœur semble figé. J'ignore depuis combien de temps je suis sous l'eau bouillante et je m'en fiche. Mon cerveau est incapable de prendre la moindre décision. Pourtant, je réalise au bout de quelques instants que je suis recroquevillée sur le sol de la douche et que la température de l'eau est plus fraîche sur mes membres. Je frissonne et me décide enfin à sortir. Je me demande ce qui m'attend. Où suis-je ? Qui m'a fait ça ? Qui a bien pu me faire ça ? Mes larmes se sont taries. J'ai largement dépassé mon quota.

Même la serviette douce que je pose distraitement sur mes épaules paraît rêche sur ma peau. Je regarde en direction du miroir et constate avec soulagement qu'il est embué. Si je voyais mon visage, ce cauchemar n'en deviendrait que plus réel, plus palpable, et je n'ai vraiment pas le courage d'affronter cette réalité pour le moment. J'hésite en ouvrant la porte de la salle de bains, car je ne sais plus très bien ce qu'il y a de l'autre côté. Je me rappelle vaguement avoir vu des meubles anciens, un placard, une table de chevet, un grand lit plus haut que la normale, ainsi qu'une méridienne couverte d'un tissu floral, quand j'ai surgi, telle une créature non identifiée, de la valise dans laquelle j'ai été prisonnière pendant si longtemps. Je pense que j'étais en état de choc quand la lumière s'est infiltrée dans mes yeux et que j'ai réalisé que je respirais sans le masque.

Mes liens avaient été enlevés aussi rapidement qu'ils avaient été noués. En regardant autour de moi avec prudence, j'ai constaté qu'il n'y avait personne. J'ai étiré chacun de mes muscles douloureux doucement pour permettre au sang de circuler jusqu'à l'extrémité de mes doigts et de mes pieds.

La lumière dans la salle de bains a immédiatement attiré mon attention, et j'ai rampé jusque-là pour me hisser sur les toilettes. La douche s'est rapidement imposée ensuite. Je me suis empressée de quitter les vêtements que je portais depuis mon départ de Melbourne. Dieu sait combien d'heures et de jours se sont écoulés depuis. J'ai l'impression que ça fait une éternité.

Les rideaux sont ouverts, rien n'est plongé dans l'obscurité, et je m'étonne de pouvoir regarder le monde qui m'entoure. Mes yeux mettent quelques minutes à s'habituer à la vue qui s'offre à moi. La campagne est magnifique : un paysage vallonné, des pâturages, et le soleil qui baisse rapidement. Le ciel se pare des couleurs du crépuscule. Des montagnes majestueuses offrent un arrière-plan idéal... *C'est magnifique quand on est en vacances*, me dis-je. *Ce qui n'est certainement pas mon cas !* Je pose les deux mains sur le rebord de la fenêtre pour garder l'équilibre pendant que je continue à regarder. Je prends de profondes inspirations pour remplir mes poumons et tenter de chasser la panique qui m'envahit de nouveau. Je remarque que, de là où je suis, je surplombe tout ce qui m'entoure. *C'est trop haut pour que je puisse m'échapper…* Cette pensée traverse furtivement mon esprit, même si j'essaie malgré tout d'ouvrir la fenêtre qui reste naturellement fermée.

Je suis prisonnière derrière cette petite fenêtre dans ce qui semble être une sorte de château. Un souvenir lointain me rappelle que je n'ai logé qu'une seule fois dans un château, dans la périphérie de Reims, alors que je visitais la Champagne, en France, mais les montagnes qui se dressent devant moi m'indiquent que je dois être plus à l'est, en Autriche, en Italie peut-être, ou même à la lisière de l'Europe de l'Est. C'est impossible de le savoir. Je frémis devant cette réalité impénétrable qui n'a rien à voir avec les aventures européennes de ma jeunesse. Comment ai-je pu me mettre dans un tel pétrin ? Je sais comment tout a commencé et je ne veux pas y penser maintenant. Je remarque que la serviette a glissé à mes pieds et que je suis nue devant la petite fenêtre. Je me sens comme Raiponce, sauf que je n'ai pas ses longues boucles somptueuses pour m'aider à m'enfuir, ni de beau sauveur ; en tout cas, pas encore. J'espère vraiment que Jeremy peut localiser l'endroit où je me trouve tandis que je serre mon bracelet adoré, la seule chose que j'ai sur moi en ce moment. Je le porte à mes lèvres, voulant que Jeremy sente où je suis, l'adjurant de venir me sauver des mains de mes ravisseurs, dont j'ignore toujours l'identité.

Non, me dis-je, *plus de larmes, plus d'émotions*. Je suis en vie, bien qu'un peu meurtrie et contusionnée, mais indemne. Il faut que je me concentre sur les aspects positifs de cette situation, si horrible soit-elle. S'ils voulaient me faire du mal ou, pire (j'en frémis), me tuer, ils auraient eu l'occasion de le faire depuis bien longtemps, depuis que je suis montée dans cette horrible voiture à Heathrow. Je ramasse ma serviette le plus stoïquement possible, l'enroule autour de mon corps, sous les aisselles, et fouille la pièce à la recherche de mes affaires.

Je remarque que l'affreuse valise dans laquelle j'ai voyagé n'est plus dans la chambre. Ils ont dû l'enlever pendant que je prenais ma douche. Quel soulagement ! Je n'ai vraiment pas envie de réitérer cette expérience oppressante. J'ouvre la vieille armoire en acajou et je vois une robe pendue à l'intérieur, dans une housse en plastique, avec, fixé dessus, un mot aux lettres joliment formées.

Soyez habillée et prête pour le dîner à dix-neuf heures précises.

Je regarde mes vêtements gisant sur le sol de la salle de bains. Je les ai portés, d'après mes calculs, pendant au moins trente heures. Je ramasse mon chemisier, le sens rapidement et le jette immédiatement. Je pousse la pile du pied. Physiquement et symboliquement, je ne veux plus jamais les porter ni les toucher après ce que je viens de subir. Mais ai-je vraiment envie de prendre la robe qui m'est offerte dans l'armoire ? Mes émotions menacent de me submerger de nouveau, je respire bien fort et j'enlève le plastique. Une robe crème classique et élégante. Pas vraiment une tenue de jeune première, mais quand même… Que se passe-t-il donc ici ? Comment puis-je être déposée dans une chambre, quelque part en Europe, dans une fichue valise, et maintenant ça ? *Soyez habillée et prête pour le dîner…* C'est quoi ce délire ? J'ai la tête qui tourne quand je pense, pour la première fois, à vérifier la porte de la suite. Fermée, naturellement. Je ne veux pas me vêtir de cette tenue élégante. Je n'ai aucune envie de me mettre sur mon trente-et-un dans de telles circonstances. Ça ne m'a jamais plu de toute façon jusqu'à… Mon esprit est assailli d'images de la superbe robe de couturier rouge que Jeremy avait fait faire pour moi. Je m'effondre presque à cause du stress et de l'angoisse provoqués par ce souvenir. Pourquoi ne suis-je pas avec lui en cet instant ? Parce que je suis emprisonnée ici. Exaspérée, je tape du poing contre la porte, mes jambes flanchent et je ne suis bientôt plus qu'un petit tas tout recroquevillé sur le sol. Je regarde vers la fenêtre et me demande si quelqu'un va justement surgir dans la pièce après avoir brisé la vitre, pendant qu'un hélicoptère en vol stationnaire au-dessus du château attend que je sorte avec mon sauveur, un scénario à la *James Bond* ou à la *Mission impossible.* Je me précipite vers la fenêtre, cherchant désespérément un signe, un mouvement dans les arbres, quelque chose qui m'indiquerait que quelqu'un essaie de venir me sauver. Rien. Absolument rien. Pourquoi de telles opérations de sauvetage n'existent-elles que dans les films ? Les teintes roses et pourpres du crépuscule laissent peu à peu place à la nuit. Je passe mes doigts dans mes cheveux dans un geste à la fois de peur et de frustration tout en contemplant la robe qui semble me narguer à l'autre bout de la pièce.

Mon ventre se met à gargouiller comme par hasard, me rappelant qu'il y a un certain temps que je n'ai pas mangé. Rien de tel que des besoins physiques élémentaires pour aider à prendre une décision. Oh ! et puis zut ! Je me dirige d'un pas hésitant vers la robe – je n'ai pas vraiment le choix de toute façon et je suis toute nue. Et s'ils arrivaient et me voyaient dans cet état ? Cette pensée me donne suffisamment d'élan pour enlever la robe du cintre, même si le simple fait de la toucher me remplit de dégoût. Ils ont même fourni les sous-vêtements crème assortis ! Quelle prévenance ! Au moins, je ne me retrouverai pas sans culotte cette fois ! Je passe rapidement la robe de bal fluide et élégante, car je ne veux pas m'attarder plus longtemps que nécessaire sur ce geste. Je remarque une boîte en bas de l'armoire, qui, j'en suis sûre, contient des talons aiguilles. Je les sors en espérant qu'ils ne seront tout de même pas trop hauts. *Raisonnables*, me dis-je en soupirant, *par rapport à la folie qui m'entoure*. Je brosse rapidement mes cheveux humides et les laisse détachés. Je ne veux pas en faire plus que nécessaire et, de toute façon, je n'ai rien pour les attacher ou les remonter. Je me fiche complètement de mon apparence en cet instant et je ne prends même pas la peine de me regarder dans la glace.

Après m'être lavé les dents (heureusement qu'ils ont fourni une brosse et du dentifrice) et m'être aspergé le visage d'eau froide, je vais m'asseoir sur le bord de la méridienne, le lit étant un peu trop haut pour être confortable. Plus j'essaie de rester assise calmement, plus je deviens nerveuse. Je commence à remarquer le contact doux de la robe en soie contre ma peau ; je ne veux pas de ça maintenant. Je décide de m'allonger sur la moquette, peu importe que je sois en robe longue et que je porte des chaussures à talons hauts. J'essaie de méditer. Savasana, rien de tel que la posture du cadavre !

Inspire, expire, inspire, expire, arrête le cours de tes pensées, détends ton corps... Ce faisant, je remarque à quel point mon corps est tendu, justement, et j'essaie de décontracter mes épaules qui sont trop hautes et trop crispées. Je contracte délibérément chaque groupe de muscles pour pouvoir les relâcher ensuite tout en continuant à inspirer et expirer profondément.

Toute cette concentration m'aide à me distraire de la réalité pendant quelques secondes au moins. Ça me fait du bien d'être allongée ainsi sur le sol, d'étirer mes membres qui ont été à l'étroit pendant toute la durée du trajet. Je continue à contrôler mon souffle en m'assurant que chaque inspiration et expiration produit l'effet escompté jusqu'à ce que je me calme et que j'atteigne un état de conscience plus profond.

***

Les cris à la porte viennent perturber ma solitude mentale.

— Elle gît sur le sol ! Il faut l'examiner immédiatement ! s'écrie la voix aux intonations étrangères.

Quelqu'un vient soudain à mes côtés et prend mon pouls. Ma bouche est ouverte, mais aucun mot n'en sort. Je lève les yeux, m'imprégnant de la scène. Un homme, vêtu d'une blouse blanche, se précipite vers moi, tandis qu'on me met en position assise. Il agite quelque chose sous mon nez, et j'ai immédiatement un mouvement de recul. Des sels ! Pensent-ils que je me suis évanouie ? Ils parlent entre eux avec un accent étranger que je ne reconnais pas immédiatement. Je secoue la tête, franchement consternée. On me tient fermement le menton tout en braquant une lumière aveuglante sur mes yeux. Qu'est-ce qu'ils ont tous, ces docteurs, avec leurs fichus tests et leurs lampes aveuglantes ? Je cligne des yeux et j'essaie de me dégager en me tortillant. On vérifie de nouveau mon pouls, puis on me met debout, bien que mes talons hauts et ma tentative de méditation avortée me laissent un peu chancelante, c'est le moins que l'on puisse dire. Qui sont ces gens ? Une jeune fille en tenue de femme de chambre, le docteur et un autre homme qui ressemble à un majordome. Je suis debout devant eux, en état de choc.

— Docteur Blake, que s'est-il passé ? Comment vous sentez-vous ?

Ils me parlent en anglais.

— Vous pouvez parler, docteur Blake ? S'il vous plaît, répondez-nous. Vous vous sentez bien ?

Ils *semblent* vraiment inquiets pour ma santé, ce qui est plutôt bon signe. Espérons, en tout cas. Je regarde chacun d'eux avec la plus grande attention. Je veux graver dans ma mémoire ces visages liés de près ou de loin à mon enlèvement. Dans d'autres circonstances, j'aurais peut-être remarqué que le docteur, qui se cache derrière sa blouse blanche et ses sourcils froncés, est en fait un homme très séduisant, avec sa paire de lunettes branchées, ses yeux chocolat, ses cheveux blonds et un sourire qui illumine la pièce. Le majordome est un homme de taille moyenne, du genre tout en muscles et sans cervelle, un roi de la gonflette, et la femme de chambre ressemble à une gentille jeune fille innocente dans un uniforme ridicule avec une longue natte sombre dans le dos et de grands yeux noisette. Comment osent-ils me demander comment je vais alors que c'est eux qui m'ont fait ça, qui m'ont mise dans cette situation ? J'ai envie de crier, tandis que la colère et la panique montent en moi. Pourtant, je réalise tout aussi soudainement qu'ils attendent avec impatience ma réponse.

Eh bien, qu'ils attendent. Je me promets de rester muette, silencieuse, jusqu'à ce que je sache précisément ce qui se passe. Ils m'ont peut-être emmenée de Londres à cet endroit dont j'ignore l'emplacement, contre mon gré, mais ces gens ne vont pas entendre le son de ma voix et n'auront pas de réponse à leurs questions.

Le docteur enlève le stéthoscope de son cou et pose le métal froid sur ma poitrine. La température de l'instrument me fait automatiquement inhaler. Il bouge silencieusement autour de mes épaules et au-dessus de ma poitrine, ses doigts effleurant alternativement le tissu de ma robe et ma peau sensible. Je ne sais pas si je dois retenir ma respiration pour l'empêcher d'entendre ce qu'il espère ou si je dois au contraire tenter de respirer régulièrement. Il s'arrête avant que je n'aie eu le temps de prendre ma décision.

— Elle va bien, elle est stable.

Il fait un signe aux autres.

— Allez immédiatement chercher un verre d'eau minérale.

La femme de chambre s'exécute aussitôt. Il laisse sa main sur mon coude, qu'il tient fermement tout en m'aidant à m'asseoir sur la méridienne. Ce n'est qu'à cet instant que je réalise à quel point je me sens faible. Cet état de faiblesse me prend vraiment par surprise.

— Buvez ça, s'il vous plaît.

Il me tend le verre d'eau que la jeune fille vient de rapporter. Je le prends et bois. Les bulles du liquide bien froid rafraîchissent ma bouche sèche. Je lève de nouveau les yeux. Je scrute le visage du docteur à la recherche d'informations, d'explications sur ma situation. Je ne vois que de l'inquiétude et du professionnalisme, rien de plus. Je lui redonne le verre après avoir bu la dernière gorgée. Il s'empresse de le rendre à la femme de chambre sans me quitter des yeux.

— Eh bien, docteur Blake, je ne vois aucune raison de vous empêcher de dîner ce soir avec Madame.

Quoi ? Qui est Madame ?

Oups… J'ai failli le dire tout fort.

Je remarque un petit sourire narquois au coin des lèvres du docteur, mais il disparaît rapidement dès qu'il reprend la parole.

— Permettez que je me présente.

Je hoche la tête pour lui signifier que je suis prête à l'écouter. Bizarrement, ses manières me mettent un peu plus à l'aise.

— Je suis le docteur Josef Votrubec. Je vais m'occuper de vous pendant votre séjour ici.

Il prend ma main dans la sienne et la serre énergiquement avant de m'aider à me lever.

— Louis, Frederic, vous pouvez accompagner le docteur Blake à la salle à manger. Elle est en bonne santé. Un peu de vin et des mets raffinés lui feront le plus grand bien.

Louis, le type qui ressemble à un majordome, apparaît immédiatement à côté de moi, tandis que Frederic, un homme beaucoup plus imposant, surgit comme par miracle dans l'embrasure de la porte qu'il remplit de sa présence massive. Je n'aurais eu aucune chance de m'enfuir d'ici sans me faire remarquer. Toutes les issues sont bien gardées, à l'évidence. Je regarde alternativement le Dr Josef et les videurs étrangers, dont la mission semble être de m'accompagner jusqu'à la salle à manger. Je suis anxieuse, même si le côté ridicule de la scène ne m'échappe pas. J'en lèverais presque les yeux au ciel, mais l'appréhension que je ressens m'interdit une telle frivolité. Le sourire narquois du docteur réapparaît sur son visage, comme s'il pouvait lire dans mes pensées. Je suis furieuse qu'il trouve ma situation si amusante. Louis a plié le coude pour que je m'accroche à son bras et il attend, le visage de marbre. C'est vraiment grotesque ! Pense-t-il vraiment que je vais passer mon bras sous le sien et que je vais partir dîner en esquissant un pas de danse ? Pendant quelques secondes, nous semblons figés dans l'espace et le temps. Ils échangent silencieusement des regards avant de poser les yeux sur moi, attendant sans doute que je me décide. Je laisse échapper un soupir, à la fois nerveux et résigné, quand je réalise que je n'ai pas d'autre choix que de jouer le jeu.

Alors que j'étais recroquevillée dans ma valise, j'ai eu largement le temps d'imaginer ce qui m'attendait et, honnêtement, je me voyais plutôt atterrir dans une cellule dégoûtante, enfermée derrière des barreaux, couchée à même le sol humide et dur avec pour seule compagnie… un seau. Ça n'a tout simplement pas de sens ! Me voilà affublée d'une robe de bal beige, de talons hauts et flanquée de deux majordomes-videurs qui attendent de pouvoir m'accompagner à un dîner en tête-à-tête avec Madame, dont j'ignore l'identité. Même si cette situation est physiquement beaucoup plus confortable que ce que j'avais imaginé, ce sont les conséquences émotionnelles qui semblent à l'origine de mon profond malaise. Un concept s'impose à moi au milieu des pensées désordonnées qui assaillent mon esprit : le fameux syndrome de Stockholm. Je me promets alors d'être fidèle à ma résolution de ne pas parler. Et c'est sur cette conclusion que je fais mon premier pas vers la porte, contournant les majordomes-videurs, ignorant le coude prêt à accueillir mon bras : je ne veux pas les toucher et encore moins qu'ils me touchent.

Pendant que j'avance vers la porte à grandes enjambées, d'un pas faussement assuré, je me demande ce qui peut bien m'attendre de l'autre côté. Frederic recule pour me laisser passer, ce qui me surprend, car je ne sais pas du tout où aller. Louis me double si vite que ma robe bruisse autour de mes jambes, comme si j'étais dehors et une douce brise soufflait.

— Veuillez me suivre, docteur Blake.

Il part d'un bon pas le long d'un couloir interminable, recouvert de moquette. Je me tourne vers Frederic, qui tend le bras pour m'inviter à avancer, confirmant que je n'ai pas d'autre option que d'aller dans le sens de la marche. Je jette un dernier regard dans la pièce et vois le docteur ranger ses instruments dans sa petite mallette noire. Sans s'interrompre, il lève les yeux vers moi.

— *Bonsoir*, docteur Blake.

Une fois de plus, je dois me retenir de répondre « Bonsoir » à cet homme déroutant.

— Profitez de votre dîner. Je suis certain que vous vous sentirez beaucoup mieux après avoir mangé.

Je m'empresse de détourner la tête, consciente que le videur derrière moi attend avec impatience que je me décide enfin à avancer. La scène devant moi se transforme mentalement en une version horizontale du terrier de lapin d'Alice. Alors que ma nervosité menace de triompher sur ma résolution de rester calme, une seule réflexion me vient à l'esprit : *Putain, c'est reparti !* Et je n'aime pas jurer d'ordinaire, à moins que ça ne soit vraiment nécessaire.

***

Après avoir traversé le couloir le plus long que j'aie jamais vu, nous arrivons enfin dans un immense hall d'entrée. J'avance d'un pas hésitant sur le parquet en bois, ce qui me permet d'entendre et de sentir mes jambes, tandis que mes talons claquent nerveusement sur le sol.

Louis marche vraiment vite ; je me concentre donc sur mes pas et tente de le suivre au plus près. Nous passons sous un énorme lustre, et je ne peux m'empêcher de remarquer les vitraux aux couleurs délicates. À l'extrémité de cet immense hall d'entrée, il y a deux énormes portes en bois qui, une fois fermées, forment une arche élaborée. Je remonte le devant de ma robe pour ne pas m'entraver. Deux gardes se tiennent de part et d'autre des portes massives, et je suis intriguée par leurs uniformes richement ornés.

Distraite par leur accoutrement, je manque de rentrer dans Louis et je recule juste à temps pour éviter la collision. Je dois faire un effort de concentration intense pour ne pas laisser échapper un « Oh ! désolée ».

Je me ressaisis rapidement. Je suis à présent flanquée de mes deux majordomes-videurs. Louis est à peine plus grand que moi (à cause de mes talons), et Fred (je décide que la version plus australienne de son prénom rend cette situation moins sinistre dans mon esprit) se dresse de manière imposante au-dessus de moi, ma tête arrivant tout juste au niveau de ses épaules.

Nous nous tenons bien droits devant les grandes portes. Qu'est-ce qui m'attend de l'autre côté ? Je me demande l'espace d'un instant s'il serait plus facile de simuler un malaise, mais en voyant les gardes et en sentant la présence des majordomes-videurs à mes côtés, je décide que ce n'est pas une bonne idée.

Louis fait un signe de tête à l'un des gardes costumés qui se tourne alors vers un appareil à la pointe de la technologie que je n'avais pas remarqué. Il marmonne quelque chose que je ne peux pas entendre à l'intention de l'appareil, puis saisit un code, plutôt long, semble-t-il. Mon cœur se met à battre la chamade dans ma poitrine, et je tords nerveusement les mains. Je jette un regard hésitant derrière moi, plus pour m'imprégner de mon environnement qu'autre chose. Louis et Fred s'approchent immédiatement de moi, puis reculent d'un petit pas pour me bloquer la vue. Je sens mon estomac se nouer. Je ne vois désormais plus que le noir et blanc de leur uniforme de majordome derrière moi.

Quand je me retourne vers les portes, elles s'ouvrent doucement vers l'intérieur, et j'absorbe la vision qui s'offre à moi. Mes sens sont assaillis par cette profusion d'or, de cristal, de tableaux, d'immenses tableaux qu'on voit d'habitude dans les musées et les églises. Mon Dieu, mais où ai-je donc atterri ? Cette opulence est tout simplement ahurissante. Mes compagnons me poussent du coude, et j'avance seule dans une immense pièce, que je ne saurais nommer ni qualifier. Il y a tout simplement trop de splendeurs ; je suis intimidée par cet environnement. Pourquoi suis-je ici ? À qui appartient ce château ? Je pense furtivement à Jeremy et aux conséquences des questions que je pose sans cesse. Je me souviens encore de cette sensation cuisante sur mes fesses et du plaisir irrésistible qui a suivi et s'est répété sans fin. Ce souvenir me donne le tournis. Oh non ! Non, pas encore, pas ici ! La chaleur dans mon bas-ventre se propage vers mes parties génitales. Après tout ce que je viens de subir, comment de telles sensations peuvent-elles encore assaillir mon corps ? Oh non !

Trop tard. Le processus infernal se met en place. On dirait qu'il vient d'obtenir la permission de s'enclencher après avoir été refoulé pendant si longtemps. Je suis contrainte de m'appuyer sur un fauteuil ancien pour rester debout, tentant désespérément de garder l'équilibre et une certaine perspective mentale. Plus moyen de faire machine arrière maintenant que mon corps se souvient de la douleur exquise des coups de fouet et de la suite délicieuse. Les sensations liées à ce souvenir menacent de me submerger.

J'essaie de retenir mon souffle et je sens mes genoux flageoler. La chaleur et le désir s'unissent entre mes cuisses, et j'ai l'impression que ma température augmente tandis que cette sensation se propage à mes seins, à mes fesses. La sueur perle sur mon front quand j'incline la tête pour étouffer le bruit de ma respiration de plus en plus rapide. Comment cela peut-il encore arriver ? Si rapidement, si facilement ?

Mon esprit amorce sa descente vers l'oubli pendant que mon corps et ses besoins l'emportent sur tout le reste. Je me mets à trembler et me tords de plaisir. Le problème, c'est que j'aime cette sensation, mais ça ne peut pas arriver maintenant, pas ici. Un peu de tenue ! Ressaisis-toi *immédiatement !*

Je prends une profonde inspiration, sachant que mon cerveau a besoin d'oxygène pour se concentrer, et je retrouve enfin un peu de calme. J'inspire de nouveau quand je réalise que ma tête est penchée entre mes bras et que je me cramponne au fauteuil devant moi. Je sens un léger lustre sur mon visage et je sais d'expérience qu'il est accompagné d'une rougeur intense. Comment ai-je pu ? Il me faut une ou deux minutes pour reprendre contenance et parvenir à me tenir droite, même si ma main s'agrippe toujours au fauteuil pour maintenir mon équilibre. Profondément embarrassée, je jette un rapide coup d'œil à Dupond et Dupont qui me regardent, pas le moins du monde décontenancés, l'air plutôt incrédule.

— Soyez la bienvenue, docteur Blake. Quelle entrée, dites-moi !

Je constate que cette voix féminine vient de l'autre bout de la pièce. Voilà qui est troublant ! Je tourne mon regard vers l'endroit d'où provient la voix, et le corps correspondant apparaît dans mon champ de vision.

— Vous devriez peut-être vous asseoir un peu pour vous remettre de ce – comment dirais-je –, de cet épisode ?

Je ne sais pas quoi faire de cette femme, ni de ses mots tandis qu'elle me fait signe de m'asseoir sur un canapé très orné à ma gauche. Elle aussi est vêtue d'une robe longue, en mousseline de soie dorée. Pas étonnant que je ne l'aie pas remarquée dans la pièce quand je suis entrée : elle se fond parfaitement dans le décor tout en dorures et en cristal, soulignant la majesté de la pièce. Elle ajuste élégamment sa robe pour qu'elle tombe parfaitement maintenant qu'elle est assise. Ma respiration est encore un peu perturbée par mon « épisode », et j'aimerais avoir un mouchoir pour m'essuyer le front. À cet instant précis, Louis en sort un de sa poche et me le tend. Je le lui prends des mains et me tapote rapidement le visage avant de le lui rendre. Il le reprend en affichant un air perplexe, puis le range dans la poche de son manteau. Il pose ensuite la main dans le creux de mes reins et m'invite à m'avancer jusqu'à Mme Dorée. Je fixe les deux videurs avant de relever ma robe et de m'asseoir sur le canapé en face d'elle sans aucune élégance.

— Vous voulez bien que nous recommencions à zéro, docteur Blake ?

Elle n'attend pas ma réponse.

— Encore une fois, bienvenue au château Vilamonte, annonce-t-elle fièrement et chaleureusement.

Elle est sérieuse ?

— C'est un immense plaisir de vous avoir ici parmi nous.

Elle parle doucement avec un léger accent. On dirait qu'elle est en train d'accueillir un invité de haut rang. Je la regarde, atterrée.

— J'espère que vous avez oublié les circonstances un peu déplaisantes de votre arrivée ici et que vous vous sentez rafraîchie et revigorée à présent.

Elle hausse les sourcils. Je remarque une lueur d'amusement dans ses yeux et je réalise qu'elle prend un certain plaisir à faire son numéro. Je rassemble toute mon énergie pour rester fidèle à ma résolution et me taire. Est-ce la bonne décision ? Je l'ignore, mais je me dis que je ne risque pas grand-chose à court terme. Au moins jusqu'à ce que je comprenne ce qui se passe et pourquoi je suis ici.

— Je m'appelle Madeleine de Jurilique.

Elle s'interrompt comme si cette annonce devait me faire réagir. J'aimerais beaucoup pouvoir lui dire que son nom ne me dit absolument rien.

— Je suis la PDG européenne de Xsade Pharmaceuticals.

Je dirais plutôt la PDG d'Enlèvement et Séquestration. J'espère qu'elle ne peut pas lire dans mes pensées. Je continue à regarder nonchalamment Mme Dorée.

— Je suppose que vous savez pourquoi vous êtes ici ?

Elle incline la tête en attendant ma réponse.

Non, en fait, je n'en sais rien et j'essaie vraiment de ne pas me pencher sur la question pour le moment, car je suis sûre que de nombreuses questions s'échapperaient de ma bouche. Je reste silencieuse et j'essaie d'afficher un visage sans expression.

— Ah ! c'est donc ainsi que vous réagissez ! Vous voulez garder le silence, *oui* ?

Ça y est, elle a enfin capté.

— *D'accord !* Comme vous voudrez. Vous pouvez écouter ma proposition pendant le dîner. Vous aurez toute la nuit pour réfléchir à vos options.

Sa dernière phrase éveille mon intérêt. Des options ; j'ai donc des options ? Elle remarque mon léger mouvement de tête, et je me maudis de ne pas mieux parvenir à cacher mes sentiments.

Elle se lève avec précaution et glisse doucement jusqu'à l'extrémité de la table, qui doit pouvoir accueillir au moins trente personnes, mais qui n'a été dressée que pour deux. *Excellent*, me dis-je ironiquement. Deux grosses mains me prennent par les coudes et me conduisent vers la table.

Le deuxième couvert a été mis au milieu de la table, où mes deux gardes du corps se postent de chaque côté du fauteuil et attendent patiemment que je m'assoie. Cette situation devient de plus en plus insensée.

Mme Dorée semble parfaitement à l'aise dans le silence de notre environnement élégant. Il y a une grâce tranquille dans ses manières que je trouve fort déconcertante. Nos entrées arrivent en même temps, et mon ventre se met à gargouiller d'impatience.

Je croyais que j'allais être beaucoup trop bouleversée et nerveuse pour manger, mais je me surprends à engloutir ma salade au saumon fumé en un temps record. Madame semble enchantée par mon appétit. Je grimace en la voyant sourire et me distrais en tapotant les coins de ma bouche avec ma serviette. Je n'ai pas touché le verre de champagne devant moi, car je sais que le simple fait d'en boire quelques gorgées éveillerait trop de souvenirs dangereux. Quand on me sert un verre de vin, de la même bouteille que celui que Madame est en train de boire, je décide que c'est un choix plus convenable. Il est frais, sec, a un merveilleux bouquet, comme tout bon vin français. Son goût me distrait momentanément de ma situation.

Le plat principal est servi – un délicieux canard à l'orange avec un assortiment de légumes –, et nous continuons à mâcher en silence. C'est vraiment trop bizarre. Je suis heureuse de pouvoir me concentrer sur mon dîner sans interruption. Ça m'aide à contenir mon anxiété. Nous finissons nos dernières bouchées en même temps. Après avoir pris une gorgée de vin, j'observe Mme Dorée, ses expressions et ses gestes, dans l'espoir de comprendre ce qu'elle peut bien vouloir de moi.

Il se trouve qu'elle me regarde aussi (et qu'elle prend son temps) avant de hocher brièvement la tête. L'un des gardes disparaît momentanément et revient vers la table avec une sorte de document. Par un petit claquement de doigts, elle lui fait signe de le poser devant moi, mais hors de ma portée.

— J'espère que vous avez apprécié votre repas, docteur Blake. On dirait que vous n'avez pas perdu votre appétit, ce qui est très encourageant.

Je fixe mon verre de vin et caresse distraitement son pied lisse, observant les changements de couleur selon la façon dont il réfléchit la lumière.

— Le document devant vous est un contrat. Mon entreprise aimerait que vous le considériez avec le plus grand sérieux. Nous ne vous voulons aucun mal, docteur Blake, et nous espérons pouvoir compter sur votre coopération.

Tiens, tiens, tiens, nous y voilà…

— J'aimerais vous offrir une opportunité extraordinaire, en rapport avec vos récentes études avec le docteur Quinn. Vous avez sans doute été très impressionnée par les résultats, fondés sur l'étude de votre cas, qu'il a présentés la semaine dernière à Zurich.

Qu'est-ce que… ? Il a présenté des conclusions à Zurich, et je n'étais même pas au courant ? Comment a-t-il osé ? Non, c'est impossible ! Il ne ferait pas ça sans m'en informer ! À moins que… Tandis que je tente en silence de faire taire les émotions dangereuses éveillées par ses paroles, Mme Dorée ne perd pas une miette de mon débat intérieur.

— Vous semblez choquée, docteur Blake. Ne me dites pas que le grand Quinn a négligé de vous informer de ses résultats ?

En entendant ses insinuations, je sens la sueur perler sur mon front, et mes mains devenir moites. Il ne me ferait jamais ça ; elle essaie de me vexer pour me faire parler. Je redresse les épaules, fixe du regard la femme nue du tableau Renaissance à l'autre bout de la pièce dans l'espoir d'exclure Mme Dorée de mon champ de vision et de retrouver un semblant de contenance. Je ne sais pas si ça va marcher, mais ça vaut au moins le coup d'essayer.

— Il ne peut pas ne pas vous communiquer un document d'une telle portée.

Contrôle et maîtrise de soi, Alexa. Je me souviens qu'il m'a envoyé un message dans lequel il me parlait d'une série de présentations en Europe, mais il ne m'a pas spécifié ce qu'il présentait. *Reste silencieuse.*

À l'évidence, elle guette ma réaction avec le plus grand intérêt ; elle veut à tout prix me voir réagir, quand, de mon côté, je veux à tout prix éviter de réagir devant elle, ce qui devient de plus en plus difficile, voire impossible.

Elle continue son numéro avec toute la finesse d'une dame française issue de l'aristocratie.

— La précision avec laquelle il a pu isoler le transsudat et le mettre en corrélation avec la sérotonine et la testostérone naturelles est tout simplement miraculeuse. Nous sommes époustouflés par le résultat de ses recherches, et tout cela est grâce à vous, mais aussi parce qu'il a su reconnaître les caractéristiques spécifiques du groupe sanguin AB. C'était sous nos yeux depuis des années, mais nous n'avions jamais pensé à isoler et recombiner les facteurs comme le docteur Quinn l'a fait avec vous, docteur Blake. C'est vraiment *magnifique*.

A-t-il utilisé mon nom dans son compte rendu ? Il avait pourtant promis que je resterais incognito, que personne dans le domaine public ne saurait que j'étais le cas étudié dans son scénario. Qu'est-ce qui se passe ici ?

— Je vois que cette conversation à sens unique vous perturbe quelque peu, docteur Blake. Le docteur Quinn vous a certainement fait part cette semaine de sa découverte ? C'est pour cette raison précise que vous êtes ici.

Je reste figée, honteuse d'avoir été prise ainsi au dépourvu. Jeremy ne me fait-il donc pas suffisamment confiance pour parler de ses découvertes avec moi ? Est-ce plus important pour lui d'occuper le devant de la scène en annonçant ses découvertes capitales ? J'aimerais tellement qu'il soit là pour s'expliquer, pour m'expliquer ce qui se passe. Mais il n'est pas là, et je dois donc continuer à ne pas croire un mot de ce qu'elle dit ; c'est ce qu'il ferait pour moi et ce que je dois faire pour lui. Du moins, c'est ce que je crois… Je continue à fixer les seins de la femme Renaissance, refusant de céder un pouce. Du coin de l'œil, je la vois secouer la tête.

— Oh ! Alexandra, cela devient vraiment ridicule. Je pensais que vous aborderiez cette situation avec beaucoup plus de maturité. Quelle déception !

Tiens, voilà qu'elle m'appelle par mon prénom maintenant, et, après m'avoir enlevée, elle a encore l'audace de me traiter comme une enfant. J'ouvre la bouche et je laisse échapper un son à peine perceptible. Heureusement, je m'arrête immédiatement. Je n'étais vraiment pas loin cette fois. Je pousse un soupir de soulagement.

Je ne peux m'empêcher de remarquer le sourire satisfait sur son visage quand elle constate qu'elle a failli réussir à me faire parler.

— Bon, cet entretien commence à m'ennuyer sérieusement. Si mes explications ne sont pas assez bien pour vous, vous serez peut-être plus sensible à une documentation concrète.

D'un autre claquement de doigts, elle demande un nouveau document que Fred va chercher et qu'il pose à côté du précédent, hors de ma portée.

— Je vous demanderais de prendre un peu de temps pour lire ces documents quand vous retournerez dans votre chambre, qui sera fermée, autant pour votre sécurité que pour autre chose. Vous êtes très convoitée dans le monde pharmaceutique. Frederic et Louis seront devant votre chambre au cas où vous auriez besoin de quelque chose. Veuillez noter toutes les questions que vous avez : nous pourrons en discuter demain matin.

Elle hausse les sourcils et me fait un clin d'œil entendu, comme si elle me mettait au défi de continuer à me taire. Je comprends qu'il ne sera pas dans mon intérêt de rester muette indéfiniment et j'ai comme l'impression que la patience n'est pas vraiment le fort de Madame.

— Notre objectif n'est en aucun cas de vous faire du mal, docteur Blake. Nous avons simplement besoin d'emprunter votre corps et votre esprit pour quelques jours. Ensuite, vous serez libre de partir, indemne. Certaines de vos options sont bien sûr plus négociables que d'autres. Vous vous en rendrez parfaitement compte quand vous aurez lu et assimilé l'offre que nous vous faisons. *Bonne nuit.*

Là-dessus, elle se lève de table, poliment et élégamment, avec un degré de sophistication qui ne peut pas venir naturellement à une Australienne décontractée comme moi. Elle disparaît ensuite par une porte discrète à l'autre bout de la pièce, à l'opposé des portes par lesquelles je suis entrée.

Le silence s'installe dans la pièce tandis que je reste assise seule autour de la grande table. Louis et Fred attendent derrière moi. Il m'est difficile de digérer tout ce qui m'est arrivé durant ces vingt-quatre dernières heures, et je me dis que le meilleur endroit pour le faire sera dans ma chambre, seule, sans la présence de ces majordomes costauds.

Je recule ma chaise et me lève. Fred se précipite pour ramasser les documents sur la table et les range dans une chemise qui porte mon nom. Ils m'accompagnent, naturellement ! Nous repassons sous le seuil voûté et traversons l'interminable couloir avant de rejoindre ma chambre.

La chemise est posée sur le vieux bureau dans un coin de la pièce, et la lampe de bureau est allumée… sans doute pour accroître le plaisir de ma lecture, me dis-je ironiquement. Ils me font tous deux un signe de tête brusque en quittant la pièce, et j'entends qu'on verrouille la porte de ma chambre. Me voilà seule de nouveau, et je me demande ce que Jeremy a bien pu faire pour me placer dans une telle situation.

Je remarque que ma valise est réapparue au pied de mon lit, et mon corps se détend soudain, car l'arrivée de mes bagages me procure un immense soulagement. Le simple fait de voir mes affaires dans cet environnement austère me bouleverse. Mes émotions menacent une fois encore de me submerger. Mais je me ressaisis et tente de convaincre mon cœur et mon esprit de rester distant et professionnel. Elizabeth et Jordan me manquent cruellement. Ils ne m'ont même jamais autant manqué. Je regrette de ne pas avoir mon téléphone sur moi avec la dernière photo que j'ai envoyée.

On dit qu'on n'apprécie pas les êtres et les choses à leur juste valeur tant qu'ils sont à notre portée. J'ai l'impression qu'ils ont été arrachés à l'étreinte de leur mère, et c'est moi qui ai permis cette situation à cause de ma naïveté et de ma stupidité. Les autres mères auraient-elles pris les décisions que j'ai prises durant les deux derniers mois ? Ça m'étonnerait, il faut bien le reconnaître.

C'est déjà difficile d'assumer mes choix en cet instant, sans parler de me soucier de l'opinion des autres sur mes actes, mais je ne peux m'empêcher de penser au pire des scénarios. Et s'il m'était arrivé quelque chose et qu'ils se soient retrouvés orphelins de leur mère ? Je ne peux pas supporter cette pensée qui menace de me briser le cœur. Plus rationnellement, je me demande si Robert et moi avons mis nos testaments à jour. Je dois m'en occuper en priorité à mon retour…, si je reviens entière. Mon Dieu ! Comment se fait-il que j'aie atterri ici ? C'est tellement différent de ma semaine avec Jeremy. L'excitation, les montées d'adrénaline continuelles, car je ne savais jamais ce qui allait se passer dans la seconde qui suivait, semblaient préserver mon esprit du tourbillon émotionnel dans lequel je me trouvais. Bien sûr, c'était Jeremy aux commandes, c'est lui qui prenait toutes les décisions, qui contrôlait tout.

Je savais au plus profond de moi que je pouvais laisser ma vie entre ses mains, car j'étais certaine qu'il ferait tout pour que je retrouve mes enfants, mon univers. Mais maintenant, à qui puis-je faire confiance dans cet environnement ? Qu'est-ce que Jeremy m'a caché ? Je ne sais même pas exactement qui est au courant de mon enlèvement. Peut-être Jeremy garde-t-il aussi cette information pour lui…

J'interromps brusquement le fil de mes pensées, car je sens qu'elles ne me mèneront nulle part et qu'elles peuvent en plus être très nuisibles dans ma situation. Professionnalisme et sérieux, voilà mes nouveaux mots d'ordre. Je n'ai pas le temps de me laisser envahir par des émotions dangereuses. *Tu t'en es très bien sortie dans le monde des affaires par le passé*, Alexa, me dis-je fermement, *et tu dois avoir exactement la même approche de ta situation actuelle. Si tu t'y prends bien, tu seras partie de là dans quelques jours, exactement comme Madame l'a dit. Espérons..., si tu peux vraiment lui faire confiance...*

Je serre mes poings tellement fort que je sens mes ongles pénétrer dans la chair de ma main. J'essaie tout simplement de canaliser mes forces avant de m'extirper de cette robe ridicule. J'ouvre ma valise et je tombe sur mon nouveau déshabillé, particulièrement moulant, exclusivement réservé à mes retrouvailles avec Jeremy. Quel dommage que je n'aie pas mon autre sac avec mon pyjama de British Airways ! Je décide d'opter pour les seuls vêtements vraiment décontractés que j'ai emportés et j'enfile mon bas de survêtement, un soutien-gorge confortable et un tee-shirt. Si Mme Dorée veut négocier, eh bien, c'est exactement ce que nous allons faire. Je m'installe devant le petit bureau, ignorant ce que je vais trouver dans le dossier intitulé « Dr Alexandra Blake – personnel et confidentiel ».

***

Dire que je suis choquée est largement au-dessous de la vérité. Il semble que Jeremy ait bel et bien présenté le résultat de ses recherches sur la dépression, les troubles bipolaires et les états associés au Comité consultatif scientifique international. Il dispose de *résultats référencés concernant une femme anglo-saxonne non ménopausée de groupe sanguin AB*… Oui, c'est moi. Comme c'est pratique. *Les résultats ont permis d'identifier l'élément manquant dans les comparaisons hormonales pour recréer des molécules de sérotonine naturelles sans les effets secondaires particulièrement pénibles des médicaments existants et atteindre de nouveau l'équilibre chimique dans le cerveau en l'espace de trois à cinq jours*.

Je suis ravie d'apprendre qu'il pense que j'ai retrouvé mon état normal. Je me sens tout sauf normale, puisque, depuis, je suis sujette à des « épisodes », ce qu'il ignore puisqu'il préfère pérorer, exposer ses résultats plutôt que de se replonger dans sa recherche clinique. Merde, qu'est-ce qu'il a fait ? Pourquoi, Jeremy ? Pourquoi ne m'as-tu pas dit que tu allais faire ça ? Tu n'as pas dit un mot de ces résultats, de tes projets au cours de nos dernières conversations. Pourquoi me laisses-tu ainsi dans le flou, dans l'ignorance ? Il y a tellement d'autres choses dont il faut que je te parle.

Aujourd'hui, nous avons l'intention de soumettre une proposition de financement détaillée pour réaliser une expérience sur un collectif de cent femmes de groupe sanguin AB. Des femmes anglo-saxonnes et non ménopausées qui subiront des tests dans un environnement clinique ; la moitié aura souffert auparavant d'une forme de dépression relationnelle diagnostiquée et l'autre n'aura jamais connu la dépression. Des médicaments ou des placebos leur seront administrés...

Pourquoi diable ne m'en a-t-il jamais parlé ? Où réalise-t-il ces tests ? Comment va-t-il garantir la sécurité de ces femmes ? Va-t-il les soumettre aux mêmes expériences que moi ? Tout cela ne signifiait-il donc rien pour lui ? Je sens le sang battre dans mes veines, tandis que ma colère augmente à mesure que j'avance dans ma lecture. S'il vous plaît, faites que Mme Dorée se trompe ! Comment a-t-il pu négliger de me parler de ça ? M'a-t-il administré d'autres médicaments pendant les jours que nous avons passés ensemble, des médicaments dont il ne m'a rien dit ? Dieu sait qu'il en aurait eu largement l'occasion, et voilà qui pourrait expliquer ces foutus « épisodes ». Il a dit qu'il m'avait donné un sédatif après mon expérience, et je me suis réveillée dans un endroit appelé Avalon, complètement hébétée et désorientée pendant des jours. Il aurait pu faire n'importe quoi, et je n'en aurais rien su. Et puis, il y a eu cette perfusion, la nécessité de poser un cathéter, et de nouveau le noir total, la perte de connaissance. Mon Dieu, comment ai-je pu être naïve à ce point ? Lui faisais-je donc si implicitement confiance pour en omettre de poser ce genre de questions ? Cette prise de conscience provoque une réaction immédiate dans mon estomac, comme s'il venait de faire un saut périlleux. Je bondis de ma chaise et j'avance en trébuchant jusqu'à la salle de bains, où je vomis instantanément mon dîner. Ai-je vraiment remis tout ce que j'avais, tout ce que j'étais entre ses mains ? Je connais la réponse à cette question. Bien sûr que je l'ai fait. Je lui ai tout confié ce week-end-là.

Ma vue. Mon corps. Mon esprit.

J'étais totalement à sa merci avant qu'il ne prenne soi-disant soin de moi (il s'agissait en fait plutôt de me dominer complètement). Un frisson parcourt ma colonne vertébrale, tandis qu'une version inédite de notre week-end se dessine devant mes yeux et qu'un sentiment d'horreur glacée infiltre mes os.

Je me cramponne au lavabo tout en revivant les événements qui m'apparaissent sous un jour nouveau. Tout ce qui m'avait échappé jusqu'à présent, me semble désormais évident. Sa façon de contrôler le moindre détail, la moindre interaction. La menace continue qui perçait dans sa voix. Son refus catégorique de négocier les conditions préliminaires de notre week-end ensemble. Ne rien voir. Ne pas poser de questions. Nom de Dieu ! Comment ai-je pu être aussi aveugle ? Quelle question stupide ! Bien sûr que j'étais aveugle. Il a veillé à ce que je sois aveugle (et attachée si nécessaire) pendant les quarante-huit heures centrées sur l'expérience, ce qui lui a permis de faire tout ce qu'il voulait.

Et maintenant, pour la première fois, dans ce château, je remets en question ce que j'ai vécu. Étais-je à ce point obnubilée par le côté purement sexuel de l'expérience que j'ai négligé tout le reste ? Quelle cible facile j'ai dû être pour le Dr Quinn, un être si affable et si raffiné ! Mon mariage sans passion ; notre passé sexuel commun ; cette communion avec mon corps que je n'ai connue avec personne d'autre ; son bouton de télécommande facilitant mes orgasmes. Quel espoir avais-je donc ? Comment aurait-il pu perdre ?

Je nous revois soudain dans l'avion, juste au moment de sauter, quand il m'a dit que j'étais en parfaite santé. Je lui ai demandé comment il pouvait avoir une telle information. Il a dit qu'il avait besoin de s'assurer qu'il y avait suffisamment d'adrénaline irriguant mes veines pour la soirée qui m'attendait. Tout cela s'est passé avant même que nous n'ayons discuté de ma participation ; je ne lui avais donc encore même pas donné mon accord. Maudit soit-il ! Avait-il fait des recherches sur mon état de santé bien avant notre week-end ?

À l'évidence oui, parce qu'il savait tout de mes antécédents médicaux. Cela aurait-il fait une différence si j'avais refusé l'expérience ? Peut-être pas, peut-être n'avais-je déjà même plus mon mot à dire. Quoi qu'il en soit, j'ai servi ses intérêts sans vraiment en prendre conscience.

Je revois soudain les chocolats chauds qu'il me faisait boire. Il aurait pu mettre n'importe quoi dedans. Et tandis qu'il prélevait pour la quatrième fois mon sang, il parlait le plus naturellement du monde de mon groupe sanguin AB si rare. Comme si je lui appartenais ! Il ne m'avait jamais dit qu'il allait faire ça, et je n'étais même pas au courant pour les trois premières fois. Me l'aurait-il dit ? Et pourquoi ces perfusions et cet horrible cathéter alors qu'il savait pertinemment que je détestais ça ? Était-ce vraiment nécessaire ou y avait-il beaucoup plus en jeu ?

Le souvenir de ses paroles et ma version des événements se percutent dans mon esprit ; j'ai le cœur meurtri, brisé par cette perspective entièrement nouvelle. C'est comme si j'avais dirigé le faisceau étroit de ma lampe torche sur les aspects de notre week-end que je voulais voir, négligeant tous les autres, plutôt que d'allumer la lumière dans la pièce et voir toute la scène.

Suis-je à ce point crédule, à ce point naïve ? J'ai toujours été une cible facile pour le grand Dr Quinn, et, visiblement, rien n'a changé. Je ne suis toujours qu'un sujet pour ces expériences médicales, un moyen d'arriver à ses fins dans sa quête absolue d'un traitement efficace contre la dépression. Il a choisi de présenter les résultats de ses recherches devant une assemblée de professionnels avant même de m'en faire part, alors que je suis pourtant la première concernée !

Une fois de plus, je ne suis qu'un pion sur le grand échiquier de sa vie, et il a choisi délibérément de me laisser dans l'ignorance la plus totale.

Mon corps se met à trembler de rage à l'idée d'avoir été ainsi trahie. Comment pourrait-il me mettre dans une telle situation s'il m'aimait vraiment ? M'a-t-il seulement aimée un jour ? Son désir de trouver un médicament à tout prix m'a mise en danger et m'a poussée à prendre des risques insensés, pires que dans mes cauchemars les plus fous. Il se fiche complètement de moi et de mes enfants. Je ne pourrais jamais faire ce qu'il a fait à une personne que j'aime. Et il a manœuvré, soigneusement et cyniquement, pour que j'atteigne ce point de non-retour.

Dans l'avion qui m'emmenait à Londres, j'étais comme un chiot excité, impatiente de découvrir les nouvelles expériences que Jeremy avait imaginées pour moi et auxquelles il allait soumettre mon esprit et mon corps. C'est vraiment bizarre quand j'y repense dans ce contexte. Il était tout pour moi, et j'aurais fait n'importe quoi pour lui. J'ai même laissé mes enfants pendant deux semaines pour participer avec enthousiasme à tout ce qu'il me proposerait.

Quelle idiote je fais ! Aucune expérience sexuelle, si exaltante soit-elle, ne vaut la prise d'un tel risque, bon sang ! Et maintenant, j'ai été enlevée dans une foutue valise à cause de lui et de son silence ! Qu'il aille au diable ! Je suis tellement en colère contre lui et tellement déçue par moi-même ! J'essuie les larmes chaudes et cinglantes qui coulent sur mes joues ; je ne peux pas supporter ce flot d'émotions plus longtemps.

Je me brosse rapidement les dents pour faire disparaître ce goût atroce dans ma bouche et me laisse tomber sur le lit, complètement épuisée. Je m'endors en quelques secondes, et mon sommeil est bien trop profond pour laisser des rêves le perturber.

Jeremy

Je me tourne et me retourne dans mon lit, durant la nuit, complètement perturbé par les rêves et les images qui hantent mon esprit, imaginant les pires scénarios pour Alexa. Je décide finalement qu'il est inutile d'essayer de dormir, vu la tension qui m'habite, et je passe quelques heures à étudier les informations que Moira a rassemblées dans les dossiers personnels de chaque membre du forum. Il est évident que je ne peux pas me consacrer à une telle activité quand Sam est dans les parages, car il serait choqué. Comment pourrais-je le croire capable de faire du mal à Alexa ? Je sais qu'il l'aime comme si elle était sa fille.

Je sens que je passe à côté de quelque chose, mais je n'arrive pas à mettre le doigt dessus. J'envoie un rapide message à Moira pour lui demander si elle peut accéder à la liste des appels depuis les portables de chaque membre du forum en remontant à mon départ pour Sydney pour voir si ces renseignements peuvent nous fournir une piste. Puis, je vais prendre une douche pour me rafraîchir. Je sais que c'est une entreprise hasardeuse et que c'est probablement illégal, en fonction de l'identité de celui qui paie les factures, mais je ne peux pas me permettre de négliger le moindre détail. Je m'habille rapidement, fais mes bagages, incapable de rester en place plus longtemps. Juste au moment où je m'apprête à appeler Moira pour un point plus complet sur la situation, Sam frappe à la porte.

— Bonjour, Jeremy, vous avez réussi à dormir ?

Sentant mon anxiété, il ne prend pas la peine d'échanger des politesses plus longtemps.

— Quoi de neuf, Sam ? J'étais sur le point d'appeler Moira.

— Ils ont capté le signal du bracelet d'Alexa. Elle serait actuellement en Slovénie.

— En Slovénie ? Pourquoi l'emmèneraient-ils là-bas ? Je ne connais que deux laboratoires pharmaceutiques basés dans ce pays. Zealex, qui n'est qu'une toute petite entreprise, et je doute qu'elle se lance dans une telle opération, mais on ne sait jamais, et Xsade. Toutefois, ils n'ont qu'un petit bureau là-bas, pas d'usine ni d'entreprise, si je ne m'abuse. Très bien, Sam. Nous avons au moins quelque chose de plus concret.

— C'est peut-être mieux que vous lisiez ça vous-même. Ça vient d'arriver.

Sam me tend un dossier, et je parcours rapidement son contenu.

— Ainsi donc, ils pensent qu'elle est retenue quelque part près de Kranj et qu'elle n'a pas changé d'endroit depuis quelques heures. Très bien, il faut agir tout de suite, Sam, nous ne pouvons pas perdre une seconde de plus. À quelle heure est notre vol ?

— Martin a prévu de rassembler son équipe à Munich, car c'est la ville la plus facilement accessible par avion, en particulier pour ceux qui viennent des

États-Unis. Nous avons une chambre réservée à l'hôtel Hilton et nous ferons le point avec eux de là-bas.

Je prends la carte incluse dans le dossier.

— C'est trop loin, Sam. Nous ne pouvons pas nous permettre de faire tous ces kilomètres et de perdre autant de temps.

J'étudie la carte et je décide que Ljubljana est une meilleure option. Je sors mon téléphone et j'appelle Sarah, mon assistante, avant de couvrir le micro et de me tourner vers Sam.

— Je vais partir de mon côté directement pour Ljubljana. J'en informerai Martin dès que mon vol sera réservé. Qu'est-ce que vous voulez faire ? Vous venez avec moi ou vous partez pour Munich afin de vous organiser avec eux ?

Je ne peux m'empêcher de prononcer le mot « organiser » avec un certain sarcasme mêlé d'amertume. Le côté passif du verbe renforce ma détermination ; j'ai fait le choix d'agir directement. J'attends sa décision.

— Je viens avec vous.

Je hoche la tête et reprends le fil de ma conversation avec Sarah.

— Très bien, oui, il faut un billet pour moi et un pour Sam. Dès que possible… Stansted ? Bien sûr, et il nous faudra une voiture quand nous arriverons. Un modèle sûr et rapide. Oui, nous sommes prêts. Demande au taxi de nous attendre devant One Aldwych. Merci. Tiens-moi au courant dès que tu as des nouvelles. Oui, ça sera fait. Au revoir.

J'appelle Martin, qui n'est pas franchement content que nous ne nous conformions pas à ses instructions, mais il s'en remettra. Il espère pouvoir nous envoyer un garde du corps à l'aéroport, mais n'est pas certain qu'il aura le temps de nous rejoindre, car nous avons un vol direct. J'ai enfin l'impression que nous nous rapprochons de notre objectif et que nous allons pouvoir sauver Alexa.

***

Notre garde du corps n'est pas encore sur place quand nous arrivons en Slovénie. Il ne pourra nous rejoindre que dans quelques heures, et je décide que nous ne pouvons pas nous permettre d'attendre. Il viendra nous retrouver dès qu'il le pourra. Sarah nous a loué une BMW M5, et c'est sans doute la seule bonne nouvelle du moment. Je m'installe rapidement au volant, et nous entrons dans Ljubljana, où nous faisons quelques courses avant de nous diriger vers Kranj. Pendant que je conduis, Sam téléphone à Martin pour faire le point avec lui.

— Oui, nous sommes arrivés. Nous sommes sur la route, maintenant. Bien sûr que nous avons un GPS. Donnez-moi les coordonnées. A-t-elle été emmenée ailleurs ? Elle est toujours là-bas ? Bon, c'est déjà ça. D'accord, pouvez-vous nous trouver un hôtel le plus près possible sans que nous nous fassions remarquer ? Non, nous n'avons pas de pistolet.

Je me retourne pour regarder Sam, qui semble très pâle soudain.

— Jeremy, savez-vous vous servir d'un pistolet ?

Je confirme que j'ai déjà manié une telle arme.

— Oui, il sait, mais…, d'accord…, très bien, nous verrons. Espérons qu'il n'est pas très loin derrière nous. Non, nous ne nous arrêtons pas.

Sam me lance un regard interrogateur, et je fais exprès d'accélérer pour lui confirmer que je n'ai aucune intention de m'arrêter.

— D'accord, envoyez-nous tout ça quand vous aurez les informations.

Nous passons le reste du trajet dans un silence anxieux, tandis que je me concentre sur la route qui nous conduit à l'endroit où nous pensons qu'Alexa est retenue prisonnière.

***

Notre hôtel ne ressemble en rien à One Aldwych, mais je m'en fiche royalement. C'est la version est-européenne d'un hôtel de campagne basique, des chambres rustiques sans fioritures, pas de confort superflu. Le vieux village est très pittoresque avec ses ponts couverts de pavés ronds qui enjambent une rivière serpentant entre les maisons et les boutiques. Dans d'autres circonstances, j'apprécierais certainement son charme. Ce qui compte, c'est que nous soyons plus près d'Alex, car c'est là que j'ai besoin d'être. D'après le signal GPS du bracelet, elle est emprisonnée dans un château perché à flanc de colline derrière le village, éloigné de toute autre habitation. Nous nous installons comme nous pouvons. Quand je me tourne vers Sam, je constate qu'il a l'air complètement épuisé, le pauvre. C'est dur pour lui. Toute cette affaire l'a ébranlé, et son visage en porte les traces. Il est vrai qu'il a près de vingt ans de plus que moi.

— Pourquoi ne vous reposeriez-vous pas pendant que je vais marcher un peu, Sam ? Nous ne pouvons pas faire grand-chose avant que le garde du corps n'arrive et que l'équipe ne se soit réunie à Munich.

Il semble d'accord, et j'ai tellement d'adrénaline qui circule dans le corps que j'ai besoin de faire quelque chose de physique et à l'extérieur.

— Oui, vous avez raison, je vais me reposer et j'appellerai peut-être Martin pour voir comment ça se passe à Munich.

Je fourre quelques affaires dans le sac à dos que j'ai acheté à Ljubljana, car j'ai l'intention de gravir la colline pour observer le château. Je ferais n'importe quoi pour me sentir plus près d'Alexa, et l'activité m'aide à calmer mes nerfs. Alors que je m'apprête à sortir, je me tourne vers Sam une dernière fois : il a l'air si stressé et si fatigué…

— Merci pour tout, Sam, j'apprécie vraiment que vous soyez venu avec moi, aujourd'hui. Je sais que ce n'est pas facile pour vous non plus.

— Il faut tout simplement que nous retrouvions notre chère Alexa. Soyez prudent pendant votre randonnée, Jeremy. Ne prenez pas de risques inutiles. Nous ne pouvons pas nous permettre de vous perdre, vous aussi.

On dirait qu'il a compris mes intentions sans que j'aie à les lui dévoiler.

— Je vais juste partir en reconnaissance pendant que nous attendons l'arrivée de nos compatriotes hautement entraînés.

Je ne peux m'empêcher de lui faire un clin d'œil et je le vois esquisser un petit sourire qui disparaît aussi vite qu'il est apparu.

— Nous allons la retrouver, Sam.

Il hoche la tête en silence, et je sors de la chambre.

L'air frais est vif et piquant. Je repère un sentier qui part du village et qui serpente jusqu'au château à flanc de colline. En d'autres temps, en d'autres circonstances, j'aurais pris le temps de regarder autour de moi. Alexa aimerait certainement ce village si pittoresque. Je me demande ce qu'elle est en train de subir en cet instant. Sait-elle où elle se trouve ? Est-elle bien traitée ? Est-elle en train de souffrir ? Mon Dieu, je réalise que je me mets à poser des questions comme elle.

L'exercice me fait du bien, et je suis content d'être dehors. Je continue à suivre le sentier qui grimpe en pente raide sur le versant de la montagne. Après avoir franchi un virage, je vois enfin le château apparaître à quelque distance.

Il est littéralement construit à flanc de colline et semble à la fois majestueux et menaçant. Ses murs blanchis à la chaux et ses tourelles me semblent appartenir au style Renaissance, mais je ne suis pas un expert en histoire de l'architecture. Ce qui est certain, c'est qu'il est vieux de plusieurs siècles. Je monte un peu plus haut, afin de me trouver à peu près à la hauteur de sa façade principale. Seule une petite vallée nous sépare. Je m'installe derrière un rocher pour ne pas être vu et je récupère les jumelles dans mon sac.

J'observe d'abord le château dans sa totalité et je vois des silhouettes bouger devant l'entrée. Je zoome le plus possible et constate que les hommes ont l'air armés. Bien sûr qu'ils le sont, puisqu'ils sont allés jusqu'à enlever quelqu'un. Je me demande bien comment j'ai pu espérer le contraire. Je m'intéresse ensuite, à l'affût du moindre mouvement, à chacune des fenêtres.

Alors que j'atteins la tourelle la plus haute, je vois une silhouette bouger devant la vitre. Tandis que je repositionne mes jumelles, je constate que je retiens mon souffle. Je vois une femme regarder le paysage par la fenêtre. Je zoome et reconnais Alexa. J'en ai le souffle coupé ! Sa main droite touche son épaule gauche, et on dirait qu'elle est en train de caresser son bracelet. Mon Dieu ! Mon cœur bat si fort que j'ai l'impression qu'il va bondir de ma poitrine pour aller se loger dans sa main. C'est tellement fascinant de la voir ainsi. Le temps semble se figer pendant que j'admire sa beauté. Comment peut-elle être si près et en même temps si inaccessible pour moi ? Je prends mon téléphone pour appeler Sam, mais je n'ai pas de réseau ici.

Je la regarde encore et encore, comme hypnotisé. D'après ce que je peux voir, elle a l'air assez en forme. Effrayée, incertaine, mais encore elle-même.

Dieu merci ! Pour la première fois depuis qu'elle a été enlevée, je ressens un certain soulagement. J'essaie de lui envoyer mentalement un message pour lui dire que je vais bientôt venir la chercher, que ça ne sera plus très long. Accroche-toi, ma chérie. Les larmes me montent aux yeux, et je les laisse couler sur mes joues sans me soucier de les essuyer. L'émotion est trop intense pour que je la contienne. Je veux la serrer de nouveau dans mes bras. Ma vision se brouille, et je dois quitter un instant Alex du regard pour me frotter les yeux.

Quand je zoome de nouveau, je vois plusieurs silhouettes dans la pièce, mais j'ai du mal à les distinguer clairement. Alex s'éloigne de la fenêtre, puis ils disparaissent tous de ma vue.

Au moins, je sais qu'elle est en vie, qu'elle se trouve bien dans ce château et que son bracelet est intact. Bonne nouvelle ! Il ne nous reste plus qu'à la sortir d'ici avec l'aide des hommes de Martin. Je m'appuie contre le rocher, épuisé par l'énergie nerveuse qui circule dans mes veines. Je prends de l'eau et croque dans un fruit, soudain conscient que j'ai négligé pendant trop longtemps les besoins élémentaires de mon corps. Impatient d'informer les autres de ce que j'ai vu, je me prépare au long trajet retour jusqu'au village.

Alors que je descends sur le sentier, je remarque une ambulance qui franchit le portail du château. Dès qu'elle est garée, le chauffeur et le passager sautent du véhicule et se dirigent rapidement vers les portières arrière.

Ils sortent une civière avant d'entrer dans le château par d'immenses portes. Il y a d'autres personnes sur les lieux, vêtues d'étranges uniformes.

La civière revient quelques instants plus tard avec un corps sanglé dessus. Je me débats avec mon sac pour récupérer mes jumelles. Je m'empresse de zoomer sur le brancard et suis horrifié de constater que c'est Alexa, qui gît parfaitement immobile dessus. Seul son visage est découvert ; ses cheveux noirs tombent en cascade sur son oreiller et ses draps d'un blanc immaculé. Qu'est-ce qui se passe ? Ils installent avec précaution la civière à l'arrière de l'ambulance, et un homme, sans doute un docteur, vu le stéthoscope autour de son cou et le sac noir qu'il porte, monte à ses côtés. Une Audi Q5 argentée s'arrête derrière l'ambulance, et une femme élégante s'installe sur la banquette arrière. Les gardes vêtus de leurs costumes colorés font signe aux deux chauffeurs. Les deux véhicules quittent la cour du château et prennent la direction du village.

Je réalise que j'ai retenu mon souffle pendant que j'assistais à cette scène. Comme si je venais d'être libéré d'un sort, je me mets à courir tout en appelant Alexa. Je perds l'équilibre et dégringole à flanc de colline en direction des voitures. Mes cris sont complètement étouffés par le son des sirènes qui transpercent l'air calme de l'après-midi.

Quatrième partie

Bien juger,
Bien comprendre,
Bien raisonner,
Ce sont les ressorts essentiels de l'intelligence.

A. Binet et T. Simon

Alexa

Je me réveille le lendemain matin avec un mal de tête carabiné. Je fouille dans ma trousse de toilette et trouve de l'Advil. Dieu merci, j'ai pensé à le prendre ! J'aurais détesté rompre le silence et avoir à demander des antalgiques à Dupond et Dupont. Je me dis que nous avons l'habitude de prendre des médicaments pour soigner tous nos maux, ne traitant la plupart du temps que les symptômes et non la cause, mais nous nous attendons à ce qu'ils agissent rapidement et efficacement. Quand ce n'est pas le cas, nous nous plaignons amèrement. Je me suis toujours interrogée sur la façon dont ces médicaments sont commercialisés, comment ils sont testés et sur qui avant d'atterrir sur les étagères de nos maisons, puis dans nos bouches.

Distraite par ces pensées, je sais pourtant qu'il faut vraiment que je me concentre, car je suis sur le point d'avoir l'une des discussions les plus importantes de ma vie. Je sens le contrat qui me nargue silencieusement à l'autre bout de la pièce. Je lui dis que je ne suis pas encore prête. Un coup frappé à la porte m'indique qu'elle va s'ouvrir, et je suis soulagée de voir la femme de chambre entrer avec un plateau de petit-déjeuner. Œufs à la florentine. Comme si je pouvais refuser quelque chose d'aussi délicieux. Mon ventre se met comme par hasard à gargouiller, et la femme de chambre sort rapidement de la pièce.

Mon appétit ne semble pas avoir diminué d'un iota dans ces circonstances choquantes, même si je n'ai pratiquement rien gardé de ce que j'ai mangé hier à cause de ma réaction à la trahison de Jeremy.

Ai-je bien fait de le laisser entrer de nouveau dans ma vie ? Je pense à Robert et ne peux nier que la réapparition de Jeremy a provoqué la discussion que nous aurions dû avoir il y a des années. Non, je n'ai aucun regret et je refuse de vivre ma vie ainsi. Ma relation avec mon mari est bien meilleure et beaucoup plus honnête qu'elle ne l'a jamais été.

Pourquoi Jeremy ne m'a-t-il pas tout simplement parlé, fait part de ses résultats, de ses projets ? Pense-t-il que je ne suis pas assez forte pour entendre ce qu'il a à me dire ? Affaire à suivre, Dr Quinn.

Après avoir dévoré mon petit-déjeuner jusqu'à la dernière miette, je fais passer le tout en vidant mon verre de jus d'oranges pressées et m'installe devant le contrat.

Je suis tellement absorbée par ma lecture que c'est tout juste si je remarque le retour de la femme de chambre qui enlève mon plateau et dépose un café au lait fort bienvenu. J'ai comme le sentiment qu'ils ont un dossier sur moi, recensant tout ce que j'aime et ce que je n'aime pas.

Ils essaient sans doute de se racheter après m'avoir enlevée d'une façon aussi horrible. Quoi qu'il en soit, grâce aux antalgiques et à mon petit-déjeuner, je n'ai plus mal à la tête et je suis heureuse de pouvoir boire mon café. Je fais un signe de tête à la femme de chambre pour la remercier avant qu'elle ne quitte la pièce dans son uniforme à fanfreluches. Je me demande bien pourquoi ils l'affublent d'une telle tenue.

En avant ! J'ai l'impression de me préparer à partir en guerre même s'il me reste encore à déterminer l'identité de mon ennemi. Pour la première fois depuis des jours, je laisse échapper un petit rire. Je ne sais pas si c'est à cause de l'état d'anxiété et de nervosité permanent dans lequel je me trouve ou si c'est parce que je suis soulagée de constater que Xsade Pharmaceuticals n'a pas l'intention de me faire du mal.

On dirait qu'ils veulent tout simplement vérifier les découvertes de Jeremy. Je ne comprends toujours pas pourquoi ils ont besoin de moi en particulier pour parvenir à leurs fins. Quelque chose m'échappe.

Au fond de moi, je sais qu'il n'y a qu'un moyen de le découvrir et que je dois rassembler toutes mes forces pour faire ce qu'on attend de moi.

J'utilise le stylo élégant et le papier à lettres filigrané dans le tiroir du vieux bureau en acajou pour résumer le contenu du contrat, afin de bien intégrer les éléments les plus importants. Je ne peux m'empêcher de penser que c'est une façon beaucoup plus professionnelle de s'assurer mes services que ce fichu bandeau et ces menottes ! Je sens la colère m'envahir quand je pense à ce que Jeremy m'a fait subir, mais je ne peux ignorer le fourmillement dans mon bas-ventre au moment où les souvenirs refont surface. Pourquoi m'excitent-ils autant ? Pourquoi n'y a-t-il rien de simple avec lui ?

Inutile de me torturer plus longtemps. Revenons-en au contrat.

DURÉE
Un total de soixante-douze heures au sein de notre unité de recherche clinique – sans compter le trajet jusqu'à ce lieu [dont l'emplacement n'est pas dévoilé dans ce document].
Quatre jours maximum au total, aux soins de Xsade.

CONDITIONS : À NÉGOCIER
1. *Pénétration humaine.* Avec des étrangers ? Grand Dieu, non !
2. *Pénétration non humaine.* Peut-être…
3. *Test de la pilule violette : Viagra pour femmes.* Je suis bien obligée de reconnaître que cela m'intrigue. Je me demande quel effet ça fait. Pourquoi pas ?
4. *Prélèvement et analyse du fluide orgasmique (éjaculation féminine).* Nous y voilà. Pas de *cathéter*. Je dois vraiment le souligner pour me rappeler que c'est non négociable.
5. *Prélèvement et analyse du groupe sanguin.* Mmm, encore des prises de sang. Non, ça ne me plaît pas du tout. Mes tripes disent non !
6. *Enregistrement de l'activité cérébrale et de celle des neurotransmetteurs.* La psychologue en moi ne peut nier qu'elle est intéressée par ces résultats. Au moins pourrai-je avoir accès aux résultats cette fois, contrairement aux documents cachés de Jeremy. Alors, c'est un oui.
7. *Mesure de l'afflux sanguin vers les zones érogènes.* Pourquoi pas, oui.
8. *Lavement.* Qu'est-ce que c'est que ça ? Il faut que je discute ce point plus en détail.
9. *Définition d'une base de référence émotionnelle*

et physique. Ça confirme au moins qu'ils adoptent une approche scientifique.

10. *Clause de confidentialité. Le sujet aura accès à toutes les données concernant les recherches, les résultats et les conclusions à la fin du quatrième jour.* La clause de confidentialité m'a l'air plutôt classique ; pourtant, elle ne m'empêche pas de montrer les résultats à Jeremy, par exemple. À condition, bien sûr, que je veuille bien les lui montrer après tous ses secrets. J'ai comme l'impression qu'ils veulent presque que je les montre… Bizarre !
11. *Xsade s'engage à assurer la sécurité et à prendre en charge le sujet pendant la durée du contrat et à le ramener indemne à l'endroit de son choix à la fin de l'expérience.* Eh bien, voilà qui est réconfortant !

Soudain, pour la première fois depuis que je suis arrivée ici, mes enfants ne me paraissent plus si loin. Je savoure la chaleur qui envahit mon cœur et me dis qu'il faut juste que je tienne encore pendant soixante-douze heures. Pour eux, je ne dois pas perdre de vue cet objectif.

12. *À n'importe quel moment du processus d'expérimentation clinique, le sujet pourra interrompre l'expérience en cas d'inconfort physique ou émotionnel.* Je ne peux m'empêcher de me demander comment j'aurais pu interrompre l'expérience en plein milieu de mon saut en parachute ! Imaginez si cela avait été l'une des conditions de mon week-end avec Jeremy ! Je

suis certaine que le résultat aurait été complètement différent. Cependant, dans ce contexte, je n'ai aucun problème avec cet article.

13. *Une somme de un million de livres sterling sera versée sur le compte bancaire du sujet à la fin du processus d'expérimentation.* Nom de Dieu ! Un million de livres… Ils sont sérieux ? Comment puis-je avoir une telle valeur à leurs yeux ? Jeremy me propose une place au sein du Forum mondial de recherche, puis refuse de me tenir informée ! Et eux, ils sont prêts à me payer une telle somme ? Je suis vraiment intriguée, cette fois. Que veulent-ils donc obtenir à tout prix ? Pourquoi ne pas choisir un autre sujet de sexe féminin, d'origine anglo-saxonne, une femme non ménopausée. C'est vraiment trop bizarre. Et s'ils ne trouvent pas ce qu'ils recherchent ? Vont-ils me payer malgré tout ? D'après les termes de ce contrat, on dirait bien que oui. Mais que cherchent-ils à la fin ?

Un picotement familier envahit mes fesses, tandis que je me pose ces questions, mais au lieu de déboucher sur des sensations quasi orgasmiques, il est rapidement refoulé par ma colère contre tous ces mensonges et par ma déception que je ne peux plus nier. Je m'interroge sur ces picotements : correspondent-ils à des souvenirs sensuels de mon expérience passée ? Ils ne peuvent pas reposer uniquement sur mes émotions ? Oh ! la barbe ! Je vais découvrir par moi-même ce dont il s'agit réellement puisque Jeremy ne me trouve pas assez bien pour me communiquer les résultats de ses expériences. Comment peut-il me traiter ainsi ? *Eh bien, madame de Jurilique, on dirait que nous avons un contrat à négocier.*

Certes, cette perspective me donne un peu la nausée. Pourtant, d'un autre côté, je suis prête à aborder cette expérience avec une attitude très déterminée du genre « Finissons-en et ne plaisantez pas avec moi ». Il faut bien reconnaître que cette détermination me fait presque peur.

Un petit coup frappé à la porte m'indique que mon temps de réflexion est écoulé. Je jette un rapide coup d'œil au reste de mes notes et au contrat, et j'en conclus que ce document est relativement classique. Je range les feuilles dans la chemise.

— Docteur Blake, madame de Jurilique vous attend dans son bureau.

Je regarde Fred, puis ne peux m'empêcher de baisser les yeux pour observer ma tenue. Je hausse les sourcils.

— La discussion est beaucoup plus importante que votre look à ce stade, docteur Blake.

Il n'a pas tort. Peut-être est-il plus perspicace que je le croyais après tout. Je l'ai sans doute catalogué un peu vite dans la catégorie « tout en muscles et sans cervelle ». Je prends le dossier sur mon bureau et le suis dans le couloir.

Mme de Jurilique est assise derrière un grand bureau. Elle est vêtue d'un tailleur Chanel bleu, très classe. À côté d'elle, j'ai vraiment l'air d'une Australienne qui s'apprête à faire son jogging sur la plage de Bondi. Oh ! et puis zut ! Ce n'est pas moi qui ai demandé à être là. Elle n'a qu'à me prendre comme je suis. Je m'assois en face d'elle.

— *Bonjour*, docteur, je suppose que vous avez bien dormi.

— Oui, en effet, j'ai bien dormi.

C'est bizarre d'entendre soudain ma voix. J'ai l'impression que ça fait une éternité que je n'ai pas parlé. Elle affiche un sourire froid et professionnel.

— Parfait. Passons aux choses sérieuses. Je présume que vous avez pris connaissance des documents et que vous avez quelques questions, *non* ?

C'est parti. Je décide de me lancer tout de suite et d'abréger. Le plus tôt nous en aurons fini, le mieux ça sera.

— Qu'entendez-vous par lavement ?

Je n'en ai jamais fait et je me suis toujours demandé quel effet ça faisait, mais dans ce contexte, j'avoue que je ne vois pas trop.

— Il s'agit en fait d'un lavage d'intestin auquel de nombreuses personnes se soumettent régulièrement. C'est une partie intégrante de leur hygiène de vie.

Elle marque une pause pour observer ma réaction. Je pense à une de mes amies qui prend tous les mois rendez-vous pour en faire un et qui en vante chaque fois les bienfaits. Elle affirme qu'elle se sent ensuite dans une forme éblouissante.

— Il est important pour nous que vous commenciez cette série d'expériences après vous être vidée. Ainsi, nous pourrons observer votre corps de façon beaucoup plus efficace durant les soixante-douze prochaines heures.

Elle me regarde droit dans les yeux avant de poursuivre :

— Sinon, nous pouvons observer vos mouvements dans votre chambre jusqu'à ce que…

Je m'empresse de l'interrompre.

— Ça ne sera pas nécessaire. J'opte pour le lavage

d'intestin. Je ne veux pas passer plus de temps que nécessaire ici.

— Parfait, je suis sûre que vous ne le regretterez pas. C'est très sain.

Ce n'est pas vraiment ce qui m'inquiète, mais je ne veux pas m'attarder sur les détails peu ragoûtants ; je préfère poursuivre.

— Je ne me sens pas très à l'aise avec l'idée d'une pénétration vaginale par un pénis.

— Pas de problème, je vais le noter. Pas de pénétration humaine ?

Je n'ai jamais eu une discussion aussi bizarre de ma vie, même si c'est un peu plus facile que je ne l'imaginais.

Madame me regarde, pleine d'espoir. Au suivant.

— Prélèvement des sécrétions ?

— Oui, le fluide orgasmique. Ce n'est pas négociable.

Elle semble intimement persuadée que je vais avoir des orgasmes…

C'est ce que nous allons voir. J'ai l'impression que je suis sur le point de participer à une expérience menée par Alfred Kinsey.

— C'est ce que vous devez analyser pour confirmer les résultats de Jeremy ?

— En effet.

— Ça fait mal ? dis-je d'une voix étranglée.

— Nous n'avons nullement l'intention de vous faire du mal, docteur Blake. Si vous n'avez ressenti aucune douleur avec le docteur Quinn, vous ne risquez pas de souffrir dans notre environnement.

Mon expérience avec Jeremy peut se résumer en quelques mots : le plaisir à l'état pur. Mais n'oublions pas que c'est aussi ce qui m'a mise dans le pétrin.

Concentre-toi, tu es en train de négocier ta vie, ta liberté, Alexa. Ne perds pas ton objectif de vue. Je jette un rapide coup d'œil à mes notes.

— Je ne veux pas de cathéter.

— La pose d'un cathéter ne sera pas nécessaire. Vous constaterez que notre laboratoire dispose d'équipements et de matériel dernier cri. Tout est mis en œuvre pour que nos patients se sentent le plus à l'aise possible.

Ce n'est donc pas aussi terrible que je l'avais imaginé… Bonne nouvelle !

— Parfait.

Je poursuis.

— Pas de prise de sang. Ce n'est pas négociable.

Pour une raison que j'ignore, le souvenir de ma discussion avec Jeremy à propos de mon sang me pousse à être catégorique sur ce point : je ne veux pas les laisser accéder à mon sang.

Elle hausse les sourcils.

— Voilà qui va nous causer quelques problèmes, docteur Blake.

— Je suis certaine que vous avez d'autres moyens d'accéder à du sang prélevé sur un sujet de groupe sanguin AB.

— Certes, néanmoins…

Elle semble perdue dans ses pensées. Ses doigts pianotent en rythme sur son bloc-notes, comme si elle cherchait un moyen de contourner cet obstacle.

— Combien de tubes à essai le docteur Quinn a-t-il remplis pendant que vous étiez sous sa responsabilité ?

Sous sa responsabilité… Quelle expression intéressante pour décrire mon week-end avec Jeremy ! On dirait qu'elle ferait n'importe quoi pour obtenir cette information. Des gouttes de sueur perlent au-dessus de sa lèvre supérieure. C'est à l'évidence de la plus grande importance pour elle.

— Je ne sais pas.

— Vous ne savez pas ou vous ne voulez pas le dire, docteur Blake ? demande-t-elle d'un ton cinglant.

Elle se lève de son fauteuil derrière le bureau et regarde par la fenêtre avant de me fixer avec son regard d'acier.

— Je n'en sais vraiment rien, dis-je d'un ton plus ferme. Jeremy connaît mon aversion pour les seringues et les hôpitaux.

Même s'il ne s'est pas privé pour me piquer, cette pensée me fait frémir.

— Voilà qui pourrait être problématique.

Elle réfléchit.

— C'est vraiment non négociable ?

— Vraiment.

— Mais pourquoi, docteur Blake ? Ce n'est qu'un peu de sang.

Ses yeux me transpercent comme s'ils cherchaient à pénétrer dans mon cerveau pour essayer de déterminer ce que je sais vraiment et ce que je lui cache. J'aimerais en savoir beaucoup plus ! Me voilà réduite à suivre mon instinct. L'expression obstinée de son visage ne me laisse aucun doute : ils seraient prêts à prélever mon sang de force, et je ne pourrais rien y faire. Pourquoi suis-je si inflexible ? Je suis plus déterminée que jamais à ne pas céder. Je veux être sur le même pied qu'elle dans cette négociation bizarre.

— Je suis prête à participer à vos expériences, madame de Jurilique, pendant les soixante-douze heures requises. J'ai accepté que vous insériez une canule dans mon anus pour faire un lavage d'intestin, ce que je n'ai jamais fait auparavant, sachez-le. J'accepte que vous me stimuliez suffisamment pour pouvoir prélever et analyser mes fluides orgasmiques. C'est ce dont vous avez besoin pour vos recherches, d'après ce que j'ai compris. Mais je refuse que vous préleviez mon sang pour en remplir des tubes et des tubes, dis-je d'un ton faussement assuré.

Elle semble perdue dans ses pensées, puis se reprend.

— Comme il s'agit d'un processus de négociation, affirme-t-elle presque à contrecœur, seriez-vous d'accord pour effectuer un prélèvement capillaire de votre sang à l'aide d'une lancette toutes les vingt-quatre heures, pour que nous puissions au moins confronter l'analyse de votre sang à nos résultats de laboratoire ?

Je soutiens son regard, tandis qu'elle pose ses mains sur son bureau dans l'attente de ma réponse.

— Je pense que ça ira, oui.

Je n'ai pas envie qu'ils me prélèvent des litres de sang pour effectuer toute une série d'analyses et je déteste tout simplement les seringues. Un prélèvement capillaire m'effraie moins.

— Vous avez d'autres questions ?

Je regarde rapidement mes notes.

— Une fois les expériences terminées, je pourrai prendre connaissance des résultats, puis partir. C'est bien ça ?

— Oui, bien sûr.

— J'irai dans l'une de vos cliniques, mais sans connaître ma destination réelle ? C'est exact ?

— Oui.

— Et comment vais-je m'y rendre ?

Je vis dans l'angoisse d'un nouveau trajet à bord d'une valise après avoir respiré du gaz hilarant.

— Vous serez transportée en ambulance. C'est le moyen le plus sûr.

— En ambulance ? C'est vraiment nécessaire ?

— Ne vous faites pas d'illusions, docteur Blake. Nous ne sommes pas le seul laboratoire pharmaceutique intéressé par vos résultats exceptionnels. Il existe d'autres sociétés, moins scrupuleuses, qui, si elles mettaient la main sur vous, seraient beaucoup moins conciliantes que nous.

Elle hausse ses sourcils parfaitement dessinés. Bon sang, je n'avais pas pensé à ça !

— Votre sécurité est notre priorité absolue, docteur Blake. Je vous demanderais donc de bien respecter les instructions et de vous conformer à nos exigences. Ainsi, nous ne prendrons pas de risques inutiles.

Ce serait le moment idéal pour que Jeremy, relooké en James Bond, brise les vitres et fasse irruption dans la pièce accompagné de son équipe d'agents spéciaux. Où es-tu à la fin ? Où sont ces forces spéciales dont tu m'as parlé ? Tu ne te soucies donc vraiment plus de moi ?

— Vous attendez quelque chose, docteur Blake ?

Oui, j'attends quelque chose qui n'arrivera jamais. Finie la fanfaronnade ! Je me résigne à mon sort.

— Non. Quand vais-je partir ?

Je sens une pointe de découragement dans ma voix.

— À la fin de cette discussion et une fois que vous aurez signé les documents nécessaires. Je suis certaine que vous ne voulez pas prolonger votre séjour ici plus longtemps que nécessaire. Tout comme vous, j'aimerais retrouver les miens le plus tôt possible.

L'entendre parler ainsi des « siens » me rassure quelque peu. Ça la rend plus sympathique, et j'ai comme l'impression qu'elle aussi veut en finir au plus vite.

— Et l'argent ?

Je n'ai aucune idée de ce que je pourrais faire de ce fichu fric, mais j'imagine que les œuvres de charité que je soutiens pourraient, elles, en faire bon usage.

— Il sera déposé sur un compte en banque à votre nom à la fin de votre séjour parmi nous. Toutes les informations nécessaires seront contenues dans votre package de sortie.

— Et si j'avais refusé de participer à votre projet ?

— Ne gâchons pas une discussion aussi fructueuse avec de telles suggestions, docteur Blake. Je pense que nous avons toutes deux négocié nos conditions de manière très satisfaisante dans ces circonstances inhabituelles.

Comment peut-elle paraître à la fois si polie et si menaçante ? Toute la compassion que j'ai détectée il y a quelques instants a disparu dans sa dernière phrase. Comme si les « siens » n'étaient finalement que des serpents venimeux grouillant au fond d'une fosse.

Elle affiche de nouveau une expression très professionnelle pendant qu'elle barre certaines parties du contrat et ajoute des commentaires dans la marge. Dès qu'elle a fini, elle pose le document revu et corrigé et un stylo doré devant moi, sur le bureau.

— Je peux vous assurer que votre participation à cette recherche profitera aux femmes du monde entier, en particulier les plus de quarante pour cent d'entre elles qui se plaignent d'un manque de désir ou d'intérêt sexuel et qui en ressentent l'impact négatif sur leur vie. À présent, nous sommes sur le point de trouver une solution pour ces femmes qui leur permettrait d'améliorer considérablement leur vie sexuelle. C'est une bonne chose, vous ne trouvez pas ?

C'est à l'évidence une question purement rhétorique. Elle poursuit son monologue sans s'interrompre, comme si elle présentait le plan marketing de son entreprise à un public.

— Si tout se passe comme prévu, nous pourrons mettre le médicament sur le marché au début de l'année prochaine. Il est presque parfait, docteur Blake, vous le constaterez vous-même quand vous le testerez.

Je ne peux pas imaginer une vie sexuelle plus épanouissante que celle que j'ai avec Jeremy, mais je suis quand même très excitée à l'idée d'apporter ma modeste contribution à une découverte scientifique capitale, d'autant plus qu'elle pourrait vraiment avoir une influence importante sur la vie des femmes.

Ses mots résonnent dans ma tête quand je prends le stylo doré et parcours rapidement ses amendements. Si la pilule violette de Xsade cible le désir féminin, l'excitation, plutôt que de se concentrer uniquement sur les aspects physiques tels que l'augmentation du débit sanguin, imaginez son impact potentiel sur la vie des femmes, mais aussi des hommes ! Grand Dieu ! Voilà qui pourrait changer littéralement nos vies. Pas étonnant que certaines entreprises soient prêtes à prendre des risques effrayants.

Je suis bien obligée d'admettre que je suis intriguée par cette pilule et presque impatiente de voir si elle fonctionne vraiment. Je pense à mon amie Mandy, aux États-Unis, qui a récemment dépensé des milliers de dollars pour mesurer son excitation sexuelle dans une clinique spécialisée.

Enfin, si les femmes sont prêtes à subir une nymphoplastie réductrice pour corriger l'aspect de leur vulve, je ne devrais pas être surprise d'apprendre que les grands laboratoires et certains individus soient prêts à tout dans certains cas.

Est-ce vraiment ce qui aujourd'hui compte le plus pour nous ? Je repense à l'effet qu'a eu le Viagra sur notre société. Des hommes souffrant de troubles de l'érection à cause des antiviraux pour le traitement du sida, des antidépresseurs ou de leur âge, ou des hommes souhaitant simplement améliorer leurs performances ont pu retrouver une vie sexuelle plus satisfaisante grâce à la pilule bleue. Je n'ai eu qu'une seule expérience avec le Viagra. C'était à Santorin, avec Jeremy. Et, si tout avait commencé dans une ambiance plutôt joyeuse et taquine, ça ne s'est pas bien terminé, pour moi en tout cas. Ce souvenir s'insinue dans mon esprit.

***

Nous venons tout juste de rentrer à l'hôtel, dont les murs blanchis à la chaux et le toit bleu tout en rondeurs se détachent de la colline dans le flanc de laquelle il a été construit. Les îles grecques sont vraiment l'endroit idéal pour se détendre et décompresser.

Il y a une sacrée montée pour arriver en haut de la colline, et l'effort nous donne chaud même s'il y a dix minutes encore, nous nagions dans les eaux claires de la mer. Je décide de faire un petit plongeon dans la piscine de l'hôtel pendant que Jeremy se dirige tout droit vers notre chambre, qui ressemble un peu à une grotte.

Il est d'étrange humeur depuis notre conversation sur les rochers. Il est peut-être tout simplement préoccupé par son dernier projet de recherche.

J'appréhendais un peu sa réaction quand je lui ai parlé de Robert et de ma volonté de m'installer avec lui.

L'idée de se fixer avec quelqu'un ne l'a certainement jamais effleuré, et je dois bien avouer que ça m'a un peu blessée de constater qu'il n'avait jamais imaginé un tel aboutissement pour nous deux. J'ai toujours soupçonné que nous n'étions pas destinés à vivre comme les autres couples, mais je ne pouvais pas m'empêcher d'espérer qu'un jour…, peut-être…, ça marcherait aussi pour nous… Nous étions si bien ensemble. Pourtant, nous avons atteint de tels sommets, tous les deux, que les aspects plus terre à terre de la vie quotidienne à deux ne nous conviendraient certainement pas.

Au moins, suis-je fixée une fois pour toutes à présent. Je lui ai laissé une chance de dire quelque chose ; il ne l'a pas fait. Je suppose que nos vies doivent continuer sur leurs chemins séparés. Il a l'air beaucoup plus décidé à profiter au maximum de nos vacances, à s'amuser avec moi, qu'à envisager notre relation sur le plus long terme, et je pense qu'il me l'a bien fait comprendre en me jetant dans l'eau.

Toujours en train de jouer et de faire l'idiot. Oh ! et puis zut ! Je me sèche et retourne dans notre chambre, sachant que j'ai une petite surprise pour lui qui, espérons-le, va égayer son humeur et le distraire de ce qui le préoccupe.

— Salut, je suis de retour. Qu'est-ce que tu fais ?

— Je range juste quelques documents liés à mes recherches. Comme ça, je pourrai me consacrer pleinement à toi pendant le reste du week-end.

Le travail, comme toujours.

— Parfait. J'ai quelque chose pour toi, mais je veux que tu me promettes que tu l'utiliseras ce week-end.

— Voilà qui est très intrigant, d'autant plus que tu as ce petit air impertinent que je te connais bien. Mais désolé de te décevoir, il va falloir que tu me le donnes avant que je te promette quoi que ce soit.

— Allez, Jeremy… Pourquoi tu ne peux pas me promettre sans savoir ce que c'est, pour une fois ? S'il te plaît…

Je parle d'une voix implorante et, à ma grande surprise, il semble changer d'avis.

— D'accord, je te promets. Tant que tu n'essaies pas de me tuer.

— Comme si je pouvais en être capable.

Je fais semblant d'être horriblement vexée.

— Merci, J. Je suis impatiente de voir l'effet que ça va te faire.

— Oh ! tu m'inquiètes, là ! Quel effet ?

J'hésite quelques secondes tout en essayant d'anticiper sa réaction.

— Allez, Alexa, ne fais pas ta timide maintenant. Qu'est-ce que c'est ?

— N'oublie pas que tu as promis.

— Oui, j'ai promis.

Je suis tout excitée à l'idée qu'il m'ait promis quelque chose sans savoir ce qui l'attendait. C'est très inhabituel de sa part.

— D'accord, donne-moi juste une seconde.

Je fonce dans la salle de bains, fouille dans ma trousse de toilette et localise un sachet en plastique contenant deux petites pilules bleues en forme de diamant.

Tout en cachant le précieux sac derrière mon dos, j'entre d'un pas nonchalant dans le salon, tout sourire. Je me demande bien ce qu'il va dire quand il va découvrir ce que c'est.

— Tu vas me le donner, Alexa, ou tu préfères peut-être que je te le prenne de force des mains ?

— Bon, c’est très tentant, mais… Tiens.

Je lui tends le sachet et j’attends patiemment pendant qu’il inspecte son contenu.

— Qu’est-ce que… ? Où est-ce que tu as eu ça ?

— Ce sont des vrais, je te le promets. Rien de louche. Je me suis juste dit que tu…, qu’on pourrait essayer, voir comment c’est, l’effet qu’ils font pendant qu’on est là.

— Chérie, tu veux que je prenne du Viagra ? Depuis quand est-ce que je ne bande pas assez pour toi ?

— C’est pas ça, Jeremy ! Je me suis dit que ça serait intéressant qu’on l’essaie ensemble… N’oublie pas, tu as promis.

— Oui, je sais. Je ne m’attendais pas à ça, c’est tout.

Il tient le sac en plastique du bout des doigts et fait mine de me le tendre comme si c’était un spécimen non identifié.

— Comment as-tu fait pour t’en procurer ? Oh ! et puis on s’en fiche après tout !

— Alors, tu vas en prendre un ?

— J’ai promis, non ? Je dois avouer que je me suis toujours demandé quel impact cette fameuse pilule pouvait avoir chez les hommes qui ne souffrent pas de troubles de l’érection. Ce qui est mon cas, tu le sais ! dit-il d’un ton insistant.

Je passe mes bras autour de sa taille ferme et bronzée, et le rassure quant à sa virilité en lui donnant un baiser.

— Je sais parfaitement que tu n’as aucun souci de ce côté, Jeremy. J’ai juste pensé que ça serait peut-être amusant de tester ça pendant que nous sommes en vacances. Ces pilules ne me sont d’aucune utilité, sinon.

— D’accord, j’en prendrai une ce soir. On verra bien. J’espère que tu es prête à en assumer les conséquences.

— Je ferai de mon mieux pour satisfaire tes besoins, docteur Quinn.

Un frisson d'impatience lascive remonte le long de ma colonne vertébrale.

— Promets-moi quelque chose en retour.

Oh ! je savais bien que c'était trop beau pour être vrai.

— Quelle idée as-tu derrière la tête ?

— Je pense que, si je dois prendre quelque chose pour…, comment dirais-je, avoir la trique pendant des heures, il faut quc jc tc mette en condition pour que tu puisses me satisfaire. Ce n'est que justice, non ?

— Qu'est-ce que tu vas me sortir, cette fois ?

Je le regarde, l'air dubitatif.

— Comment est-ce que tu as deviné ? Promets-moi de choisir au moins un de ces objets… En fait, non. J'ai trouvé celui qui ira le mieux avec le Viagra.

Après avoir fouillé dans sa valise, il revient avec un petit sac élégant. Avant de me le donner, il ajoute avec un sourire insolent.

— Promis ?

Dieu merci, le Jeremy souriant est de retour ; sa mauvaise humeur s'est envolée.

Je suis quand même un peu nostalgique à l'idée que c'est sans doute la dernière fois que je suis en mesure de promettre quelque chose à Jeremy. Après toutes ces années que nous avons passées ensemble…

— Oui, promis.

Il fouille dans le sac et me tend une boîte joliment décorée contenant un œuf violet des plus stylés qui semble avoir été légèrement écrasé au milieu et un boîtier rectangulaire étroit avec des boutons.

— Pas étonnant que tu te sois laissé convaincre aussi facilement, dis-je d'un ton sarcastique.

Un sourire malicieux illumine son visage. J'observe l'objet d'un peu plus près. Œuf vibrant de luxe sans fil, télécommande efficace dans un rayon de dix mètres.

— Oh non ! Pas encore une télécommande ! Franchement ! Tu te souviens de ce qui s'est passé la dernière fois ? J'ai jeté ma boisson en l'air ; il y en avait partout.

Je hausse les sourcils en le regardant, mais je vois très bien qu'il a du mal à contenir son enthousiasme.

— Au moins cette fois, tu le mettras dans l'orifice de ton choix. Comme ça, tu sentiras directement l'effet que me fait le Viagra.

— Et comment ça ?

— Je t'informerai grâce à la télécommande. Dès que je banderai un peu plus, je passerai au mode de vibration supérieur pour que nous soyons vraiment en harmonie, tous les deux.

Il a l'air vraiment content de lui.

— Allez ! Tu étais tout excitée à l'idée que je prenne une pilule bleue, tout à l'heure. Et voilà que tu fais la prude maintenant ?

— Bon, d'accord. Ça pourrait être pire, c'est sûr. Mais c'est quoi, cette obsession des télécommandes, Jeremy ?

Il se tourne vers moi, prend mon visage dans ses mains et dit plus sérieusement :

— Rien ne me fait plus plaisir que de pouvoir contrôler ton plaisir, Alexa.

Il m'embrasse sur la bouche, si doucement et si gentiment, que je fonds littéralement. J'atterris sur le lit avec son corps au-dessus du mien. Il enfonce sa langue dans ma bouche, et son baiser est si passionné que je me croirais presque dans une scène d'amour torride au cinéma. Sa main se glisse dans mon haut de bikini, et le voilà qui caresse mes seins. Ses doigts taquinent mes tétons jusqu'à ce qu'ils se dressent. Mes fesses écrasent le nouveau jouet tandis que nous nous roulons sur le lit, assoiffés de désir.

— Fais attention, Alex. Je veux que ça soit en parfait état de marche pour ce soir.

Il prend la boîte comme s'il s'agissait d'un petit oiseau blessé à qui je ne réserverais pas le traitement qu'il mérite. Allongée sur le côté, j'essaie de reprendre mon souffle pendant qu'il ouvre la boîte.

— En fait, je devrais peut-être m'assurer tout de suite qu'il fonctionne parfaitement. En plus, tu ferais mieux de garder ton énergie pour ce soir. J'ai comme le pressentiment que tu en auras bien besoin.

Il me donne une petite tape sur les fesses.

— Pourquoi n'irais-tu pas sous la douche la première pendant que j'organise tout ça et que je choisis ce que tu vas porter ce soir ?

J'ouvre la bouche pour lui répondre, mais la referme aussitôt. Et si ça lui fait plaisir de choisir ma tenue pour le dîner ? Il ne peut guère se tromper avec ce que j'ai mis dans ma valise.

— D'accord. Alors, je choisirai ce que tu mettras pendant que tu prendras ta douche.

Je donne à mon tour une petite tape sur son derrière et vais dans la salle de bains comme l'a exigé mon meilleur ami autoritaire. Je ne peux m'empêcher d'être impatiente en pensant à la soirée qui nous attend.

Pour rester en harmonie avec notre environnement grec, nous portons tous deux des vêtements en lin blanc qui ressortent parfaitement sur notre peau dorée par le soleil méditerranéen. Ma robe est un peu moulante, mais pas trop courte, heureusement, et Jeremy a choisi une ceinture marron clair pour mettre autour de ma taille. Il n'aime pas que je porte des vêtements amples.

Quant à lui, il est vraiment sexy avec sa chemise déboutonnée, qui laisse entrevoir ses pectoraux. Personne ne vous en voudra de vous balader ainsi sur les îles grecques, et, de toute façon, il ne ressemble en rien à un mec louche. Ses cheveux ont poussé depuis la dernière fois que je l'ai vu.

Ébouriffés et ondulés, ils encadrent son visage, et leur couleur sombre fait ressortir le vert cendré de ses yeux. On dirait un dieu de l'érotisme égéen. Et franchement, j'ai bien envie de lui sauter dessus immédiatement, mais il me rappelle que nous avons réservé une table dans un restaurant pour le dîner.

— Alors, quand est-ce que tu vas le prendre ?

— Après l'entrée, juste au cas où l'effet serait trop rapide.

— Tu crois qu'on devrait essayer de sortir jusqu'au petit matin ? Ça me dirait bien d'aller me trémousser sur une piste de danse.

— Tu crois que tu vas tenir aussi longtemps avec ce truc à l'intérieur de toi ?

— Ah oui, c'est vrai !

— On devrait l'essayer tout de suite.

— Je croyais que tu l'avais déjà testé.

— Oui, mais pas en toi. Je veux être sûr qu'il fonctionne comme il faut.

— Je pense qu'il est en effet préférable de régler tous ces problèmes d'ordre pratique dans l'intimité de notre chambre. Où se trouve le restaurant ?

— Juste au coin de la rue.

— Bon, passe-le-moi alors.

J'attends qu'il me tende l'œuf, mais il me regarde les yeux pétillants.

— Tu permets ?

— Vraiment ?

— S'il te plaît…

— Bon, d'accord.

— Très bien. Pose une jambe là-haut. Tu as besoin de lubrifiant ?

Non, pas après avoir constaté à quel point Jeremy était sexy dans sa chemise blanche. Je suis en train de ronger mon frein.

— Ça devrait aller.

Je baisse ma culotte pour le laisser accéder librement à mon orifice.

— Bon, tu es prête ?

— Aussi prête que possible. Qu'est-ce que je ne ferais pas pour toi !

Il le glisse avec précaution entre mes cuisses, dans ma vulve, et je sens la pression de l'œuf contre les parois de mon vagin quand il l'enfonce un peu plus.

— Hmm, prête comme toujours, Alexa.

— Si je ne mourais pas littéralement de faim, nous ne quitterions pas cette pièce, Jeremy.

— La patience n'est pas ton fort, ma chérie. Je suis sûr que tu es beaucoup plus forte que tu ne le penses.

Il repose ma jambe sur le sol.

— Comment tu te sens ?

— Bien pour le moment.

Il sort la télécommande de la poche de son pantalon, et je lui lance un regard dubitatif.

— Je veux juste le tester et je te promets que je ne le

toucherai plus jusqu'à ce que je prenne la pilule bleue inoffensive.

Il appuie sur le bouton, et je sens une légère vibration en moi, plutôt agréable, ma foi. Son intensité augmente progressivement, et les yeux de Jeremy enregistrent chaque réaction sur mon visage. Mmm ! C'est vraiment bien !

— Ça va ?

— Très bon choix, en fait.

Les vibrations continuent à augmenter d'intensité jusqu'à ce que je m'empare de la télécommande.

— Oui, ça marche très bien. Pas de problème, pas de dysfonctionnement. Vas-y doucement avec les niveaux de vibration, sinon je ne pourrai plus parler et encore moins marcher.

Il l'arrête.

— Parfait. On peut y aller.

Je range la pilule et la télécommande dans mon sac à main. Elles seront sous bonne garde. Il me regarde, l'air incrédule.

— Ce n'est que justice. Je te les donnerai toutes les deux après l'entrée, comme tu as dit.

— Bon, allons-y

Il a l'air aussi impatient que moi de commencer notre soirée et il passe son bras autour de ma taille pour me conduire jusqu'à la porte. Je n'ai pas d'autre choix que de faire des exercices du plancher pelvien à chaque pas, m'assurant que mon ami violet est bien au chaud et à l'étroit en moi.

Nous dévorons tous les deux nos feuilles de vigne et nos aubergines farcies en entrée, pressés que nous sommes de passer à la prochaine phase de notre soirée. Jeremy commande une dose d'ouzo pour fêter l'occasion avec un « Santé » élaboré, que notre serveur applaudit, et je lui tends discrètement la pilule.

— Tu crois qu'on peut boire de l'alcool tout en prenant du Viagra ?

— C'est ce qu'on va voir.

Il l'avale avec un peu d'eau.

— Et la télécommande ?

Il pose sa main sur ma jambe sous la table pour que je puisse lui donner le boîtier, mais voilà qu'en tâtonnant je la laisse tomber. Le serveur se précipite vers nous et s'empresse de récupérer la télécommande, qu'il pose dans la main tendue de Jeremy.

— Merci beaucoup.

Il sourit sans manifester le moindre embarras et la range dans sa poche comme si de rien n'était. Je ferme mon sac à main et prends une gorgée de vin pour me remettre de nos pitreries à table. Je décide qu'il serait plus raisonnable d'aller aux toilettes maintenant, avant que les vibrations ne commencent. Je me lève.

— Tu laisseras tout en place, Alexa.

C'est une affirmation, pas une question.

— Bien sûr.

— Tu sais que je m'en rendrais immédiatement compte.

— Oui, Jeremy. Tu as respecté ta partie du contrat, je respecterai la mienne.

— Merci. Ne sois pas trop longue. On dirait que je commence à sentir quelque chose.

Je me dépêche d'aller aux toilettes pour dames.

À mon retour, je m'installe devant un délicieux plateau de fruits de mer, et les vibrations commencent. Je croise les jambes pour garder une certaine contenance. Les joues de Jeremy sont délicieusement rouges, et une accélération des vibrations vient confirmer que le Viagra lui fait décidément de l'effet. Sa main caresse ma cuisse sous la table, et il s'approche de moi pour que la mienne puisse sentir la bosse qui se forme dans son pantalon.

— Waouh ! Impressionnant ! Ça ne fait même pas une demi-heure.

L'intensité des vibrations monte encore d'un cran.

— Tu devrais manger un peu plus vite. Dans l'état où je suis, je ne vais pas pouvoir tenir bien longtemps sans te toucher. Cette pilule me rend impatient d'agir.

— Quoi ? Pas de dessert ?

Nouvelle augmentation. Je commence à me tortiller sur mon siège dans l'espoir de m'adapter aux vibrations de plus en plus fortes.

J'ai franchement du mal à rester assise calmement et à garder une attitude respectable.

— D'accord, d'accord. Pas de dessert. Mais pas plus de vibrations jusqu'à ce que nous ayons fini. Je commence à transpirer.

— Je fais de mon mieux. Mais nous avions dit que nous devions être en parfaite harmonie. Tu n'imagines même pas à quel point elle est dure !

— Crois-moi, j'ai parfaitement compris. Ça te plaît ?

— C'est plutôt intense, et j'ai l'impression que ma queue essaie de se détacher de mon slip comme si elle voulait prendre son indépendance.

— Tout va bien, monsieur ? demande le serveur en remplissant nos verres de vin.

Nous gigotons tous les deux sur notre siège, bouillants d'impatience sexuelle.

— Oui, c'était excellent. Vous pourrez nous apporter l'addition quand vous aurez un moment.

C'est la première fois que j'entends Jeremy perdre un peu le contrôle, et je dois dire que ça me plaît. Même sa voix est un peu chevrotante.

— Pas de dessert, ce soir ?

— Non pas ce soir. Nous prenons le dessert ailleurs et nous sommes en retard. Merci.

Le serveur prend acte de notre impatience avec un grand sourire. Sur ce, nous nous regardons, observons nos visages écarlates et partons d'un grand éclat de rire face à la situation que nous avons nous-mêmes créée.

Tandis que je sirote mon vin, les vibrations redoublent d'intensité.

— Jeremy, dis-je, le souffle coupé. S'il te plaît, non.

Une sensation de fourmillement envahit mon corps et gagne chacune de ses extrémités. Mon Dieu, c'est si bon et si horrible à la fois. Il hausse les sourcils, et son sourire s'agrandit. Il est ravi de déceler ce qui se cache derrière mes paupières lourdes.

— Oh ! Alexa. Attends un peu. Je pourrai satisfaire ton désir et bien plus encore vu mon état. Partons vite d'ici avant qu'il ne devienne carrément indécent de se balader dans cet état.

Jeremy jette quelques billets sur la table et m'aide à me lever. Mon œuf violet enfoui en moi me fait chanceler, et j'ai du mal à marcher droit. Jeremy me tient fermement par la taille pour me soutenir et j'en suis vraiment reconnaissante.

— Je crois que je vais devoir prendre ta veste.

Je regarde son pantalon et m'empresse de la lui donner.

— Mon Dieu, regarde-toi ! Tu arrives à marcher ?

— Tout juste. Restons bien à côté l'un de l'autre et pressons le pas.

— Ça serait beaucoup plus facile si tu arrêtais ce machin.

— Je vois où tu veux en venir, Alexa, mais puisque je ne peux pas recracher ma pilule, ça ne serait pas juste. Toi qui te bats pour l'égalité des sexes, tu ne peux pas accepter une telle situation. Ça ne serait vraiment pas bien pour toi que j'arrête les vibrations maintenant.

Je grogne en écoutant ses arguments et lui flanque un coup de coude dans les côtes en guise de représailles. Nous continuons à avancer péniblement sur l'allée pavée qui mène au bord de la mer. Le croissant de lune est absolument magnifique, chatoyant au-dessus de nous.

J'essaie de me concentrer sur sa beauté pour me distraire du désir qui me ronge. L'intensité de mon excitation me paralyse presque.

— Oh ! et puis merde, je ne peux pas attendre une seconde de plus.

Il saute par-dessus le rebord sans me lâcher la main, et j'atterris directement dans ses bras. Il part à toute vitesse, et nous nous retrouvons derrière un gros rocher.

— Désolé, ma chérie, mais ton ami violet va devoir céder sa place. Je suis prioritaire, je ne peux plus attendre.

Il me plaque contre le rocher rugueux encore tout chaud à cause du soleil de l'après-midi. Il me tient le visage et m'embrasse avec fougue avant de dévorer mon décolleté. Avec une telle intensité, il ne va pas faire de quartier. Son autre main plonge avec impatience dans ma culotte pour me débarrasser au plus vite de l'œuf vibrant.

— Doucement, fais attention, dis-je d'une voix haletante.

Il le sort et le fourre dans mon sac à main avant de laisser glisser son pantalon jusqu'au sol. Je suis sidérée par la taille de son sexe quand il baisse son slip et lâche la bête.

— Oh ! mon Dieu ! Ça te fait mal ?

— Ça ira mieux dans quelques secondes, quand il sera enfoui en toi.

Il met en toute hâte le préservatif obligatoire et tire sur ma culotte fragile qui se déchire immédiatement entre ses mains. Je n'arrive pas à détacher mes yeux de son membre palpitant et me demande si je pourrai l'absorber complètement en moi dans toute sa longueur et son épaisseur. Certes, il a toujours été plus gros que la normale, mais là…, il est carrément monstrueux.

Finalement, je suis bien contente que les vibrations intenses de mon ami violet m'aient bien préparée. Quelques secondes plus tard, il soulève ma jambe avec détermination et empressement, et me pénètre immédiatement. Son érection est si puissante et en même temps si plaisante que je n'ai pas d'autre choix que de m'écarteler pour l'accueillir en moi pendant qu'il va et vient avec toute la force de sa masculinité. J'en suis tout essoufflée.

— Oh ! Alexa ! Tiens bon, ma chérie, je suis loin d'avoir fini.

Son sexe plaque mon corps contre le rocher, et je m'agrippe à son cou avec les deux bras, tandis qu'il enroule mes jambes autour de sa taille.

Une fois dans cette position, il tente de contrôler sa respiration haletante pendant que ses mains malaxent la chair de mes fesses. Il se retire alors, puis me pénètre plus doucement, me permettant de sentir chaque centimètre de son sexe décadent. Il entre, il sort, rétablissant doucement et complètement le contrôle sur mon corps, jusqu'à ce que je me sente presque défaillir sous l'effet du désir.

— Tu sais que je t'aime, n'est-ce pas ?

— Bien sûr, Jeremy. Ça fait une éternité qu'on s'aime.

Il me regarde dans les yeux d'un air implorant, comme s'il essayait d'accéder à mon âme. C'est une sensation étrange. On dirait qu'il essaie d'injecter un peu de romantisme dans cette union à caractère hautement sexuel.

— Mais je t'aime vraiment, Alexa, comme aucune autre.

Je me dis que le Viagra n'a pas uniquement une influence sur le flux sanguin vers le pénis, mais qu'il doit aussi affecter ses émotions. Pourtant, en cet instant, mes besoins sont extrêmes.

— S'il te plaît, Jeremy, plus vite, dis-je d'un ton suppliant dans son oreille, tandis que mes ongles s'enfoncent dans la chair de sa poitrine.

La lenteur insoutenable de sa cadence me frustre au plus haut point, en particulier après ce que m'a fait subir l'œuf vibrant, et je ne veux pas avoir à l'implorer pour qu'il me satisfasse. Mes dents se plantent dans ses tétons tout durs. Je veux lui faire comprendre mon impatience et le pousser à agir. Oh ! et enfin…

— Merci, dis-je, tandis qu'il me chevauche aussi vite et fort que d'habitude.

Mon cerveau est soudain rempli des étoiles qui peuplent le ciel pendant que ses doigts d'une redoutable précision font exploser mon clitoris gonflé. Je me dissous immédiatement dans l'univers pendant qu'il continue à me ramoner. Nous tombons par terre, les membres entrelacés. Les coquillages cassés et le sable amortissent notre chute. Il reste en moi, dur comme un roc et prêt à repartir.

— Tu es sérieux ? J'ai besoin d'un peu de répit.

— Chérie, c'est toi qui m'as fait ça. C'était ton idée.

Au terme d'une manœuvre délicate, je me retrouve au-dessus de lui, mes jambes de part et d'autre de ses cuisses, son sexe bien installé en moi. Oh ! la pression dans cette position est absolument divine. Il me faut quelques secondes pour m'adapter à la profondeur de cette sensation.

— Quel pied ! J'adore quand tu es comme ça en moi.

Je me balance sur lui en faisant de petits mouvements circulaires, mes sucs me permettant de coulisser tout en douceur. Que c'est bon !

— Tu es en train de me tuer à petit feu, Alexa. Il faut que j'explose, mais je n'y arrive pas.

Il me prend par les hanches pour arrêter mes mouvements.

— Vraiment ? Tu me plais comme ça.

— Alexa… Je te préviens…

Je reprends mes mouvements autour de son pieu énorme et palpitant. Je suis perdue dans une brume délicieuse au-dessus de son corps.

— Ça ne te plaira plus du tout quand tu seras irritée et que tu auras mal partout.

Soudain, il me renverse si rapidement, qu'il se retrouve immédiatement au-dessus de moi. Comment fait-il ? Il plaque mes bras sur le sol, puis mord et aspire mes tétons avec ferveur tout en recommençant à me ramoner. Je laisse échapper un cri sous l'effet de la douleur aiguë, et mon dos se cambre. Mes mamelons sont incontestablement connectés à mon clitoris, et cette douce agonie est intense. Mon Dieu ! C'est dur, c'est rapide, c'est chaud. Sexe charnel. Cette fois, je ne parviens plus à contrôler ma voix, mes gémissements continus se transforment en véritables cris d'extase, ignorant complètement le fait que nous ne sommes pas dans l'intimité de notre chambre d'hôtel.

Sa bouche se jette immédiatement sur la mienne, sa langue fouille ma gorge, aussi affamée et dominatrice que son membre en moi, et étouffe mes cris orgasmiques. Je retrouve les étoiles quand ses doigts continuent à réduire mes lèvres au silence et que sa bouche masse mes seins. Je suis complètement perdue devant cette présence masculine et physique.

Mon corps n'est qu'un jouet qu'il utilise au gré de ses désirs. J'aime qu'il puisse me faire ça et qu'il le fasse aussi souvent qu'il en a envie. Je finis par remarquer que son immense pénis n'a pas le moins du monde faibli après autant d'activité. En fait, c'est plutôt le contraire. Toujours aussi rigide et impatient de continuer.

Mon Dieu, qu'est-ce que j'ai fait ? Je laisse échapper un grognement, me résignant à l'inévitable. Je rejette la tête en arrière, me sentant plutôt épuisée par la force de notre déchaînement sexuel.

— Oh ! Faut-il que je te porte jusqu'à notre caverne ?

Je reste quelques instants dans cet état d'euphorie jusqu'à ce que je sente un vide en moi pendant qu'il tente en vain de tout remballer dans son pantalon. Je réprime un sourire.

— Tu trouves ça drôle ?

— Un peu, oui. Je suis sidérée que tu sois toujours aussi engorgé après une telle activité.

— Je peux t'assurer que notre activité vient tout juste de commencer, Alexa.

Il baisse ma robe sur mes fesses désormais nues, me tend mon sac et ma veste, et me prend dans ses bras, ne perdant pas une minute pour retourner dans notre chambre. Quelle énergie, c'est vraiment étonnant, même pour Jeremy ! Il se déshabille rapidement, et je parie que son érection commence à le faire souffrir. Je suis presque désolée pour lui. Pour ma part, je suis vraiment rassasiée, cette fois. Ses yeux sont encore hantés par le désir charnel, et je suis bien obligée de reconnaître qu'il est prêt à recommencer. La frustration et l'impossibilité de se libérer émoussent sa patience.

— Une tasse de thé, un verre de vin peut-être ?

J'essaie de repousser l'inévitable.

— Moi en toi, peut-être !

Je suis de l'autre côté de la table qu'il contourne rapidement pour m'attraper. Je m'esquive juste à temps et cours vers la salle de bains. Malheureusement, il fait de plus grands pas que moi et m'empoigne, puis soulève mes jambes du sol et me jette sur le lit. Je crie, à la fois choquée et impatiente. Il se débarrasse de ma robe en quelques secondes, et son corps nu et viril se dresse au-dessus de moi.

— Tu ressembles à Éros.

— Éros a cruellement besoin de Psyché.

— Bon, d'accord, prends-moi comme tu veux.

Qu'est-ce que je peux faire ?

Il ne se fait pas prier. La force virile de Jeremy, combinée à l'effet de la petite pilule bleue, se déchaîne sur tout mon être, qu'il chevauche sur toutes les surfaces de notre chambre pendant l'heure qui suit.

— J'ai besoin de m'hydrater de toute urgence.

C'est tout juste si j'arrive à prononcer ces mots, car je suis complètement épuisée par l'attention qu'il a portée à chaque parcelle de mon corps. J'ai presque l'impression d'avoir été réduite en purée. Jeremy se lève d'un bond et revient avec une bouteille d'eau et une carafe de vin, qu'il renverse allégrement sur nos corps, tandis que, nus et trempés, nous nous installons dans le salon. Il remplit sa bouche de vin qu'il déverse ensuite dans la mienne grâce à un baiser stratégique avant de poser, non sans difficulté, ma tête et mes épaules sur ses genoux.

Je sens son érection contre le côté de ma tête, mais heureusement, elle a quand même considérablement faibli. J'ouvre la bouche pour boire encore, et il essaie de verser l'eau directement dans ma bouche depuis la bouteille, mais n'est pas aussi précis que d'habitude. Peu importe, je n'ai pas de vêtements. Un filet d'eau atterrit enfin entre mes lèvres. Je suis incapable de bouger, je n'essaie même pas. Je suis complètement lessivée après de tels ébats.

Je suis sûre que j'aurai mal partout demain, mais je ne me plaindrai certainement pas. Sa main caresse doucement mes cheveux et mon visage, et je me blottis contre lui, bercée par la douceur de son contact, plus serein à présent.

— Alors, tu vas vraiment t'installer avec Robert et retourner vivre en Australie ?

Je ne m'attendais pas à ce qu'il remette ce sujet sur le tapis.

— Euh…, oui, je pense. Il fallait bien que ça arrive un jour. Je ne peux quand même pas passer ma vie à faire la fête.

Je lève la tête pour regarder ses yeux. Ils semblent très loin.

— Je ne te verrai plus aussi souvent.

— Je sais, ça ne me réjouit pas.

— Les choses seront différentes entre nous, plus comme maintenant.

— Oui, c'est probable. Ça va me manquer.

— À moi aussi.

J'ai dû finir par m'assoupir. Quand je me réveille, je suis allongée sur le lit et seule. Je trouve un mot sur la table.

Je n'arrive pas à dormir. Je suis allé boire un verre. À tout à l'heure. J

Je ne sais pas vraiment pourquoi, mais je suis inquiète pour lui. Il avait l'air vraiment triste durant notre dernière conversation, juste avant que je m'endorme. Je passe un coup de peigne dans mes cheveux, mets un peu de gloss à lèvres, j'enfile une robe d'été légère et je me dirige vers le bar pour voir s'il va bien. J'avance avec précaution et je constate que j'ai mal partout.

C'est sa pénétration qui m'a fait ça. Je me dis que Jeremy n'a vraiment pas besoin de Viagra. Je parie que demain, j'aurai des courbatures et des bleus, même s'il ne m'a pas fait de mal. J'ai aimé cette sensation, et, bizarrement, l'idée que sa passion puisse laisser des traces sur mon corps m'excite beaucoup plus que je ne l'aurais cru.

Quand je tourne au bout du couloir pour entrer dans le bar, je le vois en compagnie de deux femmes ouvertement aimables qui ont l'air ravies de se partager Jeremy et son érection chimiquement améliorée. Je jette un dernier regard à mon meilleur ami, incorrigible play-boy, allergique aux engagements, et je décide en cet instant que je prends la bonne décision en m'installant avec Robert. Ma vie sentimentale sera enfin un peu plus stable. Je ne peux quand même pas passer ma vie à m'amuser avec Jeremy.

***

— Docteur Blake, excusez-moi, docteur Blake ?

— Oui ? Désolée…

Je suis immédiatement replongée dans l'instant présent.

— Avez-vous d'autres requêtes avant que nous poursuivions ?

— Non… Oh ! En fait, si. J'en ai une. Je ne veux pas que mes yeux soient bandés. Je veux voir. Pendant toute la durée de l'expérience.

Bizarrement, elle m'adresse un sourire entendu avant de répondre :

— Quand vous serez là-bas, rien ne viendra bloquer votre vue à part si vous l'exigez. Vous serez privée de ce sens à une seule occasion : quand vous serez transférée dans notre clinique. Nous vous en informerons ; ainsi, vous serez préparée.

— Très bien.

— Autre chose ?

— Et la pilule violette ? Vous voulez que je la prenne ?

— Naturellement, mais la décision vous reviendra le moment venu. Ne vous faites aucun souci ; elle ne présente absolument aucun danger. Bien sûr, nous serions ravis que vous nous fassiez part de votre avis de professionnelle sur son efficacité.

J'ai déjà entendu ça quelque part. J'ai le tournis et la nausée quand je pense à ce qui m'attend. Je ne peux m'empêcher de poser une dernière question :

— Madame de Jurilique, puis-je me permettre de vous demander si vous l'avez déjà testée ?

— Oh ! bien sûr, docteur Blake. Je crois qu'il est primordial que nos cadres dirigeants puissent essayer avant tout le monde les produits que nous développons pour une meilleure communication sur leurs bienfaits. C'est pourquoi je peux affirmer sans équivoque que les femmes du monde entier seront plus que satisfaites des résultats, en tout cas, toutes celles qui l'ont testée ont été conquises jusqu'à présent.

Ses yeux regardent dans le vague ; son visage tout entier semble absorbé par un souvenir très agréable. Choquée, je la vois caresser son cou et son décolleté avec langueur. Sapristi, c'est de plus en plus bizarre. Elle revient peu à peu à la réalité et dit d'une voix claire :

— J'espère que c'est tout, docteur Blake ? Veuillez signer les documents amendés.

Elle montre le contrat devant moi.

Louis et Frederic entrent dans la pièce et se postent chacun d'un côté de mon fauteuil. Consciente que la validité d'un contrat dans de telles circonstances est plus que discutable, je laisse échapper un soupir avant d'entériner les changements et d'hypothéquer mon avenir. Au moins, l'entreprise Xsade a-t-elle eu la courtoisie de négocier avec moi et s'est-elle engagée à me laisser partir d'ici à la fin de la semaine. Mais Dieu seul sait ce qui m'attend durant les trois prochains jours.

— Bien joué, docteur Blake. J'espère que vous n'avez pas de regrets. Nous prendrons bien soin de vous.

Ça aussi, je l'ai déjà entendu quelque part. Elle me serre la main comme si nous venions de conclure un accord de la plus haute importance. C'est d'ailleurs ce que nous avons fait d'une certaine façon. Ma main semble toute molle dans sa poigne de fer.

— Louis va vous raccompagner dans votre chambre, et le bon docteur devrait ensuite vous préparer pour le trajet.

Je me lève et suis Louis hors de la pièce.

— Dernière chose, docteur Blake…

Je me retourne pour la regarder.

— Je suis sûre que, si vous vous donnez la permission de le faire, vous allez beaucoup plus vous amuser que vous ne le croyez.

Elle m'adresse un grand sourire, puis se détourne. Bon sang, ils ont vraiment l'air de bien me connaître. Sur ce, Louis ferme la porte du bureau et me raccompagne dans ma chambre.

Mes bagages sont faits, et la chambre est parfaitement rangée, comme si je n'y avais jamais séjourné. Mon estomac se noue tandis que je regarde par la fenêtre tout en tripotant mon bracelet, mon seul contact avec Jeremy, dont je ne sais plus s'il est toujours mon ami ou s'il est mon ennemi. Je ferais n'importe quoi pour lui parler maintenant et régler cette affaire une fois pour toutes. Je ne sais pas ce qui m'attend, je ne sais pas si j'ai pris la bonne décision. Je continue à regarder par la fenêtre. Jeremy, qu'est-ce que tu m'as fait ? Où es-tu ?

Qui a réellement besoin de ces laboratoires pharmaceutiques ? Tout le monde, de nos jours, mais à quel prix ? Je ne peux m'empêcher de penser que c'est entièrement de la faute de Jeremy si je suis ici ; pourtant, je ne peux pas nier qu'au plus profond de mon cœur, je veux encore l'aimer et savoir qu'il m'aime. Même dans cette situation délicate. Si seulement il pouvait dissiper ma peine. Le va-et-vient incessant de mes pensées me perturbe et m'engourdit. Une fois de plus, je me trouve dans une position où je n'ai pas d'autre choix que de suivre le mouvement.

— Vous êtes prête, docteur Blake ?

Comment voulez-vous que je sois prête ? Inutile que je me soucie de mes bagages avec tout le personnel qui s'affaire autour de moi. Je me contente donc de suivre Louis et Fred dans l'escalier en colimaçon. Je me demande distraitement si je vais retourner au château après l'expérience, mais j'en doute.

J'entre dans une petite pièce à côté de l'énorme porte voûtée, où le bon docteur (ou peut-être le vilain docteur, qui sait) attend patiemment mon arrivée. Mes paumes deviennent instantanément moites quand il me salue et que je vois une seringue avec des tubes à essai posés sur un tissu blanc sur le bureau.

— Comment allez-vous, docteur Blake, aujourd'hui ?

— Ça va mieux.

— Êtes-vous nerveuse ? demande le docteur Josef d'une voix douce.

— À votre avis ?

Je regarde par-dessus mon épaule. La porte est fermée, et nous sommes désormais seuls dans la pièce.

— Je ne permettrai pas qu'on vous fasse du mal, croyez-moi. Asseyez-vous.

— Qu'est-ce que j'en sais ? J'ignore qui vous êtes et ce que vous allez faire.

J'ai soudain l'impression que je ne vais pas y arriver. Je me sens sur le point de défaillir. C'est vraiment trop pour moi ! Je me laisse tomber sur le fauteuil en face de lui.

— Je crois que je vais vomir.

Je cherche du regard une poubelle. Il sort calmement

un sac vomitoire du tiroir de son bureau et me le tend. Je le tiens près de ma bouche, mais ma nausée s'estompe.

— Qu'est-ce qui va se passer exactement ?

— Je vais vous faire une piqûre, puis nous nous rendrons à l'hôpital. Je suppose que madame de Jurilique vous a informée de ces détails ?

Il hausse les sourcils et me regarde intensément dans les yeux.

Il est très déconcertant. C'est étrange tout de même que mes ravisseurs répondent à mes questions au lieu de me laisser dans le flou. C'est un changement fort bienvenu, me dis-je.

— Et quel va être l'effet de cette piqûre ?

— Elle va détendre vos muscles jusqu'à ce que vous soyez pratiquement immobile. Le processus ne devrait pas prendre plus d'une demi-heure. Quand nous arriverons à l'hôpital, je vous ferai une autre piqûre, et vous serez ensuite emmenée dans notre clinique. Vous ne devriez ressentir aucune douleur.

Il marque une pause.

— Vous êtes prête ?

Merde ! Putain, putain, merde. Je suis tellement nerveuse que je pourrais me consumer de l'intérieur. Tout paraît si professionnel, si consensuel, et pourtant, je suis submergée par la peur pendant qu'il attend sans se départir de son calme.

— Je vous assure que, si la sensation est un peu inhabituelle au départ, votre transfert à l'hôpital devrait être beaucoup plus agréable que votre arrivée au château.

C'est plus fort que moi ! Je me lève et me dirige vers la porte. Je tourne la poignée, ouvre la porte et vois Fred et Louis qui gardent l'entrée. Je m'empresse de la refermer et retourne m'asseoir. Je n'arrive pas à rester assise immobile et je continue à gigoter sur mon siège. Reprenant courage, j'affiche soudain un air de défi.

— Très bien. Je ne sais pas qui vous êtes, mais il est évident que je n'ai pas d'autre choix que de vous faire confiance. Espérons que vous dites la vérité et qu'il ne m'arrivera rien de mal. Et n'oubliez pas que j'ai signé un contrat avec Xsade, dans lequel figurent mes conditions.

— Il serait bon que vous vous en souveniez également, docteur Blake.

Très juste !

— Vous paraissez un peu anxieuse. Peut-être préféreriez-vous vous allonger ?

C'est incroyable, mais je ne perçois dans sa voix que gentillesse et compassion.

— Oui, c'est mieux, je pense.

Mon corps tendu se lève. Oh ! mon Dieu ! Je me dis que ça serait presque plus facile s'ils étaient méchants et brutaux. Cette éternelle politesse me fait flipper. Il me montre le banc derrière nous. Je hoche la tête et me dirige rapidement vers lui pour calmer l'énergie frénétique de mes nerfs. Il soulève doucement ma main gauche et la nettoie à l'aide d'un coton imbibé d'alcool. Il inspecte ensuite mes veines avec soin. Il installe un garrot juste au-dessous de mon coude, et mes veines se montrent presque immédiatement. Ma respiration s'accélère. Je pense à l'aiguille qui va bientôt transpercer ma peau, au produit qui va infiltrer mes veines et à ce qui m'attend dans les prochains jours. Il ignore ma panique, s'affaire en silence, tripote les tubes sur le bureau avant de prendre ma main fermement dans la sienne.

Un dernier commentaire m'échappe :

— Vous savez que je ne veux pas ça, rien de tout ça.

— Je sais, docteur Blake, mais l'argent permet toujours d'obtenir des résultats surprenants.

La canule glisse sans peine dans ma veine, et il tient fermement ma main tout en injectant doucement le contenu de la seringue dans mon système.

— L'argent ? Vous pensez que je fais ça pour l'argent ?

La bonne nouvelle, c'est qu'il est très adroit, mais je déteste les piqûres et je ne suis pas assez courageuse pour essayer d'enlever ma main. Je dois détourner les yeux. Heureusement, ça ne fait pas mal.

— Au bout du compte, c'est souvent ce qui motive nos actions.

Mon Dieu ! Quelle horreur ! Moi qui pensais donner l'argent à une œuvre de charité, moi qui pensais faire le bon choix en acceptant cette somme d'un laboratoire plein aux as. Et voilà que maintenant j'ai l'air d'avoir agi par appât du gain.

— Laissez-moi vous dire que je n'aurais jamais fait ça pour de l'argent. Ça me rend malade que vous pensiez ça. Je le fais pour ma sécurité, pour pouvoir partir d'ici indemne, pour pouvoir retourner auprès de mes enfants. Je n'ai pas envie qu'ils se retrouvent sans maman.

Il ignore mon accès de colère et prend calmement un autre tube, dont il injecte le contenu par la canule. Je me demande bien pourquoi j'éprouve le besoin de me justifier devant cet homme. Une fois qu'il a fini, il enlève le garrot.

— C'est très noble de votre part, docteur Blake. Il est important que vous restiez immobile en attendant que les produits agissent pour éviter tout effet secondaire indésirable.

Tout en m'efforçant de ne pas bouger, je me dis que c'est exactement ce que les gens vont penser. En signant ce maudit contrat, j'ai effectivement accepté cet argent, et ma décision paraît obligatoirement motivée par l'appât du gain. Je me suis bien trompée en pensant que ce contrat n'avait aucune valeur légale.

Maintenant qu'ils m'ont proposé de l'argent et que je l'ai accepté, ce contrat ressemble à s'y méprendre à un document légal qui engage les deux parties : offre, acceptation, rémunération. Mais la contrainte, ça doit bien compter pour quelque chose, non ? Qu'est-ce que j'ai fait, bon sang ?

Je sens que le produit injecté commence à prendre possession de mon corps. Mes muscles se détendent, et une chaleur agréable se répand dans mes membres. Le docteur est assis sur une chaise à côté de moi et vérifie mon pouls.

— Vous pouvez bouger les doigts ?

J'essaie de les remuer, mais rien ne se passe.

— Parfait. Le produit fait effet ; tout va bien. Essayez de rester calme.

Merde, mon corps ne peut que se tenir tranquille s'il ne peut pas bouger !

Je tente malgré tout de remuer les orteils. Ils sont pris d'une drôle de convulsion, puis plus rien. Mes jambes sont deux poids morts.

Je sens toujours les doigts du docteur à l'intérieur de mon poignet, mais je ne peux pas retirer mon bras. Je suis consciente tout en étant complètement paralysée. Mon Dieu ! Ce n'est pas bon du tout !

— Je sais que c'est une étrange sensation, docteur Blake, mais vous serez plus à l'aise si vous acceptez votre état et si vous vous détendez au lieu de lutter.

J'ai l'impression que, depuis quelques jours, je passe justement mon temps à me débattre. Ça devient presque une habitude.

Je veux lui dire oui, mais ma bouche ne parvient pas à s'ouvrir. Ça me fait flipper ! Quel paradoxe ! Je suis intérieurement complètement stressée et paniquée, mais extérieurement parfaitement paisible et détendue.

— Servez-vous de vos yeux pour communiquer. Vous allez très bien. Essayez de rester calme, et tout se passera pour le mieux. Laissez les médicaments agir et faire leur travail.

Je tente désespérément de dire non avec les yeux, mais voilà que le docteur fait entrer deux hommes en blouse blanche avec un brancard. Je ne peux pas bouger d'un centimètre. Seules ma vision centrale et ma vision périphérique me renseignent sur ce qui se passe. C'est un sentiment vraiment étrange, comme si mon corps était dissocié de mon esprit.

Ils ajustent le brancard pour qu'il soit à la même hauteur que le lit, puis, après avoir compté jusqu'à trois, transfèrent sans peine mon corps de l'un à l'autre.

Ils posent ensuite un drap blanc sur moi, et trois sangles viennent arrimer mon corps à la civière. Le docteur repousse quelques mèches de cheveux qui tombent devant mes yeux, et la douceur de son contact me fait tressaillir intérieurement.

Je suis ensuite transportée hors de la pièce jusqu'à la grande entrée du château. Je passe sous la voûte majestueuse de la porte, les yeux levés vers le ciel, puis je me retrouve à l'extérieur avant d'être installée avec précaution dans l'ambulance. Le docteur monte avec moi, s'assoit sur un banc à côté de moi et prend mon pouls. Il remarque le bracelet à mon poignet.

— C'est un bijou magnifique, docteur Blake. Je ne l'avais pas encore vu. Dommage que vous ne puissiez pas me dire d'où il vient. J'ai bien peur que vous ne puissiez pas le garder sur vous à l'endroit où nous allons. Je veillerai à ce qu'il vous soit rendu à la fin de votre séjour parmi nous.

J'essaie de crier dans mon désespoir, mais seul le mouvement de mes yeux est perceptible. Quelques instants plus tard, je sens que nous avançons et je vois le reflet des gyrophares sur les vitres. Je ne peux pas en supporter davantage.

***

J'entends les sirènes hurler autour de moi tandis que nous filons à toute vitesse vers l'hôpital. Et Dieu sait où nous irons ensuite. Ce qui me fait penser que je ne sais même pas dans quel pays je me trouve.

Je me demande ce qu'il y a de plus bizarre au bout du compte : se retrouver attachée sur un fauteuil roulant et vêtue d'une burqa tout en étant malgré tout capable de se débattre et de contracter ses muscles ou être allongée sur une civière, avec un cerveau incapable d'envoyer un message efficace au reste du corps, une situation frustrante, mais une sérénité déconcertante.

Je suis transportée à l'intérieur d'un hôpital de village plutôt petit. J'essaie d'observer mon environnement dans l'espoir de glaner le maximum d'informations visuelles susceptibles de me renseigner sur ce qui m'attend. Finalement, j'atterris dans une petite pièce où je suis littéralement livrée à deux infirmières. On enlève à la fois les sangles et mes vêtements, et je me retrouve affublée en deux temps trois mouvements d'une affreuse blouse d'hôpital ouverte dans le dos. Je sais bien que c'est le cadet de mes soucis, mais quand même !

Mes membres sont lavés avec le plus grand soin par les infirmières qui me passent ensuite une autre chemise de patient. Le docteur Josef refait son apparition et procède à ses contrôles habituels. Cette fois, il est clair que je ne peux poser aucune question. Il vérifie mes réactions qui sont inexistantes. Il semble satisfait. Il regarde son bloc-notes et tourne quelques pages.

— Je suppose que vous vous sentez toujours bien, docteur Blake ?

Je bouge les yeux du haut vers le bas. Je me sens aussi bien que la situation le permet, et j'ai l'impression d'être complètement vide.

— Je vais vous mettre sous perfusion pour que vous disposiez de tous les nutriments dont vous avez besoin pendant les deux prochains jours. Ainsi, vous n'aurez pas à manger après votre lavement. Vous vous sentirez revitalisée et énergisée.

Il essaie de me faire croire que je vais suivre un programme de remise en forme dans un spa alors que je suis prisonnière dans un corps comateux et que mon esprit est en mode hyperactif.

Il s'affaire à côté de moi. Encore une autre injection. Je n'ai pas les moyens de l'en empêcher de toute façon. Cette fois-ci, une sensation de fraîcheur envahit mes veines. On dit qu'il faut se confronter à ses peurs dans la vie… Espérons qu'après cette expérience à l'hôpital, je n'aurai plus jamais de problème avec cet environnement.

— Une fois que la poche sera vide, je vous ferai une dernière injection, et vous n'en aurez plus pendant toute la durée de votre séjour parmi nous. Comme c'est le cas en ce moment, vous n'aurez aucun contrôle sur vos muscles. Néanmoins, vous vous sentirez très détendue, puis vous sombrerez dans un profond sommeil et resterez ainsi pendant une heure ou plus.

Ses paroles suffisent à me stresser, mais il n'a pas l'air de s'en rendre compte, car il continue à me donner des informations.

— Vous allez bientôt être transférée dans une autre partie de l'hôpital. Durant le transfert, vous ne verrez rien, car votre visage sera couvert. Notre but est d'assurer cette transition le plus rapidement possible. À l'évidence, vous serez incapable de bouger, mais il est primordial que vous restiez calme, car nous ne voulons pas vous faire prendre de risques inutiles. Vous comprenez ?

S'il me dit encore une fois de rester calme, je crois que je vais me mettre à hurler ! Comme si je le pouvais, dans mon état !

Je bouge les yeux. Compris ? Bien sûr. Rester calme pour réduire le danger… Ouais, j'ai pigé !

— Vous allez très bien, docteur Blake. Vous devriez très vite retrouver votre état normal.

Bon sang, il n'y a plus rien de normal chez moi, ni mon état ni ma vie ! Je ressens le besoin urgent de me déconnecter visuellement de ce processus le plus longtemps possible. Je me dis, non sans sarcasme, que je dois beaucoup plus à Jeremy que ce que je croyais.

J'ai omis de demander si les risques liés à l'application de cette procédure étaient élevés, moyens ou faibles. Ma question aurait peut-être provoqué une discussion plus détaillée avec Mme de Jurilique… Dire que je n'y ai même pas pensé !

— Bon, nous sommes presque prêts.

Je commence à me sentir vraiment détendue, merveilleusement détendue. Et je suis bien forcée de reconnaître que c'est un sentiment très agréable. Cette chaleur, cette brume qui enveloppe mon cerveau, c'est absolument délicieux.

La substance qu'il m'a injectée est tout bonnement géniale. Même si je me sens lourde, comme un poids mort, je me sens aussi souple et fondante. À la bonne heure ! Me revoilà sur la civière.

— Parfait, docteur Blake, nous serons ravis de vous revoir de l'autre côté. Restez détendue.

Je n'ai pas d'autre choix que de rester détendue alors que j'entends un bruit de fermeture éclair le long de mon corps. On remonte la fermeture jusqu'à ce que ma tête soit entièrement recouverte, et mon champ de vision disparaît. Nous commençons à avancer.

Exactement comme l'a dit le bon docteur. Je m'en fiche royalement. Ils peuvent bien me faire ce qu'ils veulent quand je me sens si bien… Je n'arrive pas à imaginer ce que me réservent les trois prochains jours… Puis le néant enveloppe mon cerveau comme une mouchette éteignant la flamme d'une chandelle.

Cinquième partie

Le chagrin, c'est la tranquillité dont on se souvient avec émotion.

Dorothy Parker

Jeremy

Je perds toute notion de l'espace autour de moi tandis que je continue à dévaler le flanc de la colline, dont la pente est très raide. Des bouts de rocher transpercent mes côtes et mes jambes, et j'essaie de protéger le mieux possible mon visage et ma tête. Je sens un roc particulièrement tranchant entailler mon genou, mais je ne peux pas inspecter ma blessure, car je prends de plus en plus de vitesse. Zut, ça fait mal ! Tant pis, je n'ai pas le temps de m'appesantir sur ma douleur. Mon sac à dos est coincé entre la terre et mon dos, et je ne sais pas si son contenu a survécu au choc. Je me relève péniblement et je prends la direction du village en boitant. J'essaie malgré tout d'avancer le plus vite possible. Je suis impatient de raconter à Sam ce que je viens de voir.

J'arrive enfin à l'hôtel et pousse la porte de notre petite chambre. Il y a une femme dans la pièce. Au premier coup d'œil, elle semble avoir quelques années de moins que moi. Sam se lève d'un bond.

— Jeremy, que vous est-il arrivé ? Vous êtes couvert de poussière et, mon Dieu, c'est du sang ?

— Je suis tombé, ce n'est rien. Ne vous inquiétez pas pour ça maintenant. Sam, il faut absolument que nous trouvions à quel hôpital sont rattachées les ambulances qui circulent ici. Ils ont…

Je m'interromps à la fois pour reprendre mon souffle et pour ne pas trop en dire devant cette étrangère. Sam comprend ma méfiance et se charge des présentations.

— Jeremy, c'est Salina, notre garde du corps.

— Quoi ? Qu'est-il arrivé à… ? Oh ! ça n'a aucune importance.

Je ne peux pas vraiment me permettre de dire que je croyais que notre garde du corps était un homme. Je tente d'effacer toute trace d'incrédulité de ma voix. Elle doit mesurer un peu plus d'un mètre soixante-dix ; elle est mince avec des cheveux noirs coupés court. Elle n'a pas l'air bien dangereuse, mais, comme je l'ai appris à mes dépens, les apparences peuvent être trompeuses.

— Qui vous a envoyée ?

J'éprouve un besoin désespéré de tout vérifier après ce dont je viens d'être le témoin pour la deuxième fois.

— Martin Smythe. Il est chargé de réunir tous les membres de l'équipe à Munich et attend nos toutes dernières informations pour agir.

— Bon, très bien.

Au moins semble-t-elle être parfaitement au courant de ce qui se passe.

— Je suis le docteur Jeremy Quinn. Enchanté de faire votre connaissance.

J'essuie la paume de ma main contre mon pantalon afin d'enlever la crasse avant de serrer la sienne.

— Salina Malek. Enchantée.

Il faut bien reconnaître qu'elle se conduit comme une vraie professionnelle.

— Alors, Jeremy, dites-nous ce qui s'est passé, reprend Sam pour m'encourager à poursuivre mon récit.

— Pas ici, il faut que nous partions immédiatement. Une ambulance se dirige actuellement vers le nord-ouest sur la route qui traverse le village, et Alexa se trouve à l'intérieur. Je vous raconterai le reste dans la voiture.

— On dirait qu'ils se dirigent vers Bled. Il y a un petit hôpital là-bas. Sinon, il y en a un plus grand à Villach, de l'autre côté de la frontière, en Autriche, si le cas est plus sérieux. Où sont les clés ? C'est moi qui conduis.

À vrai dire, je suis quelque peu surpris par la réaction rapide et autoritaire de Salina, mais je suis heureux de constater qu'elle connaît bien la région. L'espace d'un instant, j'envisage d'insister pour conduire, mais j'ai les jambes un peu flageolantes après ma chute, puis ma course effrénée jusqu'à l'hôtel. Mieux vaut que je me concentre sur ce que j'ai à leur raconter tout en me nettoyant un peu. Je lui lance les clés qu'elle rattrape immédiatement. Parfait, elle a de très bons réflexes, c'est déjà ça.

Salina sort rapidement du village pour rejoindre la grande route, et je suis impressionné par sa conduite. Rien ne m'agace plus que de me retrouver à côté d'un mauvais conducteur. Je regarde ma jambe : mon pantalon est déchiré, et le sang continue à couler sur mon genou. Tout en racontant aux autres ce que j'ai vu, je déchire la manche de ma chemise et l'enroule autour de la plaie pour tenter d'endiguer l'hémorragie. À première vue, quelques points de suture vont être nécessaires.

— Bled se trouve à environ vingt kilomètres d'ici. Vous êtes sûr que l'ambulance a pris cette direction.

— Oui, j'en suis certain.

— Vous avez entendu les sirènes ?

— Non. Du moins quand ils ont quitté le château, il n'y avait que les gyrophares. Les sirènes ont retenti une fois qu'ils ont traversé le village.

— Bon, je pense que nous devrions inspecter toutes les salles de l'hôpital de Bled. Comme il n'est pas très grand, ça ne devrait pas prendre trop de temps à nous trois. Nous devrions voir s'il y a encore une ambulance sur les lieux et si elle a été utilisée récemment. Vu l'état de votre genou, vous allez avoir besoin d'aide de toute façon.

Elle me regarde, et j'aurais vraiment préféré que ses yeux ne quittent pas la route.

— Je peux me recoudre moi-même, mais il serait évidemment préférable que je puisse utiliser leur matériel.

— Comment vous a paru Alexa quand vous l'avez vue la première fois à la fenêtre ? demande Sam.

— En fait, elle avait l'air plutôt en forme. Un peu malheureuse.

Je me souviens de la tristesse dans ses yeux tandis qu'elle regardait vers les Alpes et, sans le savoir, dans ma direction.

— Sinon, elle ne semblait pas malade, dis-je d'une voix étranglée.

Je déglutis avec peine avant de poursuivre :

— Puis elle a disparu pendant un certain temps. Je suis resté au même endroit jusqu'à ce que l'ambulance arrive et que l'autre voiture s'arrête devant l'entrée. Ensuite, je l'ai vue sortir du château, allongée sur une civière, parfaitement immobile, avant qu'elle ne soit installée dans l'ambulance et emmenée à toute vitesse en bas de la colline.

Qu'est-ce qui a bien pu lui arriver ? Elle a peut-être fait une crise à cause du stress. Évidemment qu'elle doit être morte de peur après ce qu'elle a vécu ces derniers jours. À moins qu'ils ne lui aient donné un médicament et qu'elle ait mal réagi. Les médicaments ont toujours eu un effet beaucoup plus fort sur elle que sur les autres. Je me souviens de l'impact du sédatif que je lui avais donné avant que nous n'arrivions à Avalon. Je pensais que ça allait l'aider, mais elle avait mis beaucoup de temps à s'en remettre.

— Vous ne pourriez pas aller un peu plus vite, Salina ? J'ai l'impression que nous mettons une éternité pour arriver.

Ma voix trahit mon irritation, mais c'est surtout parce que je suis stressé.

— Nous y serons dans moins de cinq minutes, docteur Quinn.

En jetant un œil sur le compteur de vitesse, je constate qu'elle roule aussi vite que le permettent les circonstances. Elle poursuit d'une voix brusque :

— Bon, voilà ce que nous allons faire. Vous allez entrer tous les deux dans l'hôpital et distraire le personnel à l'accueil pour que je puisse me glisser à l'intérieur et inspecter les chambres et le sous-sol. Espérons que vous pourrez vous faire soigner le genou par la même occasion.

Elle me regarde de nouveau. *Ne quitte pas la route des yeux !* me dis-je, exaspéré.

— Samuel, vous pourrez vous occuper des urgences pour voir si elle se trouve là-bas. Ne vous éloignez pas trop de Quinn, car vous n'êtes pas blessé et vous risquez d'attirer l'attention sur vous. À l'évidence, ces personnes sont dangereuses.

J'ai quelques difficultés à assimiler les instructions de Salina, car d'habitude, c'est moi qui distribue les ordres. Malheureusement, je n'ai pas grand-chose à ajouter. Tout ce qu'elle a dit tient parfaitement debout. Je préfère donc me taire jusqu'à ce que nous nous arrêtions devant le minuscule hôpital.

— C'est l'ambulance ?

— Oui, on dirait.

— Bon, espérons qu'ils sont toujours là.

Elle prend son téléphone. Apparemment, elle a paramétré la numérotation abrégée pour joindre Martin encore plus rapidement.

— Martin. C'est Malek. Je suis avec Quinn et Webster à l'hôpital de Bled. Blake a été vue sur une civière installée à bord d'une ambulance qui a ensuite quitté le village de Kranj, et nous pensons qu'elle est ici. Nous allons inspecter les lieux et nous vous tiendrons informé dès que possible.

Efficace au téléphone aussi.

— Prêts ? demande-t-elle. N'oubliez pas que vous êtes ici en tant que patient, Quinn. Votre chute est tombée à point nommé, si je puis me permettre.

Je n'aime pas être considéré comme un patient ni comme un alibi pratique par quelqu'un que je connais à peine. Je ne cherche pas particulièrement à me faire plaindre ; d'ailleurs, je doute qu'elle exprime la moindre compassion à mon égard.

Nous hochons tous les deux la tête tandis qu'elle nous dépose à l'entrée de l'hôpital avant d'aller se garer dans le parking des visiteurs. Je n'ai même pas besoin de me forcer pour boiter, car la douleur dans mon genou est de plus en plus intense et monte désormais jusqu'à la hanche. L'infirmière parle un peu anglais, et nous tentons de lui expliquer la nature de ma blessure. Tandis qu'elle fait le tour de son bureau pour venir inspecter ma jambe, Salina se glisse rapidement à l'intérieur en se cachant dans l'ombre du couloir.

J'essaie de lui faire comprendre que je suis médecin pendant qu'elle me conduit jusqu'à une petite pièce dotée de rideaux et qu'elle m'invite à m'asseoir dans le fauteuil. Elle insiste pour aller chercher le docteur suppléant, ce qui donne à Sam l'occasion d'inspecter les chambres dans cette aile de l'hôpital. Un jeune médecin indien finit par arriver. Il se présente. Il parle bien anglais et semble très aimable. Je lui dis que je me suis blessé en faisant de la randonnée et que j'aimerais bien me faire des points de suture s'il peut me procurer le matériel nécessaire. Il hésite, je sors ma carte de professionnel de santé de mon portefeuille, et il sourit.

— D'accord, docteur. Bien, très bien.

Il me serre la main avant de dire à l'infirmière de me donner ce dont j'ai besoin. Heureusement, les procédures dans cet hôpital ne sont pas aussi strictes qu'aux États-Unis ou en Australie. Quand elle revient avec le matériel, je me mets au travail et, comme le docteur s'attarde à mes côtés, je décide de mener discrètement ma petite enquête.

— Combien y a-t-il de personnes qui travaillent dans cette équipe ? C'est l'hôpital le plus calme que j'aie vu.

— Il n'y a que moi et deux infirmières. On ne peut pas dire que nous soyons débordés. Il y a un autre interne qui vient parfois de Ljubljana et un spécialiste qui amène ses patients de temps à autre, mais la plupart du temps, c'est plutôt calme.

— Et l'ambulance qui vient d'arriver ? Rien de grave, j'espère ?

Il semble un peu distrait, sans doute absorbé par les documents qu'il est en train de remplir.

— L'ambulance ? Ah oui, c'est le spécialiste dont je viens de vous parler. L'un de ses patients vient d'être amené ici dans un état très grave. Le docteur avait l'air franchement pessimiste.

Je manque d'enfoncer l'aiguille directement dans la plaie en entendant ces mots.

— Quoi ? Qu'est-ce que vous entendez par là ?

Ma voix trahit mon angoisse, et je sens que je commence à transpirer.

Il retourne le papier sur son bureau.

— Vous savez ce que c'est, docteur…

Il baisse de nouveau les yeux pour regarder le document.

— … Quinn. On en sauve certains, on en perd d'autres.

Bordel de merde ! Qu'est-ce que ça veut dire ? Il ne peut quand même pas parler d'Alexa ? Il se trompe sûrement. J'essaie de me ressaisir pour en finir au plus vite avec ces fichus points de suture.

— Qu'entendez-vous par là ? Y a-t-il eu un accident ?

— Je ne suis pas autorisé à parler de nos patients avec vous. Je pense que vous allez beaucoup souffrir dans quelques heures. Vous êtes couvert de bleus, et ça sera encore pire demain. Voilà qui devrait vous aider.

Il me tend des antalgiques pour mes blessures, ce qui lui permet habilement de mettre un terme à notre conversation. Je sais qu'il ne peut rien dire, mais cette incertitude me ronge. Sam entre dans la pièce en secouant légèrement la tête.

— Merci.

Les bleus et la douleur physique sont le cadet de mes soucis. Ce n'est rien à côté de la souffrance que je ressentirais si j'en venais à perdre AB. Je ne peux pas me laisser aller à raisonner de la sorte. Où est donc passée Salina ? Elle devrait être de retour à présent.

J'ai fini. Sam et moi les remercions pour leur aide et retournons à contrecœur vers la voiture en espérant que Salina aura des informations plus concrètes sur l'endroit où se trouve Alex. Je me dis qu'elle avait l'air en forme au château. C'est du moins l'impression que j'ai eue en regardant à travers mes jumelles.

Et si quelque chose m'avait échappé ? Il n'aurait quand même rien pu lui arriver entre l'instant où je l'ai vue et le moment présent ? À moins qu'ils ne lui aient fait du mal, et, dans ce cas, ils devront payer. L'angoisse et la peur se répandent dans mes veines, et mon cœur bat lourdement dans ma poitrine. Et dire que nous sommes obligés d'attendre dans cette fichue voiture !

Il n'y a plus rien d'efficace ni d'assuré dans la démarche de Salina quand elle sort de l'hôpital par l'entrée principale et qu'elle se dirige vers la voiture. Mon cœur se met à battre la chamade ; l'expression de son visage me remue les entrailles. Quelque chose ne tourne vraiment pas rond ! Elle se laisse tomber sur le siège conducteur et ferme la porte.

— Mauvaises nouvelles.

— Quelles mauvaises nouvelles ? Qu'est-ce qui s'est passé ?

Elle secoue la tête.

— Blake a été admise à l'hôpital pour une série d'examens standard. Les choses ont mal tourné et elle a été conduite à la morgue de l'hôpital.

— Quoi ?

Le bourdonnement dans mes oreilles m'empêche de saisir le sens de ses paroles.

— C'est impossible. Quels examens ? C'est un

mensonge. Ils vous mentent. Elle ne peut pas être à la morgue, je n'y crois pas une seconde.

Salina passe la main dans ses cheveux ; elle semble bouleversée. Sam est complètement effondré sur la banquette arrière, le visage livide. Je ne peux pas supporter ça un instant de plus. Je ne peux pas respirer dans cet espace confiné ; il faut que je sorte. Pourtant, au moment où j'ouvre la porte, Salina me saisit le bras.

— Quinn, arrêtez ! C'est vrai, je l'ai vue de mes propres yeux.

— Quoi ? Qu'est-ce que vous avez vu ?

— Regardez !

Elle tend son téléphone et le place à hauteur de mes yeux. Je fixe, incrédule, l'image qui me brûle la rétine.

— Qu'est-ce que c'est, Jeremy ? demande Sam avec insistance. Donnez-moi ce foutu téléphone.

Salina me le prend des mains et le passe à Sam.

Je ne peux pas respirer. Je ne peux pas parler. Je ne peux pas bouger.

Mon cerveau et mon cœur sont paralysés par la peur.

Alexandra est morte.

C'est impossible ! Quand je l'ai vue au château, elle respirait, elle était en vie. Mélancolique, l'air un peu hagard, certes, mais vivante. C'est impossible, mon pire cauchemar est devenu réalité. Après toutes ces années, nous nous retrouvons enfin, nous nous expliquons, reconnaissons l'amour que nous ressentons l'un pour l'autre et qui a erré dans notre subconscient pendant des décennies, depuis le jour de notre rencontre. C'est impossible. Je ne le tolérerai pas. Je tape du poing sur le tableau de bord. J'aimerais tellement le casser, casser tout ce qui se trouve autour de moi. J'ai l'impression que mon cœur a été cruellement coupé en deux, puis en quatre, et que les entailles se multiplient rapidement à chaque seconde qui passe.

Mon Dieu ! Les enfants ! Elizabeth et Jordan ! Et Robert ! Qu'est-ce que j'ai fait ? Je viens de détruire une famille. Une famille que je m'apprêtais à aimer comme la mienne. Mon corps est paralysé, un véritable poids mort. J'entre en état de choc. C'est horrible.

Aussi horrible que quand Michael est mort. Non, c'est pire. Cette fois, c'est entièrement ma faute. Je prends vaguement conscience que Sam sort de la voiture. Salina prend les clés et suit Sam à l'intérieur de l'hôpital. J'ai l'impression de ne pas faire partie de la scène qui se déroule autour de moi. Mon corps est enchaîné au fauteuil par l'angoisse et la culpabilité.

***

J'ignore combien de temps je suis resté assis tout seul à l'intérieur de la M5. Le temps ne semble pas exister dans ma nouvelle réalité. Une réalité sans Alex. L'image de son visage immobile me hante.

Un visage qui ne réagit plus au mouvement ni à la lumière, un visage qui sent la mort et les ténèbres. La housse mortuaire noire renferme son corps magnifique qui vivait et respirait encore il y a quelques minutes.

Mes mains tremblent, mon corps frissonne. Je ne fais pas attention aux larmes qui ruissellent sur mes joues et mouillent ma chemise. Mon corps réagit physiquement au choc et au chagrin sans que j'en aie véritablement conscience, et j'ai l'impression que tout l'amour que contenait mon cœur est remplacé par une douleur indicible. Je pensais connaître et comprendre la souffrance accompagnant la perte d'un être cher, mais c'est une expérience complètement différente. L'agonie à l'état pur. Mes émotions m'étranglent de l'intérieur ; elles emprisonnent l'air dans mes poumons.

Ces salauds ont tué l'une des plus belles femmes de la terre, ma meilleure amie, mon amante. Mon Dieu, je jure qu'ils vont payer pour ce qu'ils ont fait.

Soudain, la haine et la colère provoquent une montée d'adrénaline, et je suis momentanément submergé par ces émotions dangereuses. Il me faut faire un effort surhumain pour me retenir de passer mon poing à travers la vitre de la voiture, et je ne doute pas une seconde que la douleur du verre brisé transperçant ma peau ne serait rien à côté de l'angoisse qui étreint mon cœur.

Je sors enfin de la voiture et me dirige tout droit vers l'hôpital. Mes points de suture m'empêchent de faire d'aussi grands pas que d'habitude. J'ouvre les portes et je les fais claquer derrière moi ; je tourne à droite après l'accueil et dévale un escalier qui, je l'espère, me conduira à la morgue.

J'ai besoin de la voir. De toucher son visage, sa peau, et de fermer doucement les paupières sur ses yeux hagards. Je franchis une porte à deux battants, les muscles tendus. Sam et Salina se tiennent devant moi. Ils passent tous deux la main dans leurs cheveux tout en parlant à l'infirmière. Ils ont l'air particulièrement exaspérés. L'atmosphère est tendue.

— Qu'est-ce qui se passe ici ? dis-je en hurlant. Où est le corps d'Alexa ?

Je fouille du regard la pièce vide et tire anxieusement un des tiroirs à la recherche de la housse mortuaire que j'ai vue sur la photo.

— Dites-moi où elle est ?

Je suis tellement hystérique que je pourrais

secouer l'infirmière jusqu'à ce qu'elle me réponde. Heureusement, la voix de Sam me distrait juste à temps.

— Elle n'est pas là, Jeremy. C'est ici que Salina a vu le corps d'Alexa, mais, apparemment, elle a été transportée ailleurs.

Je pose mon regard sur Salina.

— Elle était là, dans cette pièce, je l'ai vue de mes propres yeux, je vous le jure.

Elle semble presque aussi bouleversée que Sam et, pourtant, elle ne connaît même pas Alexa.

— Je sais, je sais. Votre photo l'a prouvé.

Je ne peux pas empêcher la colère et le désespoir de percer dans ma voix. Je me tourne vers l'infirmière.

— Où a-t-elle été emmenée ?

Je lui hurle carrément après.

— Nous devons le savoir. Immédiatement.

L'infirmière est tellement effrayée qu'elle en saute presque au plafond. Elle sort précipitamment de la pièce.

— Bon sang, mais qu'est-ce qui se passe ici ? C'est complètement absurde !

Pendant que nous sommes seuls, j'essaie d'ouvrir les tiroirs, mais ils sont tous verrouillés.

Le jeune médecin anglophone vient nous parler.

— Vous ne devriez pas être là. Seul le personnel de l'hôpital est autorisé à entrer ici.

— Je me fiche royalement des règles et des procédures, docteur. Il y avait une femme ici, du nom d'Alexandra Blake…

Ma voix s'étrangle au moment où je prononce son nom.

— Nous savons qu'elle se trouvait ici, ou du moins son corps, et voilà qu'il s'est volatilisé comme par enchantement. Nous devons absolument savoir ce qui s'est passé.

— S'il vous plaît, sortez d'ici. Je risque d'avoir de gros ennuis à cause de vous. S'il vous plaît.

Ses yeux nous supplient presque de suivre la direction indiquée par son bras tendu vers la porte.

— Suivez-moi calmement, et je vous dirai ce que je sais.

À contrecœur, nous franchissons tous les trois la porte battante, longeons un couloir, puis entrons derrière lui dans une petite pièce.

— Vous n'auriez jamais dû aller là-bas ; c'est strictement interdit.

— Qu'est-ce que j'en ai à foutre que ça soit interdit ? Où est son corps ?

— Son corps a été transféré.

Je n'ai vraiment plus la patience d'attendre qu'il se décide enfin à parler. Je l'empoigne par le col de sa chemise et le pousse contre le mur.

— Dites-nous où ils l'ont emmenée.

Je bous littéralement de rage quand Salina s'interpose entre nous et me force à le lâcher. Je tape du poing contre le mur dans un geste de frustration, même si je sais que mon comportement brutal, en plus d'être vain, ne me fait vraiment pas honneur.

— Docteur, dit-elle d'une voix calme et maîtrisée, et je suis bien content de voir qu'elle continue à le plaquer fermement contre le mur.

Elle n'a certes pas une carrure très imposante, mais il ne faut pas plaisanter avec elle.

— Il est impératif que vous nous disiez où a été transféré le corps. Le docteur Blake est une citoyenne australienne qui a été enlevée récemment et visiblement assassinée dans votre pays. Des renforts vont bientôt arriver, et, à moins que vous ne souhaitiez passer les vingt-quatre prochaines heures en garde à vue à répondre à des questions, je suggère que vous nous disiez où le corps a été transporté.

Très intelligemment, elle ouvre légèrement son blazer pour lui faire voir son étui de révolver. Cette stratégie s'avère beaucoup plus efficace.

— Elle a été conduite à la morgue de l'hôpital de Villach, de l'autre côté de la frontière. C'est là que le docteur va pratiquer une autopsie préliminaire pour confirmer la cause de son décès. Nous n'avons pas l'équipement nécessaire dans cet hôpital. C'est tout ce que je sais, conclut-il en nous regardant nerveusement.

— Merci, docteur, nous apprécions vraiment votre coopération.

Salina le lâche calmement, puis referme son blazer pour cacher son arme.

— Bon, partons d'ici, dit-elle d'un ton autoritaire en nous toisant tous les deux. Ils ne doivent pas être très loin devant nous.

Elle prend son téléphone pour informer Martin et convient avec lui que nous le retrouverons sur place avec deux autres agents. Bien que soulagé d'avoir quelque chose de plus concret à faire, je sens l'angoisse s'insinuer au plus profond de moi.

Je n'ai vraiment pas envie de voir le corps sans vie d'Alexa, mais je sais aussi que, tant qu'il ne sera pas devant mes yeux, je n'arriverai pas à y croire. Ce nouveau rebondissement me permettra aussi de repousser les appels téléphoniques que je redoute de passer.

Il nous faut moins d'une heure pour traverser la frontière avec l'Autriche et trouver l'hôpital à Villach. Une ville sensiblement plus grande, un autre pays, la différence est flagrante. Salina insiste pour que nous attendions Martin, mais je ne peux pas rester en place. Sam a l'air mentalement et physiquement à bout de forces, et ils décident d'attendre dans un café en face de l'entrée de l'hôpital. Personne n'a beaucoup mangé aujourd'hui, et c'est déjà la fin de l'après-midi.

Je ne peux pas supporter l'idée de m'asseoir.

— Je vais faire un tour.

— Ne faites pas de bêtises, Quinn. Smythe va bientôt arriver.

Salina me prend vraiment pour un incapable, me dis-je.

Je lui lance un regard de pure frustration et sors du café en claquant la porte. J'ai besoin de savoir ce qui est arrivé à Alexa. Une pensée fugace me traverse l'esprit. Salina n'a jamais été amoureuse ou alors elle est si bien entraînée qu'elle ne montre aucune trace d'émotion.

J'entre sans hésiter dans l'hôpital, mais je ne peux pas dépasser l'accueil. Je suis raccompagné dehors par les agents de sécurité, une situation fort embarrassante. Je ne suis pas plus avancé quant au sort d'Alexa. Je ne sais pas si son corps a bel et bien été transféré ici et encore moins s'il est toujours là. Je retourne au café, la queue entre les jambes, réalisant que Martin et Salina sont bien plus compétents que moi dans ce domaine.

Il leur suffit de regarder mon visage pour s'abstenir de me poser des questions. Ils renoncent également à tout commentaire désobligeant, et je leur en suis reconnaissant. Je serre brièvement la main de Martin, m'empresse de prendre une chaise à une autre table, puis je m'installe à côté de Sam pendant qu'ils poursuivent leur discussion.

— Nous savons qu'ils ont besoin d'elle vivante et que le signal GPS s'est arrêté au lac de Bled. Certes, la housse mortuaire est très convaincante, mais ils ont peut-être tout simplement utilisé ce stratagème pour nous mettre sur une fausse piste.

Salina et moi haussons en même temps les sourcils en écoutant Martin. Il lève les mains pour que nous le laissions poursuivre.

— Nous avons pu établir que le docteur Votrubec n'a strictement rien à voir avec l'hôpital de Villach et, plus intéressant encore, qu'il ne s'occupe absolument pas de faire passer la frontière à des cadavres. Le corps de Blake doit toujours se trouver en Slovénie.

Martin parle d'un ton très professionnel, mais je ne peux m'empêcher de me sentir vraiment bête pour m'être si facilement laissé berner. Pas étonnant qu'ils m'aient pris pour un fou à l'hôpital il y a quelques minutes.

— Nous avons pu établir également que lui, Votrubec, est rétribué par Xsade et qu'il est connu du personnel de leur bureau slovène.

— Vous avez une liste des cadres de Xsade et leurs coordonnées ?

Je me rappelle soudain que Moira espérait m'envoyer les relevés d'appels téléphoniques de chaque membre du forum. On ne sait jamais, ils pourraient peut-être nous fournir le chaînon manquant.

— Oui, je vous la fais immédiatement parvenir par mail.

Martin prend son téléphone et fait défiler divers contenus sur son écran.

— Voilà qui est fait.

Je hoche la tête pour le remercier. Il reprend la parole, et nous nous concentrons de nouveau sur sa voix autoritaire.

— Nous allons retourner en Slovénie ce soir et nous formerons deux équipes. L'une surveillera les allées et venues au château, l'autre, ce qui se passe à l'hôpital de Bled.

Il montre deux hommes assis à une table derrière nous. Je suppose qu'ils sont censés être là incognito ; je les ignore donc.

— Salina, vous restez avec Quinn et Webster. Gardez votre téléphone allumé à tout moment. Des chambres ont été réservées pour vous à quelques pâtés de maisons d'ici.

Il nous fait passer un document contenant toutes les informations et nous regarde, Sam et moi, droit dans les yeux.

— La journée a été très longue pour vous deux. Je sais que c'est difficile, mais il faut absolument que vous vous reposiez avant de pouvoir nous être d'une quelconque utilité.

Voilà qui nous remet immédiatement les idées en place si nous nous faisions encore quelques illusions sur la qualité de l'aide que nous pourrions leur apporter. Il prend un air solennel.

— Cette situation est dangereuse. Je ne veux pas que vous quittiez votre chambre sans en informer Salina. Me suis-je bien fait comprendre ?

Je ne me rappelle pas avoir été commandé de la sorte depuis mon internat. Il est tard, et il me faut bien reconnaître que la journée a été extrêmement longue. Je ne prends même pas la peine de discuter avec Martin : il a raison. Nous avons bien besoin de nous reposer.

Nous devons tous avoir l'air particulièrement découragés en nous disant au revoir. Martin me prend à part avant notre départ.

— Ne perdez pas espoir, Quinn. Ce n'est pas encore fini.

Je hoche la tête pour le remercier. Si seulement, je pouvais le croire !

Nous prenons une chambre dans un hôtel à proximité pour nous reposer. C'est propre et bien entretenu, et ça fera parfaitement l'affaire pour la nuit. Qu'est-ce que j'en ai à foutre de toute façon ? Je me sens désespéré dans tous les sens du terme. Je sais qu'il faut que je mange ; alors, je me fais livrer un repas dans ma chambre. Mais rien ne passe si ce n'est un peu de purée de pommes de terre. Pour la première fois de ma vie, je prends un médicament pour dormir et surtout pour faire taire la douleur. J'ai mon compte.

***

Je me promène au milieu d'un pré vert et je comprends que je me trouve en Irlande du Nord. Je vois les eaux sauvages de la mer s'écraser contre la falaise à pic. J'inspire l'air glacial à pleins poumons et je me sens vivant et revigoré. Je marche longtemps. Pourtant, mon énergie ne faiblit jamais jusqu'à ce que je remarque de sombres nuages d'orage qui s'amoncellent à l'horizon. Les ombres noires et grises se superposent et ne tardent pas à se trouver juste au-dessus de moi. La pluie dégouline sur ma peau, je suis trempé et soudain très las. Je remarque que de lourdes chaînes pendent le long de mes bras. Mes chevilles et mes poignets sont soudain attachés à un vieux mur. Un hurlement s'échappe du plus profond de mes poumons, mais il est immédiatement emporté par les mugissements féroces du vent, dont les rafales plaquent mon corps nu contre les briques. Un épais brouillard se lève devant moi, comme s'il voulait engloutir mon corps. Terrifié, je me débats avec mes liens en le voyant progresser vers moi très rapidement. Pris au piège, je ferme les yeux et sens ses gouttelettes glacées transpercer mon corps. Quelques instants plus tard, il se dissipe enfin.

En ouvrant les yeux, je sens un calme relatif et j'aperçois vaguement une étoffe rouge qui semble flotter au-dessus des dernières nappes de brouillard. J'ouvre grand les yeux pour tenter de mieux voir et je distingue une silhouette revêtue d'une cape à capuche. Elle avance vers moi. Sa chaleur infiltre mes os glacés. Une chaleur qui s'intensifie quand la silhouette rubis enlève sa capuche. Incrédule, je fixe les magnifiques yeux vert émeraude d'Alexa. Je veux enrouler mes bras autour de ses épaules, mais ne parviens qu'à faire cliqueter mes chaînes. J'aimerais tellement qu'elle tende les mains vers moi, mais ses bras sont invisibles, recouverts par l'étoffe de sa cape. Seul son visage luisant est à nu. Elle s'agenouille devant moi et, sans prononcer le moindre mot, me prend dans sa bouche. Elle commence doucement d'abord avant que sa passion ne s'intensifie. Elle suce avec ardeur ma queue rigide. Je crie ma frustration de ne pas pouvoir la toucher. Il y a une intensité sur son visage que je ne lui ai jamais vue, une assurance charnelle dans ses actes... Quelque chose a changé.

Pris dans l'embuscade tendue par sa bouche, mon cerveau ne parvient plus à fonctionner. Je suis incapable de comprendre ce qui m'arrive. Elle suce et tire sur mon membre comme si elle essayait d'aspirer l'essence même de mon âme. Elle continue jusqu'à ce que j'éjacule dans sa magnifique bouche et elle avale ma semence jusqu'à la dernière goutte, ce qu'elle n'a jamais fait auparavant. Toujours agenouillée, elle lève la tête vers moi, et deux yeux perçants rouge sang me dévisagent. Ses lèvres se retroussent et ébauchent un sourire salace. Elle remet sa capuche et attend à genoux, la tête baissée vers le sol, quand deux silhouettes encapuchonnées émergent doucement du brouillard. Toutes deux sont vêtues de capes noires et viennent se mettre de part et d'autre d'Alexa pour la relever. Sa capuche cache son visage, et mon Alexa, telle que je la connais, disparaît sous mes yeux. Désespéré, je crie son nom ; mon corps tremble violemment contre les chaînes qui le retiennent prisonnier. Ma peur pour elle, pour nous, transperce mon âme, mais je me sens faible et vide. Je regarde les trois silhouettes se retourner. Elles sont déjà hors d'atteinte et s'éloignent dans le brouillard le long de la lande. Je crie, je la supplie de revenir, de se tourner encore une fois vers moi. J'ai l'impression que mon cœur a été arraché à mon corps tandis que je reste attaché contre la paroi, totalement impuissant.

***

— Jeremy, Jeremy. Réveillez-vous. Vous êtes en train de faire un cauchemar. Vous rêvez.

Désorienté, je réalise que j'ai été réveillé par Sam, qui continue à secouer énergiquement mon corps. Je remarque que les draps sont trempés de sueur tandis que j'essaie de comprendre où je suis.

— Oh ! Sam… Oui… Désolé… J'ai fait un mauvais rêve.

Je me racle la gorge, car j'ai la voix rauque.

— Vous criiez si fort que je vous ai entendu de ma chambre. Je me suis dit qu'il valait mieux que j'aille voir. Salina avait un double de la clé.

— Vraiment ? Je suis désolé de vous avoir dérangé, Sam. Ça va maintenant, je vous assure. J'aimerais juste boire un verre d'eau.

J'aperçois Salina qui se tient sur le seuil, silencieuse. Elle est sans doute venue s'assurer que tout allait bien.

— Ne bougez pas, je vais aller en chercher un.

Ce rêve si puissant s'attarde dans mon subconscient. Je me suis réveillé un peu groggy, mais la douleur dans mon cœur réapparaît en même temps que je reviens à moi. Ma réalité n'a pas changé : Alexa est morte.

— Des nouvelles ?

Il n'y a presque aucune trace d'espoir dans ma voix.

— Pas vraiment.

Nous avons tous deux l'air complètement abattus.

— Nous ne recevons plus aucun signal du bracelet d'Alexa.

— C'est étrange. Vous pensez qu'il a été détruit ?

— Justement, non. C'est bien ça le problème. S'il avait été détruit, le programme nous en aurait informés ; idem s'il avait été enlevé d'une manière ou d'une autre. C'est la température corporelle qui lui permet d'émettre un signal.

Je regarde Sam et me demande s'il réalise ce qu'il vient de dire.

— Oh ! hum… Je me suis peut-être mal exprimé. En tout cas, il n'y a plus de signal. Le dernier, c'était à l'hôpital de Bled.

— À l'endroit même où Salina a vu son corps sans vie.

La conclusion qu'il faut en tirer me frappe de plein fouet. Je m'effondre sur le lit et me met à sangloter. La douleur est trop intense pour que je me soucie encore de sauver les apparences. Sam essaie de me consoler, mais je n'ai que faire de sa compassion et je repousse le plus poliment possible sa main de mon épaule. Il part pour me laisser un peu d'intimité et ferme la porte derrière lui.

Finalement, je trouve la force de prendre une tasse de café. Je sais pertinemment que je ne vais pas pouvoir repousser plus longtemps la tâche qui m'incombe : il faut que je téléphone à Robert. Je repense à l'étrange succession d'événements qui m'ont permis de revenir dans la vie d'Alexa et qui m'ont poussé à contacter Robert il y a quelques mois. Le point de départ de cette incroyable histoire ? Une discussion apparemment anodine avec Leo dans son cottage à Martha's Vineyard. Nous étions en train de philosopher sur l'amour et sur la vie, riant du fait que nous étions deux célibataires appréciant la compagnie l'un de l'autre sans la présence de femmes. Il assume complètement son célibat. C'est un choix de vie. Il ne se voit pas s'engager avec une partenaire pour toute la vie. Pour ma part, c'est un peu différent : je suis marié à mon travail, et Alexa a été prise par quelqu'un d'autre.

***

— Pour ma part, mon cher JAQ (il m'appelle toujours par mes initiales, Jeremy Alexander Quinn), quand je croise le chemin d'une femme qui me plaît, je me dis que ce qui doit arriver arrivera. Si notre relation est sérieuse, je m'investis jusqu'à ce qu'il devienne évident que ça ne marche plus entre nous. Nous nous séparons en bons termes, comme des amis qui se respectent et qui chérissent le lien qui nous a unis. Nous gardons nos bons souvenirs et poursuivons notre route, plus épanouis que si nous ne nous étions jamais rencontrés.

— Et ça a toujours marché pour toi ?

— Plus ou moins, même s'il peut y avoir des exceptions. Prends mon frère, Adam. Nous avons la même philosophie, mais il y a quelques années il a rencontré un type en Australie, à une conférence sur les écosystèmes. Leur liaison a été brève, mais intense pour tous les deux, et Adam pensait vraiment que leur rencontre n'était pas fortuite. Le problème, c'est que le type – Robert – est marié avec des enfants, et, même s'ils sont restés en contact depuis, Robert se sent incapable de renoncer à sa vie et ne veut pas blesser sa famille.

Une étincelle jaillit dans mon cœur.

— Ton frère est gay, n'est-ce pas ?

— Il l'a toujours été, répond Leo en me faisant un clin d'œil.

— Et ce Robert, qu'est-ce qu'il fait ?

— Je crois qu'il est arboriste en Tasmanie, mais c'est un Anglais. Sa femme est australienne, il me semble.

Je suis soudain paralysé, totalement incrédule.

— En tout cas, Adam ne parvient pas à l'oublier et il n'a pas eu de relation stable depuis. Je n'arrête pas de lui dire qu'il doit tourner la page, mais pour…

Il me lance un regard entendu.

— Tu n'es pas en train de me parler de Robert Blake ?

— Si, je crois que c'est lui. Tu le connais ?

— Je n'en reviens pas, c'est incroyable !

— Quoi ?

— Alexa Blake ! C'est sa femme.

— Ton AB ? Celle dont j'entends parler depuis des lustres ?

— Oui.

J'ai l'impression que mon cœur s'est arrêté de battre.

Leo semble étonné, puis hausse les épaules et sourit.

— Eh bien, c'est exactement ce que j'étais en train de dire. Tout arrive à point nommé et pas avant. Bizarre que nous n'ayons jamais eu cette conversation auparavant, dit-il d'un air pensif. C'est vrai que je ne parle pas très souvent de mon frère, mais regarde : ce soir, j'ai pensé à lui…, et voilà… Quelle révélation ! Qui aurait cru que ton Alexa était mariée au Robert dont mon frère est amoureux ?

Je me rappelle être resté assis devant Leo, en état de choc et incapable de bouger pendant un long moment. Il a gardé le silence pour me laisser digérer l'information. Il savait que j'étais perdu dans mes pensées. Puis, sans dire un mot, il m'a tapé sur l'épaule et est allé se coucher. C'est vraiment quelqu'un d'étonnant ! Mon cerveau tournait à plein régime, imaginant différents scénarios pour faire revenir Alexa dans ma vie.

Je voulais à tout prix savoir certaines choses.

L'aimait-elle ?

L'aimait-il ?

M'aimait-elle encore ?

Et c'est ce que j'allais m'attacher à découvrir. Une conversation apparemment innocente avec Leo a complètement changé ma vie, me remplissant d'espoir. J'aurais pu l'embrasser. J'ai consacré tout mon temps à planifier le retour d'Alexa dans ma vie. Même si, au fond de moi, je savais que rien n'arrive jamais par hasard avec Leo…

Je prends ma tête entre mes mains. Comment de tels espoirs ont-ils pu se transformer en malheur et désespoir ? Comment les choses ont-elles pu mal tourner à ce point ? Ma vie n'a aucun sens sans elle. Je ne veux pas continuer à vivre si elle n'est plus là. Je ne peux pas vivre en sachant que mes recherches ont enlevé une mère à ses enfants. Des recherches qui n'avaient pas lieu d'être. Une mère si courageuse, si aimante, si généreuse.

Une partenaire si confiante, si divinement sensuelle, parfaitement en phase avec ses émotions et son intellect, si désireuse d'explorer l'« inconnu psychologique ». C'est cet esprit pionnier chez elle que j'ai pu révéler pendant notre week-end ensemble. Je suis certain qu'elle n'a pas conscience que c'est un aspect fondamental de son psychisme. Contrairement à beaucoup d'autres femmes que je connais, elle a un désir inné de démêler les complexités de notre monde, d'expérimenter et de comprendre les contradictions idéalistes et intellectuelles qui existent en nous. Elle m'a laissé entrevoir le cœur même de sa sexualité, un incroyable privilège. Elle a accepté de se dévoiler avec un zèle rafraîchissant et révolutionnaire. Son désir de surmonter et d'affronter ses peurs nous a permis de faire des découvertes médicales et scientifiques exceptionnelles… Je n'aurai jamais l'occasion de parler de ces avancées avec elle et, avec le recul, je les regrette amèrement.

J'ai la gorge serrée à l'idée de passer ce coup de téléphone. J'ai beau m'y préparer, ma détresse ne fait qu'augmenter. Robert. Je compose le numéro, j'appuie sur « appel » et je retiens mon souffle. Je tombe directement sur sa boîte vocale. Je pousse un soupir de soulagement et réalise que je ne suis absolument pas prêt à avoir cette conversation et que je ne vais certainement pas annoncer une nouvelle aussi dévastatrice sur un répondeur. Je suis obligé d'attendre.

Sixième partie

Dans la vie, rien n'est à craindre, tout est à comprendre. Le temps est venu de comprendre plus pour avoir moins peur.

Marie Curie

Alexa

Quand je reviens à moi, mon cerveau tente d'analyser la peur intense que je ressens, mais c'est tout simplement impossible. Je me rappelle que Josef m'a dit au moins cinquante fois de rester calme, et c'est sans doute ce dont il voulait parler. Dès que je me remémore ses paroles, je me détends (bizarre, mais vrai). Je me sens souple et merveilleusement bien, exactement comme il me l'avait dit. Toujours attachée sur la civière, mais le visage à découvert à présent, je sens qu'on me soulève et qu'on me dépose sur autre chose. Je m'aperçois soudain que je me déplace sur une sorte de tapis roulant. En fait, je vais plutôt vite, si bien que mes yeux n'ont pas le temps de se fixer sur un point précis. Je les ferme pour ne pas être prise dans ce tourbillon de mouvements. Heureusement que mon estomac et mes intestins sont vides. Je suppose qu'ils le sont, du moins. J'ai le sentiment paradoxal d'être sur des montagnes russes horizontales. En même temps, j'ai l'impression de descendre, de m'enfoncer plus profondément sous la terre. Je ralentis et finis par m'arrêter complètement. Je me demande bien qui serait capable de localiser cet endroit. On me couvre immédiatement d'une couette chaude et douce. On dirait presque qu'elle crépite comme si elle avait été posée à proximité d'une cheminée. Je plonge dans un sommeil très agréable.

***

— Docteur Blake, bienvenue. Je m'appelle Françoise. Comment vous sentez-vous ?

J'ouvre les yeux et je me retrouve nez à nez avec une femme au visage aimable, d'une trentaine d'années, vêtue d'une blouse blanche. Elle porte des lunettes à monture épaisse couvrant ses yeux bleus perçants, et ses cheveux blonds sont coiffés en chignon dont aucune mèche ne s'échappe. Elle me regarde intensément, inscrit quelque chose sur son bloc-notes, puis son visage s'illumine d'un grand sourire, tandis qu'elle attend avec patience ma réponse. Je me redresse et regarde avec étonnement l'environnement clinique qui m'entoure. Il y a deux types de personnes : celles vêtues de blouses blanches, parfaitement coiffées, et celles qui portent des tenues argentées recouvrant toutes les parties du corps sauf le visage. En observant ce dernier groupe, je constate que je suis moi aussi affublée du même costume. Je remue mes doigts gantés, mes orteils recouverts, et touche le sommet de ma tête. C'est la même fibre argentée, douce et fine. Elle ressemble un peu à la matière de ces écrans pare-brise destinés à protéger le tableau de bord de la chaleur et du soleil, mais en plus mate. Vraiment bizarre.

— Docteur Blake ?

— Oh oui ! Je me sens plutôt bien.

Étonnamment bien, me dis-je. Je me sens revigorée, pas le moins du monde endormie. Je suis bien obligée de reconnaître que ça fait même un certain temps que je ne me suis pas sentie aussi bien.

— C'est une bonne nouvelle, exactement ce que nous espérions. Comme vous n'allez pas rester très longtemps parmi nous, nous allons tout de suite commencer par le questionnaire que nous soumettons à chaque participant, si vous n'y voyez pas d'inconvénient.

Elle hausse les sourcils tout en continuant à me sourire.

— Un questionnaire ? D'accord.

Je regarde le verre d'eau sur la table basse.

— Bien sûr, oui, servez-vous.

Elle attend patiemment que j'aie fini.

— Parfait, allons-y. Si vous voulez bien me suivre dans la salle où ont lieu les entretiens.

Quand je me mets en mouvement pour la suivre, je remarque que mon étrange tenue épouse parfaitement mes formes, presque comme une seconde peau. Nous quittons la pièce vitrée, longeons un couloir dans lequel nous croisons d'autres personnes vêtues de combinaisons argentées ou de blouses blanches qui sourient et nous font des signes de tête, puis nous entrons dans une pièce colorée, qui serait parfaite pour une pause café au bureau. Je me demande s'ils ont tous fréquenté l'École européenne de la politesse. J'ai l'impression de m'être réveillée en plein milieu d'un rêve complètement bizarre, car je me sens vraiment très loin de la réalité. C'est même carrément surréaliste. Mais que pouvais-je attendre d'un laboratoire pharmaceutique qui s'apprête à commercialiser une nouvelle version améliorée du Viagra féminin ? Je suis vraiment fascinée.

Françoise passe les quelques heures suivantes à me poser « en toute confidentialité » des questions sur ma sexualité, ce qui, au départ, est plutôt déconcertant, c'est même un véritable défi que d'y répondre.

- *Décrivez la première fois que vous vous êtes sentie excitée sexuellement.*
- *Les films érotiques/romantiques augmentent-ils votre excitation ?*
- *L'intelligence augmente-t-elle votre excitation ?*
- *Le sens de l'humour augmente-t-il votre excitation ?*
- *Vous décririez-vous comme une bonne amante ?*
- *Votre sexualité est-elle conforme à vos désirs sexuels ?*
- *Décrivez vos fantasmes sexuels.*
- *Certaines odeurs provoquent-elles une augmentation de votre excitation ?*
- *Certaines voix provoquent-elles une augmentation de votre excitation ?*
- *Quand pensez-vous le plus au sexe ?*
- *Pratiquez-vous la sodomie ?*
- *Votre façon de vous habiller a-t-elle un effet sur votre excitation ?*
- *Le contact visuel est-il important pour vous ?*
- *Y a-t-il quelque chose en particulier qui peut entraver votre désir ?*
- *Vous masturbez-vous ? Pendant combien de temps ? À quelle fréquence ?*
- *La diversité sexuelle est-elle importante pour vous ?*
- *Quel rôle joue la confiance dans vos relations sexuelles ?*
- *La soumission augmente-t-elle ou diminue-t-elle votre excitation ?*
- *La domination augmente-t-elle ou diminue-t-elle votre excitation ?*

Et la liste se poursuit. On me demande mes préférences en matière de styles et de positions. Est-ce que j'aime mieux donner ou recevoir ? Après ma timidité initiale, je suis surprise de la rapidité avec laquelle je m'ouvre à Françoise et réponds avec aisance à ses nombreuses questions. Elle a manifestement été formée pour ne porter aucun jugement, et je trouve cette expérience plutôt instructive, surtout que c'est moi d'habitude qui pose les questions (jusqu'à récemment, du moins). Je pense qu'elle doit en savoir plus sur moi à présent que moi-même.

Je dirais que certaines de mes réponses sont vraiment étonnantes, et, pourtant, ce sont les miennes. Qui aurait cru qu'en voyant Penelope Pitstop attachée et sans défense dans *Les Fous du volant* (un dessin animé de Hanna-Barbera !), j'allais inconsciemment développer des préférences sexuelles au lit ou ailleurs. Quant à tous ces jeux d'enfant que j'affectionnais tant, où nous jouions innocemment à nous courir après et à nous attraper... J'aimais être le capitaine de l'équipe, mais je rêvais toujours que quelqu'un soit suffisamment malin ou fort pour m'attraper. C'était rarement le cas, mais l'excitation de la poursuite était apparemment bien ancrée dans mon psychisme en plein développement. Et les films... Une simple question a réveillé des souvenirs vieux d'au moins dix ans quand j'ai vu *Neuf Semaines et demie*. Le film a eu un véritable impact sur mes fantasmes et mes désirs. Au lieu d'être repoussée par la domination sexuelle de John sur Elizabeth, j'étais au contraire fascinée, excitée même.

Toutes ces petites expériences, ces sentiments, sources d'excitation et de tension pendant l'enfance et l'adolescence, forment un profil sexuel dont je n'ai jamais pris conscience. Mon Dieu, peut-être suis-je plus branchée par les rapports soumission / domination que je ne l'imaginais, même si j'aime bien changer de temps à autre. C'est vraiment étonnant et même un peu embarrassant que je n'aie jamais pris conscience de ces penchants, étant donné la profession que j'exerce. L'angle que j'avais choisi pour ma thèse, dans laquelle j'expliquais que ces comportements s'inscrivaient surtout dans la phase d'expérimentation qui accompagne le passage de l'adolescence à l'âge adulte, ne me paraît plus aussi pertinent désormais. Ces penchants peuvent-ils indiquer l'émergence d'une préférence quant à un style de vie ? À moins qu'ils ne fassent intégralement partie de mon psychisme.

J'ai manifestement refoulé tout ça quand j'ai épousé Robert ou j'avais du moins enfoui ces pensées au plus profond de moi. Le sentiment de sécurité affective, la maternité ont dû supplanter toutes les autres priorités psychologiques. Il y a tellement de choses auxquelles je n'avais jamais réfléchi auparavant. Je ne m'étais par exemple jamais interrogée sur les raisons qui font que je préfère certains aspects du sexe à d'autres. Le plus intrigant (et je dirais même effrayant) dans l'histoire, c'est que Jeremy incarne à la perfection la plupart de ces facettes. J'ai vraiment dû être une proie facile pour lui, une proie tout à fait consentante. Non, je ne peux pas me résoudre à penser ça de lui, de nous, cela ne correspond pas à la réalité. Je pense qu'il m'a révélé à moi-même comme s'il avait enlevé les pelures d'un oignon, couche après couche, à l'aide d'un scalpel tranchant et précis. Mes réponses au questionnaire confirment plus que jamais que Jeremy a toujours mieux compris ma sexualité que moi. Je l'ai laissé repousser mes limites parce qu'au plus profond de moi, je voulais qu'il le fasse, j'aimais qu'il les repousse, et il se trouve qu'il savait exactement lesquelles repousser.

Je sens ma colère contre lui, qui n'a cessé de croître quand j'étais au château, se dissiper, et je reconnais qu'il faut au moins que je lui laisse le temps de s'expliquer et de justifier ses actes. Je dois écouter ce qu'il a à dire avant de le juger trop sévèrement. J'étais bouleversée ; j'avais besoin de rendre quelqu'un responsable de mon enlèvement, et il a été ma cible.

Remarquez bien qu'il va vraiment devoir tout avouer et qu'il ne va certainement pas s'en tirer à si bon compte. Mais pourquoi n'est-il pas encore venu me sauver et, plus important encore, ai-je vraiment envie qu'il vienne me sauver maintenant ?

Le Dr Kinsey a provoqué une véritable tempête aux États-Unis, et dans d'autres parties du monde, à la fin des années 1940 et au début des années 1950, avec ses études sur le comportement sexuel des hommes et des femmes. C'est incroyable comme un aspect aussi important de notre vie quotidienne peut engendrer de telles divisions au sein de la société. Les choses ont-elles beaucoup changé depuis ? J'ai l'impression d'avoir été transportée dans un institut Kinsey à la fine pointe de la technologie, pour ne pas dire futuriste.

Je dois reconnaître que je suis étrangement excitée à l'idée de participer à cette expérience. C'est incroyable, quand j'y pense, d'avoir atterri dans cet endroit innovant et d'avoir l'opportunité (suis-je vraiment en train d'utiliser ce mot pour décrire tout ça ?) d'explorer ma sexualité – après avoir posé mes conditions – dans cet environnement clinique unique en son genre. Sans l'influence de Jeremy et de son incroyable charme qui me pousse toujours à lui abandonner tout mon pouvoir.

Grâce au questionnaire, j'ai découvert que trois facteurs déclenchent l'excitation chez moi : l'intelligence (il en a à revendre), l'esprit joueur (c'est incontestablement un maître en matière de jeu) et le fait de me sentir dominée par quelqu'un en qui j'ai confiance (toujours par Jeremy). Ajoutons à cela que je le trouve incroyablement sexy. Quel espoir avais-je donc ? Il a eu des décennies pour perfectionner son art avec une partenaire comme moi. Notre récent week-end ensemble m'a offert la combinaison idéale de ces trois facteurs. Incroyable ! Je ne peux pas contrôler le trac et l'excitation qui s'emparent de moi quand je prends conscience de cette réalité, même si mon esprit s'empresse de me rappeler que je dois rester encore un peu énervée contre lui. N'oublions pas qu'il m'a laissée complètement dans l'ignorance ! Peut-être Mme de Jurilique a-t-elle été plus perspicace que je ne le pensais ? Il se pourrait que je m'amuse bien ici si je me donne la permission de le faire. Je me demande bien ce qui m'attend…

***

Maintenant que Xsade en sait autant que moi sinon plus sur mon histoire et mon comportement sexuels, la charmante Françoise, championne de la politesse, m'emmène dans une autre pièce qui m'a l'air plutôt inoffensive.

— Docteur Blake, nous aimerions vous montrer un court document pour vous apprendre comment nous avons mis au point notre pilule violette pour les femmes. Il vous aidera aussi à comprendre les expériences auxquelles nous aimerions que vous participiez. Mettez-vous à l'aise. Il va bientôt commencer.

— D'accord, merci.

Je retrouve immédiatement mes bonnes manières dans cet environnement étrangement professionnel. Je m'installe dans ce qui ressemble à un petit cinéma privé. Quelques secondes plus tard, les lumières s'éteignent, et le documentaire commence par un exposé sur la santé sexuelle féminine et l'excitation. Ensuite, il se concentre sur les nombreuses conditions préliminaires pour atteindre l'orgasme et évoque même les problèmes pour prouver scientifiquement la réalité de l'éjaculation féminine. C'est exactement ce dont parlait l'équipe de « chercheurs d'élite » de Sam quand nous nous sommes tous retrouvés pour déjeuner avant ma conférence à Sydney, qui me semble remonter à une éternité.

Le film souligne les défis qu'ont dû relever les scientifiques et les docteurs pour mieux comprendre et décrire l'orgasme féminin. Il semble que Xsade ait obtenu de meilleurs résultats que la plupart de ses concurrents. Le laboratoire pharmaceutique a pu recruter des femmes volontaires acceptant de se soumettre à des tests dans des cliniques qui lui appartiennent.

Je me trouve à l'évidence dans l'une de ces cliniques. Je me souviens de l'image mentale plutôt déroutante qui me venait à l'esprit chaque fois que je pensais à ces expériences : une rangée de femmes vêtues de blouses blanches alignées les unes à côté des autres, les jambes écartées. Je me trémousse sur mon fauteuil en réalisant que je ne suis peut-être pas si loin de la réalité. Mais qui aurait pu imaginer qu'au lieu d'une blouse blanche, je porterais une tenue argentée futuriste ?

Le documentaire souligne que Xsade a mis au point des solutions pour soigner les troubles de l'excitation sexuelle chez la femme et qu'il a obtenu le feu vert de l'agence fédérale des médicaments américaine (Federal

Drug Administration) pour leur commercialisation. C'est un vrai succès, car, une fois que le médicament est commercialisable aux États-Unis, la plupart des autres pays suivent, et Xsade pourra ainsi dominer le marché mondial pendant plusieurs années.

Voilà qui est intéressant : j'ai toujours pensé que le manque de désir chez la femme était plus lié à des facteurs psychologiques que physiques, du moins, dans la majorité des cas. Le succès considérable à l'échelle mondiale du Viagra (ou citrate de sildénafil, son nom scientifique) est dû à son résultat final, permettant d'augmenter le flux de sang vers les parties génitales. Il offre donc une solution physique à un problème physique.

Les solutions de Xsade pour soigner les dysfonctionnements sexuels chez la femme comprennent une grande variété de produits : des crèmes pour application locale, des pilules conçues à partir de différentes sources, dont les hormones masculines produites par les glandes surrénales, des extraits d'écorce d'arbre et des suppléments de testostérone. Comment diable ont-ils pu trouver de telles formules ? Grâce à diverses combinaisons et à la thérapie sensorielle, certaines femmes affirment avoir eu des orgasmes jusqu'à soixante-dix fois plus intenses qu'avec le placebo. Vraiment ?

Je commence enfin à réaliser que j'ai en fait été envoyée dans une usine à orgasmes par Mme de Jurilique. Je ne peux m'empêcher de ricaner en pensant que certaines de mes proches amies – beaucoup même – seraient prêtes à payer pour vivre une telle expérience ! Sommes-nous si différentes de ces femmes des années 1900 qui allaient voir leur médecin pour soigner leur soi-disant hystérie ? La technologie est venue à bout de cette maladie féminine grâce à l'invention du vibromasseur. Et il est vrai que nous vibrons depuis ! À présent, il semble que nous ayons besoin d'une pilule violette pour résoudre nos troubles de l'excitation sexuelle qui, d'après Xsade, sont très répandus dans la population féminine.

Il n'y a pas à dire : ça m'intrigue aussi bien d'un point de vue psychologique que professionnel. Le fait qu'ils m'aient enlevée montre jusqu'où un laboratoire pharmaceutique tel que Xsade peut aller pour garantir ses profits futurs et protéger ses parts de marché. Bizarrement, je me sens à présent personnellement impliquée ; j'ai envie de tester leur produit afin de pouvoir juger par moi-même de son efficacité.

Une fois le documentaire terminé, Françoise vient me chercher et m'informe que je vais rencontrer le médecin qui va procéder aux tests sensoriels. Compte tenu de ma formation et de mon expérience, comment pourrais-je refuser une telle expérience ? Nous quittons la salle de projection privée, et Françoise me conduit dans une sorte de bureau de médecin luxueux.

— Docteur Blake, je m'appelle Edwina Muir. Je suis vraiment ravie de faire votre connaissance. Bienvenue dans notre centre de recherche.

Elle aussi a les cheveux tirés en arrière. Elle n'est pas plus maquillée que Françoise et ne semble pas plus menaçante qu'elle. Je me demande bien à quoi je m'attendais.

— Bonjour, dis-je en lui tendant ma main gantée.

Je ne sais pas si je suis excitée ou nerveuse en pensant au sort qu'elle me réserve.

— Je suppose que vous êtes à l'aise.

— Aussi à l'aise que possible dans de telles circonstances.

La scientifique en moi est très impressionnée par cet endroit, mais je me répète que je ne suis pas venue ici de mon plein gré. Je constate quand même qu'à ce stade, je n'ai ni soif, ni faim, ni envie d'aller aux toilettes, si bien que, dans la pyramide des besoins de Maslow, tous ont été satisfaits…, et je me sens étrangement bien.

— Si vous voulez bien me suivre toutes les deux, nous allons nous rendre dans la pièce à côté.

Elle ouvre une lourde porte, et je la suis d'un pas hésitant. La pièce est dotée d'une grosse machine en son centre. Une machine qui semble à la fine pointe de la technologie, à mi-chemin entre un appareil qu'on trouve chez l'optométriste pour les tests de la vue et un fauteuil de dentiste. C'est un peu intimidant. Je dois avouer qu'en cet instant, je ne dirais pas non à un peu de gaz hilarant !

— Nous allons réaliser la majorité de nos tests sensoriels à partir de cet équipement. Comme Françoise vous l'a expliqué, nous voulons définir une base de référence avant de passer à d'autres stimuli. Vous avez des questions, docteur Blake ?

Des questions ? Elles semblent toutes figées dans mon esprit.

— Non, pas pour le moment.

Voilà qui ne me ressemble pas.

— Très bien. Alors, si vous voulez bien vous installer sur le fauteuil.

Je m'avance et m'assois avec précaution sur le « fauteuil de dentiste » qui, à mon grand étonnement, est très confortable et soutient mes jambes, mon dos et ma tête.

— Laissez-moi vous expliquer plus en détail le concept de la tenue que vous portez. La matière a été conçue pour contrôler votre température, les points de pulsation sur votre corps, et enregistrer toute augmentation du flux sanguin vers les parties génitales.

On dirait qu'elle passe tout de suite aux choses sérieuses. S'ils ont déjà commencé à enregistrer toutes ces données, je suis sûre qu'ils peuvent voir que mon pouls accélère, qu'il s'emballe même.

Le Dr Muir poursuit :

— Cette tenue nous permet aussi de contrôler les voies neuronales et les voies sensorielles dans votre cerveau. Vous ne sentirez absolument rien.

Eh bien, c'est un vrai soulagement, même si je suis de plus en plus anxieuse.

— Compte tenu de l'extrême sensibilité de l'équipement que nous utilisons, vos mouvements vont être limités pour garantir l'intégrité des résultats. Cela dit, notre but est vraiment d'optimiser votre confort durant toute la durée de l'expérience.

Je ne peux m'empêcher en cet instant de constater que ma vie a changé du tout au tout en l'espace de quelques mois et que je m'apprête une fois encore à être le sujet d'une expérience. Il faudra que j'en débatte honnêtement avec moi-même ultérieurement. Une question me vient soudain à l'esprit, heureusement :

— Y aura-t-il quelqu'un d'autre dans la pièce pendant le processus ?

Des souvenirs et des sensations de l'expérience conduite par Jeremy envahissent mon esprit, car je n'ai jamais pu voir qui se trouvait dans la pièce à ce moment-là et, honnêtement, je préférerais ne pas le savoir.

— Juste Françoise et moi. Cela vous pose-t-il un problème ?

— Non, ça va.

Ça me rassure quelque part de savoir qu'il n'y aura que ces deux femmes avec moi dans la pièce, étant donné l'univers exclusivement masculin de la dernière fois.

Voilà qui m'aide à me plonger dans un état d'esprit plus clinique que sexuel.

— Vous êtes prête, docteur Blake ?

On s'adresse toujours à moi en utilisant mon titre professionnel.

Prête ? Je n'en ai aucune idée !

— Aussi prête que possible ! Et je doute que ça devienne plus facile… Attendez, j'ai une autre question.

— Oui, bien sûr.

— L'une de vous a-t-elle subi ce test ?

Les deux femmes échangent un regard bref.

— Oui, nous l'avons fait toutes les deux, répond le Dr Muir en souriant. Toutes les personnes du centre de recherche qui effectuent de tels tests ont elles-mêmes participé à l'expérience. Dans le cas présent, nous nous sommes volontiers portées volontaires.

— D'accord.

Du coup, je suis un peu moins inquiète.

— Autre chose ?

— Non, c'est tout pour le moment.

— Alors, nous pouvons commencer. Détendez-vous.

Bien sûr, c'est ce que vous dites toujours. Et je peux vous assurer que c'est plus facile à dire qu'à faire. Je prends une profonde inspiration et me tortille un peu sur le fauteuil pour trouver la meilleure position. Je suis contente d'être couverte de la tête aux pieds. Il ne peut rien m'arriver de grave, non ?

Bon, je suis en position, le fauteuil s'incline vers l'arrière, mes fesses se trouvent désormais un peu plus bas que mes jambes et mes genoux. C'est confortable, il n'y a pas à dire.

— Écartez un peu les bras et les jambes, docteur Blake, de sorte qu'ils ne touchent pas votre corps.

J'écarte mes bras et mes jambes.

— Merci !

Toujours aussi polie ! J'ai ensuite l'étrange sensation de m'enfoncer un peu plus dans le fauteuil, presque magnétiquement. La force est telle que, quand j'essaie de soulever mes bras et mes jambes, il ne se passe absolument rien. Ma tête est bloquée de la même façon, et je n'ai pas d'autre choix que de me soumettre à leur expérience.

— Tout va bien pour vous, docteur Blake ? demande le Dr Muir.

— Oui, je pense.

J'ai un peu peur, mais pas suffisamment pour interrompre la procédure.

— Dans une minute, nous allons commencer l'expérience pour établir votre profil. Nous ne vous parlerons pas tant qu'elle ne sera pas terminée. Elle devrait durer environ une demi-heure et comprendra des stimuli impliquant la vision, l'odorat et l'ouïe. Il faut simplement rester calme, immobile et garder les yeux ouverts.

J'entends une porte se fermer derrière moi et je suppose que je suis seule désormais. Bon, calme : difficile, mais pas impossible. Immobile : je ne peux pas bouger, l'affaire est réglée. Les yeux doivent rester ouverts : rien à voir avec la version de Jeremy. Intéressant. Une voix générée par ordinateur entame le compte à rebours. Dix, neuf, huit… Je ne peux m'empêcher d'essayer de lever la tête, de remuer les doigts et les orteils, mais ils sont tous bloqués par la tenue que je porte et la force, quelle qu'elle soit, qui me plaque contre le fauteuil. Cinq, quatre (faites que j'aie pris la bonne décision). Deux (trop tard maintenant). Un (nous y voilà !).

Une fois le décompte terminé, une partie du dispositif complexe s'approche de ma tête, et je suis incapable de bouger pour éviter l'éventuelle collision.

Il se pose doucement sur mon visage, la seule partie exposée de mon corps. Il recouvre mes yeux. Je suppose donc que c'est à partir de ce matériel qu'ils vont établir mon profil sensoriel visuel.

J'essaie de respirer calmement lorsque mon cerveau est assailli d'images et de photos de paysages magnifiques et exotiques. Des plages tropicales paradisiaques, des vallées et des gorges, des forêts luxuriantes et des cascades. C'est magnifique et ça me calme un petit peu. Ces vues splendides me donnent envie de visiter des endroits du monde où je ne suis jamais allée, et une certaine excitation s'empare de moi. Je réalise également qu'il n'y a absolument aucune influence extérieure dans ce laboratoire, pas la moindre fenêtre en vue.

Je n'ai pas le temps d'approfondir la question, car le rythme change en même temps que la nature des images. Je vois désormais des personnes exprimant diverses émotions : certaines rient, d'autres sont tristes, d'autres encore sont exubérantes, peinées ou éplorées. Les photos se succèdent de plus en plus vite et montrent à présent des scènes troublantes de guerre et de pauvreté. Je repense aux enfants que nous parrainons dans les pays du tiers-monde, un pour chaque membre de la famille, ce qui m'amène à me demander ce qu'Elizabeth et Jordan sont en train de faire en cet instant. Je me sens si loin d'eux. Pourtant, l'enchaînement des images me force à me concentrer de nouveau. Elles sont de plus en plus horribles, et j'essaie instinctivement de tourner la tête pour ne plus les voir, mais elle reste plaquée contre le siège.

Je ferme les yeux quelques secondes et, au moment où je les rouvre, je vois exactement la même scène de torture, comme si le flot d'images et la vitesse à laquelle elles défilent étaient sensibles à la position de mes pupilles. Ça me rend malade de penser que des êtres humains puissent traiter leur prochain de cette façon. Je sens que je tremble, mais je suis toujours collée au siège.

Finalement, l'horreur de la guerre fait place à des images de bébés et de couples heureux qui se promènent sur la plage. Je sens immédiatement la tension de mes muscles se relâcher et laisse échapper un soupir de soulagement. Nouveau changement de sujet, nous passons aux tâches ménagères (comme c'est étrange), auxquelles succèdent des photos de couples gay et de couples hétéros, puis des scènes de bondage (des centaines d'images défilent devant mes yeux à toute vitesse). Certaines sont fascinantes et excitantes, d'autres au contraire me répugnent au plus haut point.

D'autres images se succèdent : des scènes de masturbation, de cunnilingus et de fellation. Alors qu'elles passent de la sexualité à l'obscénité, je réalise qu'elles semblent tourner autour des sept péchés capitaux : la colère, l'avarice, la paresse, l'orgueil, la luxure, l'envie et la gourmandise. Elles illustrent les conceptions passées et actuelles de ces traits de caractère. Leur succession me donne presque le tournis.

Les images ne restent que le temps qu'il faut à mes yeux pour les identifier avant d'être remplacées par d'autres. Ce principe d'association m'est familier, mais la technologie qu'ils utilisent a atteint un niveau de sophistication inégalé s'ils sont capables d'enregistrer mes réactions si rapidement.

Puis, soudain, mes enfants apparaissent devant moi, et je jure que mon cœur s'arrête de battre. Ma gorge se serre. Mon corps essaie de s'extirper du siège, en vain. C'est la photo qu'ils m'ont envoyée sur mon téléphone. Évidemment qu'ils ont pu y accéder : ça fait des jours que je n'ai pas revu mon portable. J'ai l'impression que mon cœur est arraché à mon corps et qu'il essaie désespérément de rejoindre ces visages angéliques devant moi. Des larmes se mettent à couler sur mes joues tandis que mon corps est secoué de violents sanglots qui menacent de me submerger complètement.

Mon Dieu, j'ai besoin d'eux, ils me manquent tellement ! Cette photo provoque en moi un tel élan d'amour et en même temps une telle douleur que j'ai l'impression d'avoir été battue. Je laisse échapper un cri d'angoisse lorsque l'image disparaît comme un mirage.

Juste au moment où je me dis que je ne peux pas en supporter davantage, que ces émotions sont trop fortes, des images symbolisant diverses religions se succèdent devant mes yeux. Bouddha, Jésus, Mahomet, Mère Teresa, des symboles sacrés, antiques, les pyramides, Stonehenge, l'île de Pâques… Elles défilent si vite que j'ai du mal à croire que mon cerveau ait pu les assimiler. Je m'apprête à fermer les yeux pour accorder un peu de répit à mon cerveau surstimulé, quand je vois une photo de moi en robe rouge, les yeux couverts du bandeau, pendant mon week-end avec Jeremy. Je me fige immédiatement. Je retiens mon souffle. Mes émotions, mes réactions sont en suspens dans l'attente de ce qui va suivre.

Un gros plan de mes poignets liés apparaît alors, puis fait place à une photo de Jeremy à califourchon sur moi. Je pique un fard, embarrassée, et me demande comment ils ont pu accéder à des photos aussi intimes. Plus inquiétant encore, si Xsade a pu mettre la main dessus, qui d'autre a pu y avoir accès ? Elles pourraient ruiner ma carrière.

La température semble avoir augmenté, et j'entends soudain le genre de musique classique qui rend les moments passés avec l'être aimé encore plus fascinants et inoubliables. D'autres photos de mon week-end avec Jeremy se succèdent devant mes yeux, dont certaines que je n'ai jamais vues. En voyant Jeremy me regarder d'un air si protecteur, je me sens défaillir. C'est alors que je remarque un changement d'odeur. Un délicieux parfum vient chatouiller mes narines. Mon Dieu, qu'est-ce qu'ils me font ? C'est son odeur, cette fraîcheur masculine et musquée qui se répand dans l'air autour de moi. Mes tétons réagissent immédiatement à cette stimulation sensorielle, et je sens mon clitoris gonfler d'impatience. Rien qu'en voyant ses mains sur mon corps, j'ai senti l'émotion me submerger, une émotion déjà suffisamment difficile à supporter, mais avec la musique et l'odeur en plus, c'est tout simplement trop. J'ai presque l'impression de sentir ses doigts caresser mon orifice en rythme avec la musique, extrayant mes sucs internes du plus profond de moi. Son odeur me donne l'illusion qu'il est ici, tout près de moi.

Je ferme les yeux et, en cette seconde, je comprends à quel point j'ai envie qu'il me touche à nouveau. Je l'implore en silence de venir me chercher tout en sachant pertinemment que c'est impossible. Ma main essaie automatiquement de réagir à mon sexe qui gonfle et à mes seins douloureux, et je laisse échapper un gémissement audible quand je constate que je reste parfaitement immobile. Puis tout s'arrête. La musique. Les odeurs. Les photos. Je ne suis d'ailleurs plus plaquée contre le fauteuil. Tout s'achève brutalement, comme si je venais d'être libérée d'un sort.

— Parfait, docteur Blake. Je pense que nous avons tout ce qu'il nous faut pour établir notre profil.

Waouh ! Quoi ? Il me faut bien une minute pour me ressaisir.

— Vous êtes sans doute un peu fatiguée après cette session. C'est souvent le cas.

La voix calme du Dr Muir me permet de reprendre mes esprits.

— Alors, prenez bien le temps de vous détendre. Françoise va vous conduire à votre chambre.

Jamais de ma vie je n'ai été congédiée de la sorte. Les images ont provoqué une telle émotion, que je ne sais franchement pas comment réagir. Mais une question me taraude :

— Comment avez-vous eu accès aux dernières photos ?

— Votre contrat stipule que les résultats de notre expérience vous seront communiqués. C'est tout ce que nous avons à fournir.

Ah ! Enfin, nous y voilà ! Ce ton glacial derrière la façade polie et avenante qu'on me présente depuis mon arrivée !

— Merci, docteur Blake. J'attends avec impatience notre prochaine session.

Je n'ose même pas imaginer ce qui m'attend, même si je soupçonne que ce n'est jusqu'à présent que la partie visible de l'iceberg.

***

Françoise me conduit dans une chambre somptueuse pour que je puisse passer un peu de temps seule. Je pousse un long soupir de soulagement à l'idée d'avoir quelques instants pour moi et j'essaie d'enlever ma combinaison pour aller aux toilettes. Après m'être débattue en vain pendant quelques minutes, j'en conclus que c'est impossible. Heureusement que je suis seule, parce que je devais franchement avoir l'air ridicule ! Ce n'est qu'à cet instant que je remarque un rabat ingénieusement placé pour me permettre d'uriner.

Je m'allonge au milieu du lit bien ferme et je me sens soudain épuisée. Avant de m'endormir, je sens le bracelet sous ma combinaison argentée.

Dieu merci, il est encore là. J'ignore s'ils ont essayé de l'enlever, mais je suis vraiment contente qu'il soit encore à mon poignet. Même si je ne peux ni le voir ni le toucher, je le sens contre ma peau. Incapable de garder les yeux ouverts plus longtemps, je sombre immédiatement dans un sommeil sans rêves.

***

Je me réveille quelque temps plus tard (j'ignore combien de temps j'ai dormi) et je regarde ma silhouette argentée dans le miroir pendant plusieurs minutes. C'est bizarre de voir mon visage sans mes cheveux qui l'encadrent, mais aussi les courbes de mon corps sans couches de sous-vêtements et de vêtements superposés. Des gants de toilette chauds et froids sont à ma disposition dans des bassines séparées, et je les pose alternativement sur mon visage qui retrouve immédiatement ses couleurs. Ça me rappelle mon expérience dans le jacuzzi avec Jeremy.

On frappe à la porte, et je sursaute. Françoise, ma gardienne aimable, entre dans la pièce.

— J'espère que vous avez apprécié cet instant de repos, docteur Blake.

En proie à un petit accès de paranoïa, j'imagine immédiatement toute une série de scénarios : je ne doute pas une seconde qu'il y a des caméras cachées dans la pièce et je ne serais guère surprise si des gaz anesthésiques avaient été introduits insidieusement dans ma chambre. J'ai appris à mes dépens qu'ils avaient accès à ce genre de produits.

Quoi qu'il en soit, j'étais beaucoup plus calme et moins bouleversée en me réveillant qu'au moment où je suis arrivée dans ma chambre.

— Si vous voulez bien me suivre, nous allons passer à l'étape suivante.

À l'évidence, il n'y a pas de temps à perdre. Elle attend vers la porte pour que je sorte immédiatement avec elle. Sa politesse me paraît encore plus bizarre maintenant que je lui ai dévoilé mon histoire sexuelle et mes fantasmes en répondant à son questionnaire.

Nous retrouvons le Dr Muir, dont le visage m'est désormais familier.

— Docteur Blake. Ravie de vous revoir. Installez-vous s'il vous plaît.

Elle me montre un fauteuil similaire à celui dans lequel j'étais auparavant, mais sans l'équipement visuel au-dessus. À première vue, il a l'air un peu moins complexe et sophistiqué. Je m'assois dessus.

— Voici un autre de nos laboratoires d'analyse sensorielle, exclusivement consacré au toucher. C'est à ce stade de l'expérience que nous allons analyser le fluide que vous éjecterez lors de l'orgasme.

Le Dr Muir semble certaine que je vais avoir un orgasme, et je me demande bien comment je pourrai y parvenir dans un tel environnement. J'ai envie de leur dire que je ne suis absolument pas d'humeur à jouir, mais je décide finalement que ça ne les regarde pas. Je veux juste en finir avec cette phase de l'expérience. Le plus vite sera le mieux. Elle règle quelques boutons et pièces, puis se tourne vers moi.

— Vous avez des questions ?

— Une seulement : combien d'autres femmes avez-vous testées avec cette procédure ?

— Deux mille trois cent cinquante-huit. Dans le monde entier, bien sûr.

— Très bien.

C'est beaucoup plus que je ne l'imaginais. Je me sens dans la peau d'un rat de laboratoire orgasmique.

— Autre chose, docteur ?

— Non.

Je ne peux pas me résoudre à me montrer aussi polie qu'elles.

— Parfait. Dans ce cas, commençons. Je serai dans le bureau adjacent.

Elle quitte immédiatement la pièce.

De nouveau, je sens mon corps s'aimanter au fauteuil et je suis incapable de bouger. Jusqu'au moment où la partie inférieure du fauteuil se divise en deux et que mes jambes sont ouvertes. Elles sont presque aussi écartées que dans une salle d'accouchement avec des étriers. On ne peut pas dire que cette position soit très digne ! Françoise, qui se tenait tout près de moi, entre doucement dans mon champ de vision pour glisser un haricot entre mon menton et ma poitrine, si bien qu'il m'est désormais impossible de voir ce qui se passe dessous. Quelle intimité ! Je sens qu'elle ouvre le rabat bien placé entre mes cuisses, et l'air frais vient immédiatement caresser mon entrejambe sensible. J'essaie instinctivement de refermer les jambes, mais en vain. J'ai l'impression d'être chez le gynéco, sur le point de subir un frottis vaginal. Et je décide que c'est l'état d'esprit que je dois adopter. Les femmes font régulièrement des examens vaginaux ; je suis sûre que tout va bien se passer. Françoise se concentre ensuite sur chacun de mes seins. Je n'avais pas remarqué qu'il y avait des coutures à cet emplacement sur ma combinaison. Je suis désormais entièrement couverte à l'exception de mes organes génitaux et de mes seins. Je ne sais pas vraiment si cette tenue très spéciale me donne la sensation d'être protégée ou au contraire complètement à nu.

Le silence dans la pièce est total, si bien que la légère vibration du stimulateur dans les mains de Françoise semble ricocher contre les murs. Je fixe les plafonniers, ce qui donne un aspect encore plus clinique à la pièce, et j'attends mon sort. Je n'ai jamais été stimulée par une femme, mais il est vrai que je ne me suis jamais retrouvée dans un tel environnement auparavant. Il ne faut jamais dire fontaine... Il n'y a absolument aucun autre stimulus pour me mettre dans l'ambiance.

Les vibrations commencent autour de ma poitrine, doucement et méthodiquement, évitant soigneusement mes aréoles. D'abord, mon sein droit, puis, le gauche. Ma respiration se stabilise, et je me détends un peu. C'est très agréable, en fait.

À la fin du massage, le bout du stimulateur effleure la pointe de mes mamelons. Je suis immédiatement parcourue d'un frisson, et Françoise répète le même processus. Je crois bien que je pourrais m'y habituer, mais voilà que tout s'arrête.

Tout à coup, les vibrations viennent taquiner ma vulve, lentement et doucement. Ma respiration se calme, et je m'adapte progressivement à cette sensation. Puis, je sens le stimulateur aller et venir à l'entrée de mon vagin, pas trop profondément, juste assez pour que je sente les changements de pression et d'intensité de vibration. Je me tends un peu pour m'adapter au rythme. Le stimulateur glisse ensuite à la périphérie de ma vulve, longitudinalement, et je suis suffisamment ouverte pour que mon clitoris réagisse immédiatement à de telles taquineries. Tandis que je m'habitue à cette sensation agréable, je ne peux m'empêcher de me demander si je vais pouvoir atteindre l'orgasme dans un tel environnement. Il ne fait aucun doute que je me mets progressivement en condition. Pourtant, ce ne sont que des facteurs purement physiques pour moi (aucune psychologie derrière tout ça).

La pression augmente sensiblement en même temps que la vitesse des vibrations, et je laisse échapper un gémissement devant l'intensité des va-et-vient dans mon vagin et le long de mon sexe. Elle a certainement placé la barre plus haut à présent.

Mon Dieu que c'est bon ! Mes mamelons se mettent à durcir lorsqu'un autre instrument se concentre exclusivement sur mon clitoris. Bon, ça devient vraiment intense (ma respiration se fait superficielle). Alors que j'essaie de garder les idées claires, les yeux toujours fixés sur le plafond, mes seins sont entièrement recouverts de coussinets en silicone bien chauds qui les aspirent et les massent constamment et méthodiquement. Toutefois, de temps à autre, quelque chose vient chatouiller et tordre mes tétons, et ce stimulus direct est si intense que je laisse échapper un cri dans le silence de la pièce chaque fois qu'il se produit. Les seuls autres bruits se résument aux vibrations discrètes des instruments que Françoise utilise sur mon corps et qui semblent de plus en plus nombreux. Je ne sais plus sur quoi me concentrer dans cette étrange pièce remplie de gadgets sexuels.

À ma grande consternation, je constate que mes gémissements et mes cris sont de plus en plus forts à mesure que l'intensité augmente. Quant à la sensation de morsure ciblant mes tétons, elle est de plus en plus puissante, elle aussi. Mon dos se cambrerait si je pouvais bouger. Mon corps n'a pas d'autre choix que d'absorber les sensations qui l'assaillent de toutes parts. Et c'est intense ! Tellement intense ! Je me sens secrètement soulagée d'avoir eu un lavement et je me demande s'il a eu un impact sur mes réactions jusqu'à présent.

La chaleur qui se diffuse à partir de mes zones érogènes doit faire exploser le compteur du Dr Muir, qui continue à mesurer mes réactions dans l'antichambre. J'essaie désespérément d'isoler dans mon esprit les sensations qui assaillent mon corps, afin de détourner et de repousser ce qui me paraît à présent inévitable. Je n'aimerais pas du tout qu'on me colle l'étiquette de femme facile. Un instrument pénètre agréablement mon vagin ; l'effet produit n'est pas loin de me rappeler l'œuf violet que Jeremy m'avait acheté il y a longtemps. Oh non ! Il ne faut surtout pas que je pense à lui maintenant, sinon je cours à ma perte. Puis mes seins sont massés doucement et méthodiquement, jusqu'à la morsure des mamelons qui ne survient jamais au même moment. Plus le temps passe, plus c'est intense, extrême même, mais il faut bien reconnaître que c'est particulièrement efficace et que mon clitoris s'emballe. Cette fois-ci, c'est fichu. Je n'ai plus du tout les idées claires. Ma respiration est à la fois rapide et irrégulière, alors que mon point G est stimulé à la perfection. Mon vibromasseur à la maison peut aller se rhabiller. Comment vais-je pouvoir revenir à quelque chose d'aussi inférieur après avoir vécu ça ? Sans parler de la stimulation simultanée de mon clitoris et… Oh !… Mon corps n'a pas d'autre choix que d'accepter ce qu'on lui fait, et je sens que je ne vais pas pouvoir en supporter davantage.

Je m'entends soupirer, puis grogner. J'essaie désespérément de réprimer mes gémissements, puis je finis par lâcher prise. J'accepte et accueille volontiers la sensation qui prend possession de mon corps, et voilà la délivrance ! C'est bon ! J'expire, je tremble, je suis à la merci des instruments qui procurent à mon corps un tel plaisir physique. Comme je ne peux bouger aucune autre partie de mon corps, je ne sens que les spasmes, les contractions de mes muscles sexuels. Je ferme les yeux, je laisse la pièce disparaître, jusqu'à ce que je retrouve un certain calme.

Tous les instruments sont enlevés de mon corps avec une telle efficacité que j'en ai presque le souffle coupé quand je ressens le vide froid qu'ils laissent derrière eux. Puis les rabats de ma combinaison argentée retrouvent une position plus décente.

Du coin de l'œil, je vois Françoise étiqueter avec soin des tubes à essai avant de les porter au Dr Muir. Elles reviennent toutes les deux, on enlève la barrière visuelle, et mon corps peut de nouveau se mouvoir sur le fauteuil. Le Dr Muir me propose un verre d'eau avec une substance qui se dissout dedans.

— Bien joué, docteur Blake, dit-elle. Je suppose que ça n'a pas été trop terrible pour vous, n'est-ce pas ?

Elle m'adresse un sourire entendu. Il est évident

qu'elle n'a pas dû avoir beaucoup de plaintes jusqu'à présent.

— J'ai survécu.

Je suis un peu embarrassée à cause de mes gémissements qui ont retenti dans la pièce, même si je suis bien obligée d'admettre que je ne dirais pas non s'ils me demandaient de le refaire. Qu'est-ce qui m'arrive ? Il est difficile de renoncer à un orgasme sensationnel, en particulier quand il libère des hormones, fait disparaître les tensions et vous met d'excellente humeur. Tout le monde aime ça, non ? Ils ont sans doute flairé le bon filon avec leur pilule violette. Et si jamais ça ne marchait pas, ils pourraient toujours se reconvertir dans la production de gadgets sexuels high-tech. Je suis certaine qu'un tel marché ne connaîtra jamais la crise.

— Nous allons désormais procéder à un prélèvement sanguin capillaire, si vous voulez bien.

Ah oui, j'avais oublié l'histoire du sang.

— Bien sûr.

On enlève le gant qui couvre ma main, et je sens une petite piqûre sur mon index jusqu'à ce qu'une goutte de sang soit collectée dans une boîte de Petri. Beaucoup mieux qu'une prise de sang !

— La première phase de l'expérience est terminée, docteur Blake.

— Les autres phases vont-elles se dérouler de la même façon ?

— Non, pas tout à fait. Les deux prochaines sessions vont permettre de mesurer votre excitation sexuelle à partir de diverses combinaisons de facteurs. Ces facteurs ont été définis en fonction des informations que vous avez fournies à Françoise en répondant au questionnaire. Nous nous appuierons aussi sur votre profil sensoriel que nous avons établi et, bien sûr, sur les résultats de l'orgasme que vous venez d'avoir.

— Et cette combinaison vous permet de continuer à contrôler ces variables ?

— C'est ça, docteur. La mise au point de ces combinaisons a été déterminante pour garantir la précision et la constance des résultats.

— J'aurais une ou deux autres questions à vous poser. Ça ne vous dérange pas ?

Ma curiosité habituelle semble reprendre le dessus.

— Pas du tout.

— Jusqu'à combien de personnes pouvez-vous accueillir dans votre clinique pour leur faire subir des tests ?

— Des femmes ?

— Il n'y a pas que des femmes ?

— Non, il y a aussi des hommes et des enfants pour tester les autres médicaments que nous produisons. Ce département peut accueillir jusqu'à cinquante femmes à n'importe quel moment. Il y en a actuellement vingt avec nous, et nous attendons l'arrivée de trente autres à la fin de la semaine.

— Vraiment ? Mais d'où viennent-elles ?

Je ne pensais pas que cet endroit était si grand. Je ne sais pas pourquoi, mais je m'imaginais qu'on recrutait les femmes dans la rue et qu'elles faisaient ensuite la queue comme devant une sandwicherie, sauf que, là, il s'agit d'attendre son tour pour avoir un orgasme.

— Ce sont des volontaires rémunérés, docteur Blake. Nous les payons très bien pour le temps qu'ils nous consacrent et leur engagement. Le taux de chômage est très élevé en Europe de l'Est, tout comme le nombre de réfugiés qui cherchent à s'installer un peu plus à l'ouest.

— Je vois.

À l'entendre, on dirait qu'elle travaille pour une œuvre de bienfaisance.

— Et vous vous concentrez uniquement sur votre pilule violette ?

— Non. Nous avons pour mission de mettre au point de nouveaux médicaments, docteur Blake, et c'est ce que nous faisons. Notre pilule violette n'est qu'un produit parmi d'autres. Si vous voulez bien m'excuser, il faut que je continue à effectuer des tests dans une autre pièce, et vous devriez vous reposer un peu en attendant la prochaine session. Françoise va vous raccompagner dans votre chambre.

Une fois de plus, me voilà congédiée, et j'essaie de réprimer le drôle de sentiment que m'inspire toute cette mise en scène. Tout paraît parfaitement correct, normal. C'est aussi ce qui ressort de mes discussions avec le Dr Muir. Pourtant, on ne m'ôtera pas de l'esprit que de sinistres secrets se cachent derrière cette façade polie, professionnelle et clinique.

Françoise vient interrompre le cours de mes pensées. Toujours aussi souriante, elle m'attend à la porte pour me raccompagner dans ma chambre. Dieu sait ce qui m'attend. La réponse alambiquée mais vague du Dr Muir ne m'a absolument rien appris. Je n'ai pas réellement peur, mais la nature légèrement contradictoire de cette clinique me pousse de plus en plus à être sur mes gardes. Et me voilà qui m'apprête à m'aventurer une fois de plus dans l'inconnu… Enfin, cette fois, je vois ce qui se passe, et on m'explique un peu avant ce qui m'attend. Je devrais pourtant être habituée à ce sentiment d'incertitude.

***

Je retrouve ma chambre et remarque l'éclat post-orgasmique sur mon visage en me regardant dans le miroir. Je me demande si les gens qui ne me connaissent pas pourraient deviner. Il suffirait à Jeremy de poser les yeux sur mes joues encore rouges pour le savoir. Je me demande ce qu'il penserait de tout ça. Bizarrement, cela ne m'inquiète pas. Je ne suis pas du tout embarrassée. Je suis sûre qu'il serait impatient d'écouter le récit de mon expérience et que je la lui raconterais volontiers.

J'ai le cœur serré en y pensant, et son absence me pèse énormément. Pourquoi n'est-il pas encore venu me chercher ? Il avait promis. Nous sommes peut-être enfouis si profondément sous la surface de la terre que mon bracelet n'est plus efficace. Je sens sa présence sous ma manche brillante et me demande s'il m'est encore d'une quelconque utilité.

Françoise se tient sur le seuil de la porte et me sourit.

— Vous avez d'autres questions ou besoins avant que je vous laisse vous reposer, docteur Blake ?

Bien sûr que j'ai d'autres questions.

— Vais-je être seule pendant la prochaine session ?

— Non, vous serez au sein d'un groupe, cette fois, avec d'autres volontaires rémunérées.

Je ne peux m'empêcher de me demander si les autres volontaires ont elles aussi été enlevées à Heathrow et je vois défiler dans ma tête des images de *Taken*. Ce film parle de deux filles qui sont enlevées à Paris par un groupe mafieux spécialisé dans la traite des blanches. Mon Dieu ! Je pense à Elizabeth ! Et si cela lui arrivait un jour ? Je serais complètement anéantie. Quel enfer pour une mère ou un père, d'ailleurs ! Je me demande si Robert et les enfants savent ce qui m'est arrivé. J'espère que non. Pourvu que tout se termine vite, qu'ils n'en sachent jamais rien et que nous recommencions à mener une vie normale. Ce serait la fin idéale pour moi.

— Autre chose, docteur ?

Sa question me fait revenir à la réalité immédiate. Je chasse ces pensées troublantes.

— Non, Françoise, ça ira, merci.

Elle ferme la porte derrière elle.

Je reporte mon attention sur les brochures disposées sur un banc et qui présentent les autres produits que Xsade est en train de tester. En les feuilletant, je suis un peu étonnée d'apprendre que certains de ces produits sont déjà commercialisés.

Des crèmes contre la sécheresse vaginale, pour augmenter le flux sanguin vers les parties génitales ou pour renforcer l'intensité de l'orgasme féminin. Une ordonnance est peut-être nécessaire en fonction de la quantité et de l'intensité du produit à appliquer.

Pourtant, je suis persuadée qu'ils sont déjà vendus sans ordonnance dans la plupart des pays où la réglementation en vigueur est beaucoup moins stricte. Je pense à une de mes amies qui se rend régulièrement en Thaïlande pour acheter des produits pharmaceutiques vendus beaucoup moins cher qu'en Australie.

Franchement, avons-nous à ce point besoin de stimulation supplémentaire pour être prêts à appliquer des hormones et des produits chimiques sur notre peau et nos parties génitales ? Pourtant, ce n'est peut-être pas si différent, après tout, de ce qui pousse depuis des siècles les Chinois à manger de la soupe d'ailerons de requin ou des pénis de cerf sous prétexte qu'ils ont des vertus aphrodisiaques… Devrions-nous adopter ces produits artificiels afin que les animaux n'aient plus à souffrir ? Je secoue la tête. Je ne vais certainement pas résoudre ces problèmes maintenant et je me sens un peu lasse. Comme il n'y a pas grand-chose d'autre pour me distraire dans la pièce, je m'allonge sur le lit pour faire une sieste avant la prochaine expérience.

***

Quelque temps plus tard, Françoise vient me chercher. Nous prenons la direction opposée cette fois et croisons de nouveau des personnes souriantes et polies qui semblent heureuses d'être dans cette clinique si bizarre. Je n'ai plus du tout l'impression de détonner dans ma combinaison argentée et moulante et je me suis très vite habituée à mon environnement quand on pense au peu de temps que j'ai passé ici.

Cette fois, nous entrons dans une grande pièce circulaire, et Françoise me conduit à un endroit contre le mur. Il y a déjà cinq autres femmes vêtues de la même tenue argentée, positionnées à des endroits stratégiques le long du mur par leur gardienne. Une autre est entrée juste après moi.

Mon corps est plaqué contre le mur, mes bras et mes jambes sont écartés, de sorte qu'aucune partie de mon corps n'en touche une autre. Nos gardiennes s'assurent que nous sommes toutes placées de la même façon. Nous sommes proches les unes des autres, mais hors de portée de nos voisines. Elles hochent la tête en silence et quittent la pièce tandis que nos corps sont attirés magnétiquement contre le mur caoutchouteux, et nous voilà immobilisées pour un certain temps, je pense. Nos yeux se mettent immédiatement à scruter les visages qui les entourent pour tenter de déchiffrer leur expression, déceler le sentiment de chacune par rapport à cette expérience, mais comme nous ne nous connaissons pas du tout, c'est une mission quasiment impossible. Certaines ont l'air plutôt anxieuses, l'une semble excitée, très excitée même. Ses tétons pointent à travers sa combinaison (bon sang, il ne s'est encore rien passé). L'une semble s'ennuyer ferme, et une autre paraît fatiguée.

J'ignore comment elles perçoivent mon visage, mais je me sens en pleine forme à vrai dire. Je suis intriguée par ce qui va suivre. Je n'ai pas le temps de me poser trop de questions, car déjà deux personnes nues entrent dans la pièce : un homme et une femme. Un murmure s'élève, puis le silence retombe, tandis que nos yeux fixent le centre de la pièce.

Des haut-parleurs diffusent un air d'opéra apaisant que je ne parviens pas à identifier. L'homme et la femme se tiennent l'un en face de l'autre et nous ignorent complètement. Dès qu'une voix de soprano vient se joindre à la musique, ils commencent à s'embrasser, doucement, avec délicatesse au départ. Ils se touchent les joues tendrement, tout en s'embrassant, et se caressent doucement. Ils ont l'air vraiment amoureux.

Leur passion apparente s'intensifie, quand un ténor prend le relais, et ils explorent leur nudité respective avec un désir plus manifeste et une utilisation plus délibérée de leurs mains et de leur langue. Quelques secondes plus tard, son sexe en érection s'appuie contre le ventre de la femme, dont les bouts de sein se durcissent contre le torse puissant de son partenaire.

Nous sommes suffisamment près d'eux pour observer les changements dans leur physiologie quand le niveau d'intensité sexuelle augmente en même temps que la puissance des voix et de la musique. J'ai l'impression d'assister à un opéra érotique donné clandestinement.

Je ne peux m'empêcher de regarder les autres participantes à l'expérience. La femme en face de moi respire aussi vite que les amants qu'elle regarde, et on dirait qu'elle aimerait venir se joindre à eux. Fascinant ! Celle qui se trouve à côté d'elle lève les yeux au ciel, une autre semble complètement distraite ; elle a les joues écarlates et tente désespérément d'arracher sa main au mur, ainsi que le reste de son corps. Une autre encore a les yeux fermés et semble plutôt absorbée par la musique.

Je reporte mon attention sur les deux amants devant moi lorsque deux autres corps nus entrent dans la pièce. Sapristi ! La musique se fait plus discrète, comme si quelque chose de majeur était sur le point de se produire, et les deux amants semblent d'abord un peu pris au dépourvu. Puis ils accueillent les nouveaux arrivants dans leur étreinte. Le tempo accélère, et soudain les membres des deux hommes et des deux femmes s'enlacent, s'enchevêtrent comme s'ils ne faisaient qu'un. Ils s'embrassent et se caressent les uns et les autres.

J'ai déjà vu des femmes nues auparavant, mais jamais comme ça, jamais aussi gorgées de désir que les femmes devant moi. Et je n'ai certainement jamais observé des corps féminins nus de si près, notant chaque mouvement convulsif, chaque sursaut de leur poitrine, chaque frémissement de leurs tétons.

La musique est forte, et je suis certaine que l'oxygène dans la pièce a été remplacé par des phéromones. La scène qui se déroule devant nos yeux est impossible à ignorer. Les quatre corps luisent de sueur et de désir, tandis que leur exploration mutuelle s'intensifie. J'entends leurs cris par-dessus la musique.

L'air devient lourd. Je ne me suis jamais trouvée aussi près de personnes qui faisaient l'amour. J'ai l'impression de regarder quelque chose d'intime, d'interdit ; pourtant, ça ne me paraît pas du tout déplacé. Je n'ai jamais apprécié les films pornos, mais j'imagine que la présence d'un écran forme une sorte de filtre. Ici, c'est réel, brut, et il n'y a aucune barrière, aucun obstacle entre ces couples et nous. Je sens littéralement le désir vibrer dans l'enceinte de la pièce circulaire, et il n'y a aucun moyen d'y échapper.

L'une des femmes gémit et soupire comme si elle ne pouvait en supporter davantage. Elle aimerait visiblement pouvoir toucher, mais elle est plaquée contre le mur, immobile comme nous toutes, et n'a pas d'autre choix que d'absorber l'atmosphère chargée de désir.

Je sens une chaleur familière envahir mon bas-ventre et l'excitation monter en moi devant un tel appétit sexuel. Tous les tétons sont dressés ; même la femme qui a les yeux fermés n'est pas épargnée par le phénomène, ce qui prouve que notre réaction n'est pas uniquement due à la stimulation visuelle.

La musique change de nouveau. Elle devient plus sombre, plus agressive, et les corps luisants se séparent, s'extirpent de l'entrelacs sexuel qu'ils ont créé.

Des cordes noires et souples descendent du plafond. Les nouveaux arrivants séparent les amants et les attirent vers eux, puis passent adroitement les cordes autour de leurs bras, leur liant les poignets au-dessus de leur tête. Les deux amants sont désormais incapables de se toucher, mais ne se quittent pas du regard. L'atmosphère est électrique. La musique fait des méandres tandis que les nouveaux arrivants prennent leur temps pour admirer leurs prisonniers, leur caressant doucement la peau comme s'ils réfléchissaient aux plaisirs qu'ils leur réservaient. Je suis un peu embarrassée de sentir mon bas-ventre et ma poitrine palpiter, impatiente que je suis de découvrir la suite.

Fascinée par cette scène, je n'ai plus vraiment conscience de la présence des autres femmes en combinaison argentée réparties le long des murs. L'intensité de mes sensations est inexplicablement liée aux êtres attachés qui se trouvent au centre de la pièce.

Ils bandent les yeux à l'homme, et son sexe se raidit encore un peu plus. La femme attachée peut continuer à voir. Il est évident que tout ça l'excite, et je suis bien obligée de reconnaître que mon excitation monte d'un cran. Mon cœur se met à battre plus vite. L'homme et la femme le taquinent, le sucent jusqu'à ce qu'il atteigne l'orgasme, ce qui ne prend pas trop de temps vu les préliminaires. Son corps frissonne et tremble.

À la toute dernière seconde, on lui retire le bandeau qui couvre ses yeux, et nous regardons son visage tourmenté juste avant la délivrance. Il laisse échapper un grognement euphorique lorsque la femme agenouillée devant lui avale sa semence sans en laisser tomber une goutte. C'est une chose que je n'ai jamais pu faire.

Elle se lèche les lèvres comme si elle venait de boire un élixir puissant. Je me dis que je devrais peut-être essayer un jour, après tout. Je n'avais jamais vu ça sous cet angle, et c'est une image forte. La femme attachée tire au même moment sur la corde qui noue ses poignets, comme si elle partageait toutes les sensations de son amant. Ils laissent le corps mou de l'homme récupérer et reportent leur attention sur la femme, très excitée. Ils lui bandent les yeux, et elle n'a plus qu'à se laisser emporter par leurs caresses et leurs baisers.

Je laisse échapper un gémissement tandis que les souvenirs assaillent mon esprit. C'est à mon tour d'être spectatrice, comme d'autres m'ont regardée pendant ce fameux week-end. Si je n'étais pas plaquée contre le mur, mes jambes se seraient dérobées sous moi. Une vague de chaleur et d'émotion envahit mon corps.

Je les regarde embrasser ses mamelons ; je vois leurs doigts, leur langue taquiner son orifice ; ils mordillent l'intérieur de ses cuisses en chemin. Mon bas-ventre palpite, mon sexe vibre en rythme avec la musique, je suis en harmonie parfaite avec le corps de la femme attachée, avec ce qui se trouve devant moi. Je m'inquiétais de ce que les autres avaient pu penser de moi pendant mon expérience, mais en cet instant, je suis impressionnée par la beauté de l'acte sexuel entre adultes consentants. Je ne pensais pas que le simple fait de regarder pouvait avoir un tel impact. Je n'ai jamais vu une autre femme atteindre l'orgasme devant moi. Je ne me suis même pas vue jouir dans un miroir. Maintenant, je veux voir ce que Jeremy observe sur mon visage, dans mes yeux, quand il entraîne mon corps aussi loin. Je prie en silence pour qu'ils enlèvent son bandeau comme ils l'ont fait pour l'homme.

Ses gémissements deviennent de plus en plus excités, alors que la femme qui se tient derrière elle ouvre ses cuisses. Les doigts de l'homme poursuivent leur jeu, comme ses dents sur ses seins, et les grognements de la femme ricochent contre les parois de la pièce circulaire. Le pénis de l'homme est dur et en pleine érection, et je l'imagine en train de la pénétrer brusquement et profondément tout de suite. La vision dans mon esprit semble si réelle que j'en ai le souffle coupé. Je n'arrive plus à faire la distinction entre ce que je vois et ce que mon corps veut que je ressente. Les doigts de l'homme disparaissent dans le sexe de la femme, le bandeau est retiré, et c'est son pouce qui déclenche l'orgasme. Je crois que je ne me suis jamais concentrée autant sur un visage auparavant, comme si j'étais en train d'étudier *La Joconde*, le tableau fascinant de Léonard de Vinci.

Immobile, hors d'haleine, la femme semble suspendue à l'instant, comme si une force angélique avait figé son corps et son esprit dans cette posture de plaisir. La musique s'adoucit, ma respiration se calme, comme celle de toutes les personnes présentes dans la pièce, et j'ai l'impression de voler avec elle, de communier avec elle, jusqu'à ce qu'elle laisse échapper un cri intense, tandis que son corps comblé revient à la vie dans une succession de spasmes. La musique reprend crescendo au moment où la femme atteint l'orgasme et s'arrête quand le fluide orgasmique qu'elle a expulsé coule littéralement le long de ses cuisses. Ses yeux restent perdus dans le vague, son corps pend mollement.

Ce n'est qu'à cet instant que j'entends un autre gémissement de plaisir et, en me tournant, je vois un visage en pleine extase de l'autre côté de la pièce.

C'est vraiment extraordinaire. Est-ce possible ? Il me suffit de sentir mon sexe humide, d'écouter ma respiration superficielle pour trouver la réponse à ma question. Je balaie la pièce du regard et constate que tous les yeux sont voilés par le désir. Les miens aussi sans aucun doute, si j'en crois mon clitoris douloureux.

Quelle expérience ! Je suis épuisée, bien que je n'aie rien fait d'autre que de me tenir debout contre un mur. Aucune de nous n'a pu se toucher, se masturber ; nous avons dû nous contenter de regarder les couples devant nous. Les résultats extraits de ces combinaisons seront sans doute hallucinants pour Xsade.

***

De retour dans ma chambre, je retrouve ma valise remplie de mes vêtements. Malheureusement, mon sac à main ne m'a toujours pas été rendu. Françoise m'informe que je peux me reposer un peu en attendant la dernière session et que je ne serai plus obligée de porter la combinaison argentée.

Hourra ! Elle m'aide à l'enlever grâce à un système de fermeture complexe qui était hors de ma portée. Même si cette tenue était confortable, je suis soulagée de ne plus l'avoir sur le dos. C'est plutôt surréaliste de ne pas pouvoir toucher sa propre peau.

Elle me tend un peignoir pour couvrir mon corps nu et plie avec soin la combinaison dans une boîte spéciale. J'aimerais beaucoup voir leur laboratoire, mais, dans l'immédiat, j'ai envie de prendre un bain et de dormir. Je suis crevée. Qu'est-ce que ça doit être pour les deux couples après leurs prouesses ? Ils sont peut-être habitués, après tout.

Je somnole depuis un certain temps, quand une voix désincarnée me réveille complètement et m'informe que je dois faire ma valise et me préparer pour ma dernière session qui commencera dans dix minutes. J'y suis presque… Je suppose que j'arrive bientôt au terme de mes soixante-douze heures.

Mais je n'en sais rien, à vrai dire : j'ai perdu toute notion du temps depuis mon arrivée ici. Je ferme mon sac et j'attends au bord du lit, le plus calmement possible, que Françoise frappe pour la dernière fois à la porte de ma chambre. Je suis un peu anxieuse à l'idée de ce qui m'attend durant cette dernière session.

Je me ressaisis. J'ai survécu à toutes les expériences jusqu'à présent et j'en suis sortie indemne. Ça ne peut pas être aussi terrible que ça !

On me conduit dans une pièce que je n'ai jamais vue. L'éclairage est très subtil et met en valeur la peau, qui prend un aspect doux et sensuel, comme à la lumière d'une bougie. Ce n'est qu'une illusion obtenue grâce à des artifices technologiques, mais inutile de dire que j'apprécie. Le mobilier se limite à un immense pouf Sacco noir. Il m'attire étrangement. Je me penche pour le toucher et sentir sa matière douce et velouteuse.

La pièce est décorée de longs foulards en soie, mauve pâle, d'une couleur proche de la lavande, qui semblent serpenter comme une rivière le long des murs sombres de la pièce. L'effet est simple, élégant et astucieux. Le tissu est doux et super fin. Je le sens à peine quand je le fais glisser entre mes doigts et mon pouce.

Dans le coin de la pièce, j'aperçois une petite table avec un verre d'eau et la célèbre pilule violette à côté. À ma grande surprise, je vois à l'autre bout une bouteille de Dom Pérignon dans un seau argenté, rempli de glaçons et entouré de trois flûtes à champagne en cristal. On dirait que je vais avoir de la compagnie.

Je me demande si je dois l'ouvrir ou attendre. On m'a dit qu'il ne se passerait rien dans cette pièce, tant que je n'aurais pas pris la pilule violette. Si je décide de ne pas la prendre, on me raccompagnera dans ma chambre avant un dernier « entretien de sortie », et ainsi, après un dernier prélèvement capillaire, j'aurai rempli les termes de mon contrat. Enfin, je serai libre. J'exulte littéralement à cette idée.

Je dois bien reconnaître que, malgré mes appréhensions, j'ai été très bien traitée. Mon séjour ici a vraiment été fascinant, et même excitant pour être honnête. J'ai beaucoup appris sur moi, sur la sexualité, sur la libido, mais aussi sur le désir des laboratoires pharmaceutiques de soigner les troubles sexuels chez la femme, un désir naturellement motivé par les profits pharamineux qu'ils vont faire. Il est impossible d'ignorer le potentiel financier de ces produits.

Cependant, l'idée de pouvoir bientôt parler à mes enfants, de revoir Jeremy (où qu'il se trouve) me met soudain d'humeur festive. Ainsi, sans plus attendre, je m'approche de la pilule violette « presque prête à être mise sur le marché » et l'avale rapidement pour ne pas avoir le temps de changer d'avis à cause de mes hésitations habituelles. Voilà qui est fait.

Cette décision m'a donné un peu plus d'assurance, d'aisance, à moins que ça ne soit le fait de porter ma robe noire et blanche et mes ballerines noires plutôt que d'être couverte de la tête aux pieds de cette étrange combinaison argentée. Quelle que soit la raison qui me pousse à le faire, je décide d'ouvrir le champagne.

Immédiatement, une musique orientale sexy et ondulante retentit dans la pièce. Je me sers un verre et trinque pour avoir survécu à cette « épreuve », comme je l'aurais qualifiée au départ. Ils ont confirmé que je ne souffre pas de trouble de l'excitation sexuelle, ce qui n'est pas vraiment une surprise après les récents changements dans ma vie sentimentale.

Mais je me demande bel et bien quels auraient été les résultats si je m'étais soumise à ces expériences avant que Jeremy ne revienne dans ma vie. Aurais-je été le sujet parfait pour tester leur médicament ?

Apparemment, cette dernière session a été conçue autour d'un de mes fantasmes que je n'aurais jamais assouvi (intégrant des éléments de plaisir, de désir et d'inconnu). Franchement, je ne vois pas du tout ce que ça peut être. Alors, si moi je n'en ai aucune idée, comment peuvent-ils savoir ce que je veux ? Je crois avoir à peu près tout fait avec Jeremy, même si, en laissant mon esprit vagabonder, je pense à quelques petits trucs que j'aimerais bien tenter quand nous nous reverrons.

Mes pensées torrides me font rougir, et je bois une autre gorgée de champagne pour revenir à la réalité de cette pièce. Ma dernière mission au sein de la clinique d'expérimentation sexuelle. Cette session devrait au moins avoir le mérite d'être instructive. La bonne nouvelle, c'est que, si je veux que ça s'arrête, il me suffit de quitter la pièce et voilà…, tout sera terminé. J'ai encore le choix, je ne peux pas vraiment me plaindre.

Je bois encore quelques délicieuses gorgées (ça fait un moment que je n'ai pas ingurgité d'alcool) et me dis que la pilule n'a pas dû commencer à agir, car je ne sens strictement rien. C'est du moins ce que je pense.

La porte s'ouvre, et une femme superbe entre doucement. Elle a la peau sombre et est vêtue d'un genre de sarouel blanc, qu'elle porte très bas sur ses larges hanches. Les jambes du pantalon sont fendues de chaque côté des jambes. Un foulard en soie assorti couvre sa poitrine généreuse et est enroulé autour de son cou, de sorte qu'elle a les épaules nues.

Le tissu très fin qui couvre ses seins laisse entrevoir ses tétons dressés. Son dos et son ventre nus sont parfaitement plats, et leur couleur sombre forme un contraste saisissant avec le tissu léger. Elle a les cheveux noirs et arbore une coupe afro rigide qui défie la gravité.

Elle m'ignore royalement et avance en rythme avec la musique jusqu'à la bouteille de Dom Pérignon. Sa démarche est très séduisante. Elle se sert un verre, et je continue à la fixer, fascinée, osant à peine respirer.

Ses bras sont musclés et bougent comme de la soie liquide. Enfin, elle lève les yeux et son verre vers moi, en silence, puis boit une longue gorgée. Je n'ai jamais vu des lèvres aussi sensuelles et pulpeuses de ma vie. C'est tout juste si je ne laisse pas échapper un soupir tant sa beauté m'impressionne.

Sans prononcer le moindre mot, elle pose son verre et remplit la troisième flûte. J'ai l'impression que mon corps s'est figé, même si je ne peux pas ignorer la chaleur qui, témoignant de mon impatience, se propage dans mon ventre et mes reins. Choquée, je sens mêmc une certaine humidité entre mes cuisses. C'est certainement la pilule qui me fait un tel effet ! Il ne peut pas y avoir d'autre explication, à moins que…

Un verre de champagne dans chaque main, elle attend, parfaitement calme et assurée. Elle emplit le silence de la pièce de sa présence.

La porte s'ouvre de nouveau, et une Japonaise à la peau pâle, aux yeux de biche inhabituellement grands, au nez parfait, vient immédiatement nous rejoindre. Elle porte la même tenue que sa camarade, à un détail près : ses vêtements ne sont pas blancs, mais noirs.

Elle a un piercing sous le nombril, et une chaîne reliée au bijou fait le tour de ses hanches. Ses cheveux sont noirs aussi, mais incroyablement brillants, et une longue natte ondule dans son dos et descend au-delà de ses fesses bien fermes. Noir sur blanc et blanc sur noir, elles sont stupéfiantes. Elle me sourit et prend sa flûte de champagne avec enthousiasme.

Elles boivent toutes deux de longues gorgées silencieuses, puis se lèchent simultanément les lèvres après avoir goûté aux délicieuses bulles. Mon corps sort de sa léthargie, et je porte inconsciemment mon verre à mes lèvres dans un geste de pur mimétisme. Elles croisent toutes deux mon regard ; mes yeux sont les seuls à avoir cette lueur d'anxiété, car, contrairement à elles, j'ignore ce qui m'attend. Nous continuons ainsi jusqu'à ce que nous ayons terminé notre verre.

Miss Afrique (comme je l'ai surnommée mentalement) me prend ma flûte des mains et me conduit vers le centre de la pièce ; le tempo séduisant de la musique accélère, tout comme mon pouls.

S'agit-il vraiment de mon soi-disant fantasme ? Avec des femmes ? C'est impossible. Même s'il faut bien reconnaître qu'elles ont l'air si douces, si séduisantes, si belles dans leur tenue… Mon Dieu… Jeremy donnerait n'importe quoi pour assister à cette scène ! Je remarque une discrète caméra de surveillance, au milieu du plafond, qui filme sans doute le moindre de nos faits et gestes, et je pense distraitement que, s'il en avait la possibilité, il ferait exactement la même chose que la caméra. Quelque peu enhardie par cette idée, je suis impatiente de voir ce qui va se produire. C'est certainement la faute de cette pilule !

Les ongles de la Japonaise glissent doucement le long de mon épaule, puis le long de ma robe, sur le côté. Je prends une profonde inspiration lorsqu'elle glisse sur le tissu qui couvre ma poitrine et expire tandis qu'elle poursuit de l'autre côté. Miss Afrique se met derrière moi et défait la fermeture éclair de ma robe, qu'elle fait glisser sur mes épaules. Elle tombe au sol dans un mouvement fluide. Elles enlèvent mes chaussures, une à la fois, doucement, posément. La musique et le toucher sont nos seuls modes de communication. Je me sens rougir d'excitation et de nervosité, mais ni mon corps ni mon esprit n'ont envie de mettre un terme à ce processus.

La tension sexuelle ne cesse d'augmenter dans la pièce. Et j'ai chaud – partout –, de plus en plus chaud. Quand elles me retirent mon soutien-gorge, mes mamelons sont déjà dressés, mon sang afflue vers eux pour garantir leur fermeté immédiate. Mon soutien-gorge tombe, ma culotte glisse le long de mes jambes ; je me tiens parfaitement immobile au centre de la pièce et, pourtant, mystérieusement impliquée, dans l'attente de leur prochain mouvement, de leur prochaine caresse.

Leurs seins effleurent simultanément mon corps tandis qu'elles m'entourent. Je prends une profonde inspiration. C'est la première fois que je sens le contact d'un sein sur mon sein, d'un téton contre mon téton à travers l'étoffe soyeuse. C'est enivrant.

Elles s'éloignent, comme si elles me libéraient d'un sort ; elles rangent soigneusement mes vêtements et mes chaussures sous la table.

Avec de grands gestes élaborés, elles enlèvent les foulards lavande des murs et les font tourbillonner si adroitement dans la pièce qu'on pourrait les prendre pour des gymnastes maniant leur ruban. Le tissu léger finit par atterrir sur mon corps qu'il couvre légèrement.

Leurs corps se déhanchent et tournent en rythme avec la musique tandis que la soie exotique flotte autour de ma peau nue, me titillant, me taquinant jusqu'à ce que je sente le désir envahir toutes mes zones érogènes. Tantôt les foulards effleurent mes tétons, tantôt ils glissent entre mes cuisses avec suffisamment d'intensité pour faire gonfler et palpiter mon clitoris.

La musique change légèrement, les basses se font plus discrètes, et un air de guitare retentit quand je réalise qu'elles sont en train d'envelopper mon corps entier dans cette soie légère. Elles commencent par mes pieds et mes chevilles, les enveloppant délicatement, un à la fois, avant de continuer le long de chaque jambe, vers mes cuisses. Elles enroulent et enroulent la soie autour de mes membres.

Lorsqu'elles atteignent le haut, j'en ai presque le souffle coupé, et elles changent gracieusement de côté, poursuivant leurs mouvements circulaires, dans une fluidité et une harmonie parfaites. Elles couvrent mes fesses, mon ventre, ma poitrine, mon torse. Puis elles se concentrent sur mes bras, du bout de mes doigts à mes aisselles, jusqu'à mes épaules.

Mon corps palpite de désir tandis que je m'imagine dans leur harem secret. Je n'ai jamais eu de relations intimes avec une autre femme et je ne me suis jamais autorisée à me demander quel effet cela fait de toucher et d'explorer un corps féminin… Vais-je en avoir le courage à présent ?

Ma respiration devient de nouveau superficielle tandis qu'elles enroulent doucement la soie autour de mon cou, qu'elles couvrent mes lèvres, mon nez et mon front avant de faire un nœud autour de ma haute queue de cheval, la seule requête de Françoise pour cette session. Maintenant, je comprends pourquoi.

Je sens mon souffle chaud et court contre la couche soyeuse qui couvre ma bouche. Il m'est impossible de nier mon excitation.

Je vois désormais à travers un voile mauve et rose, car mon corps entier est momifié dans ce tissu fin et sensuel. Tous mes sens sont en alerte et sensibles à l'extrême, et mon excitation monte encore d'un cran. Mes seins et mon bas-ventre sont douloureux. Les deux femmes reculent d'un pas pour admirer leur œuvre. Ce rituel sexuel si exotique a provoqué une véritable humidité entre mes cuisses. Je me sens prise de vertige et pourrais m'évanouir de désir.

Elles prennent chacune un de mes bras enveloppés et me guident à reculons vers le siège Sacco en velours. Elles m'installent doucement dessus, sur le dos, et je lève les yeux pour regarder leur magnifique visage. Suis-je en train de rêver ? Vais-je me réveiller, couverte de sueur, et me demander soudain si j'ai des tendances bisexuelles insoupçonnées. Vais-je, au terme de cette expérience, changer de position sur l'échelle de Kinsey, comprenant sept degrés pour catégoriser les comportements sexuels, allant de complètement hétérosexuel à complètement homosexuel. Je ne me connais peut-être pas du tout, après tout…

Mon esprit qui vagabonde redescend immédiatement sur terre lorsque deux bouches se mettent à mordiller mes seins. Mon Dieu !

J'en ai le souffle coupé et je me retrouve en train d'inspirer le tissu. Je laisse échapper en même temps que mon expiration un gémissement tandis que leurs lèvres et leur langue aspirent et caressent, que leurs mains massent, pincent et jouent avec mes cuisses, mon ventre, mes bras à travers le voile soyeux.

Des doigts s'aventurent doucement autour de mes lèvres, et, alors que je soupire de plaisir, une langue cherche à atteindre ma bouche, mais ne peut traverser le tissu, me détournant de mes tentatives pour ajuster la position de mon corps sur le fauteuil.

Elles me retournent et continuent à me lécher et me mordiller sur le dos, les fesses, sous les bras, sur les talons… On dirait qu'elles veulent stimuler chacune des terminaisons nerveuses de mon corps. J'ai presque envie de crier quand elles caressent doucement ce point particulièrement sensible à côté de mon coccyx, et c'est avant qu'elles ne poursuivent le long de ma raie tout en mordillant la paroi intérieure de mes cuisses.

La fine couche qui enveloppe ma peau rend ces sensations encore plus excitantes. Il n'y a ni contrainte ni pression, uniquement le tempo sensuel parfait de leur toucher. Après tout ce que j'ai vécu aujourd'hui, j'ai l'impression que je pourrais jouir à tout moment. Il suffirait que la friction devienne un peu plus intense.

Je n'ai plus les idées claires, mon corps prend complètement le dessus. Dire que je croyais qu'il n'y avait que Jeremy pour me mettre dans de tels états… Les sensations sont exotiques, rythmiques, intenses ; c'est comme si la pièce elle-même était imprégnée de notre féminité. Nos trois corps sont entrelacés, formant un mélange indescriptible de noir, de mauve et de blanc.

Je suis prisonnière de l'instant présent et je ne peux plus supporter mon rôle passif dans cette scène. J'ai envie de jouer, moi aussi, de les caresser et de les sentir comme elles le font avec moi. Je tends ma main enveloppée de soie pour toucher un sein et je suis ravie de sentir un téton réceptif sous mes doigts.

On embrasse gentiment ma main avant de la repousser doucement, et voilà que je me retrouve de nouveau sur le dos. Cette fois, mes jambes sont plus hautes que la partie supérieure de mon corps, car le fauteuil Sacco épouse nos mouvements depuis tout à l'heure.

Miss Japon vient se loger entre mes cuisses et plaque mes mains le long de mon corps. Je vois son sourire parfait et insolent, et son regard croise le mien juste avant que son visage ne disparaisse entre mes cuisses. Oh non ! Dites-moi que je rêve. Je rejette la tête en arrière, et mon corps est parcouru de frissons, se contracte et se relâche quand je sens la douceur de son souffle sur ma vulve à travers la soie. Est-ce vraiment toujours aussi incroyable ? *La pilule, c'est à cause de la pilule*, me dis-je, *mais, bon sang, elles sont vraiment douées*. Je suppose qu'avec de telles compétences, n'importe quelle femme aurait du mal à résister à leur embuscade sensuelle, quelle que soit son orientation sexuelle.

Miss Afrique est penchée au-dessus de moi. Elle maintient mes épaules tandis que ses magnifiques lèvres se consacrent à mes seins, et j'ai l'impression de vivre une petite mort alors que sa poitrine généreuse effleure mon visage.

Les deux femmes sont parfaitement synchronisées et contrôlent les ondulations de mon corps. Leur langue, leur souffle, leurs succions, leurs mordillements m'amènent tout près du point de non-retour à de multiples reprises. Je ne sais plus qui je suis ni où j'habite. Elles utilisent la géniale matière pour tirer, serrer, traîner et me procurent un plaisir qui m'était jusqu'alors inconnu.

La pièce commence à tourner. Ma respiration est superficielle et rapide. J'ai l'impression que mon pouls est sur le point de faire imploser toutes les parties intimes de mon corps. Je crie mon besoin de délivrance, mais ce sont de véritables expertes : juste au moment où je me sens venir, elles interrompent un geste, changent de rythme, créent une douleur d'intense plaisir, une sensation qui me distrait de mon objectif désespéré. Mon corps est tellement soumis que je ne peux rien faire d'autre que de m'abandonner à elles, de reconnaître que je n'ai aucune prise sur la situation et que ce sont elles qui détiennent tout le pouvoir. Leur domination sur mon corps est fermement établie. Elles m'amènent chaque fois si près de l'orgasme que mon corps en a mal, mais ne cessent de nier mon droit à cette délivrance. Le plaisir qu'elles engendrent en moi est délicieusement tortueux. C'est tout juste si je peux encore respirer. C'est tellement enivrant que j'en perds toute conscience de moi-même. Et leur peau n'a pas touché une seule fois la mienne durant toute l'expérience.

Une pensée fugace me traverse l'esprit : c'est peut-être ça le problème, c'est peut-être justement ce qui manque. Oh non ! Je suis forcée de reconnaître que cette pensée a fait remonter mon esprit conscient à la surface, ce qui signifie que la torture va continuer. Je ne pense pas pouvoir en supporter davantage.

Les langues se tortillent à travers la soie, les succions se poursuivent sur mes tétons et mon clitoris ; l'intense plaisir se transforme en douleur sexuelle, tandis qu'elles mordent et pincent pour me faire enfler, m'irriter, pour me rendre désespérément vicieuse.

Je halète, je crie avec une intensité qui absorbe tout jusqu'à ce que ça s'arrête subitement… Je ne résiste pas quand elles plient mes jambes à angle droit, qu'elles les écartent le plus possible et qu'elles les maintiennent fermement en place. La couche de soie qui couvre mon orifice est ôtée avec délicatesse. Je sens un souffle doux autour de ma vulve douloureuse, puis il cible directement mon clitoris gonflé et chaud, et, oui, je viens… Je palpite, j'explose, je tremble, je frissonne jusqu'à ce que mon corps redescende. Mon esprit a fini par quitter la pièce, une fois pour toutes.

Je perds toute notion du temps, de moi-même. Je me contente de rester allongée, comblée, à côté de ces femmes exotiques. Mon corps entier est encore enveloppé de soie, si ce n'est mon orifice qui est encore chaud, humide et qui palpite. Finalement, elles enlèvent avec précaution le tissu fin de ma tête, de mes membres et de mon torse, je reprends conscience de mon corps, et elles me donnent un peignoir pour me couvrir. Le coton frotte contre mes tétons irrités. Je ne peux nier les traces que les femmes ont laissées sur ma peau sensible.

Je n'en reviens pas. Je viens d'avoir un orgasme particulièrement intense sans la moindre pénétration. Incroyable ! Même si, dans mon état délirant, je donnerais n'importe quoi pour sentir la grosse queue bien rigide de Jeremy aller et venir en moi. Cette seule pensée excite mon bas-ventre et m'arrache un gémissement.

Il faut bien reconnaître que Xsade a vraiment mis le doigt sur quelque chose avec sa pilule violette.

J'entends un coup sec frappé à la porte, et le Dr Josef entre dans la pièce avec son petit sac noir et son éternel stéthoscope autour du cou. Il congédie rapidement les femmes, et c'est étrange de ne pas pouvoir leur dire au revoir après tout ce que je viens de vivre avec elles. Nous n'avons pas échangé un seul mot, même si mes sons (mes soupirs, mes gémissements, mes cris) étaient certainement plus qu'explicites.

Nous nous faisons un petit signe, puis elles quittent la pièce en silence. Je suis toujours allongée sur le fauteuil Sacco noir, encore sidérée par ce que je viens de vivre, et je resserre le nœud de la ceinture de mon peignoir, consciente que je suis nue au-dessous.

Josef s'approche de moi et ouvre son sac. *C'est reparti*, me dis-je vaguement, lorsqu'il murmure tout près de mon oreille :

— Ne dites rien. Il faut que je vous fasse sortir d'ici ce soir.

Juste au moment où je m'apprête à dire « Quoi ? », il prend mon doigt et pique la peau de mon majeur pour me distraire. Aïe ! Voilà qui met un terme brutal à ma récente euphorie. Furieuse, je le regarde droit dans les yeux et perçois l'urgence dans son regard.

— Nous ne pouvons pas rester ici très longtemps, sinon ils vont remarquer que quelque chose ne tourne pas rond.

Il applique la goutte de sang sur une bandelette, qu'il recouvre, et m'aide à me lever.

— Ce sont vos vêtements ?

— Oui.

— Bon. Vite, habillez-vous. Il faut que vous veniez avec moi.

— Je peux me rhabiller dans ma chambre. Il faut que je prenne une douche…

— Docteur Blake, vous êtes en danger imminent. Vous avez une seule et unique chance de partir d'ici sans qu'on vous contraigne à faire des choses qui ne figurent pas dans votre contrat. C'est maintenant et avec moi.

Il me prend par le coude et m'entraîne dans le coin de la pièce, où mes vêtements sont rangés, et tente à ma grande honte de m'habiller.

— D'accord, d'accord, donnez-les-moi.

Je lui prends mon soutien-gorge et mes dessous des mains, et m'empresse de les enfiler.

— Qu'est-ce qui se passe ?

— S'il vous plaît, parlez à voix basse et continuez à agir normalement. Ils surveillent vos moindres faits et gestes.

Je m'en doutais.

— D'accord, mais dites-moi ce qui se passe.

Je passe ma robe en l'enfilant par la tête.

— Les résultats de vos analyses de sang présentaient des caractéristiques très intéressantes, et ils s'apprêtent à prélever un litre de votre sang pendant votre sommeil avant de vous libérer.

— Quoi ? Mais c'est impossible. Nous nous sommes mis d'accord. Le contrat stipulait…

— Je sais, et c'est pour ça que je suis là pour vous aider à vous échapper. Je suis un homme de parole, docteur Blake. Les docteurs ont l'intention d'ignorer l'accord que vous avez passé avec madame de Jurilique. Je ne sais pas si c'est elle qui est derrière tout ça, mais je ne peux pas courir le risque. Il faut que vous suiviez chacune de mes instructions à la lettre pour que vous puissiez quitter cette clinique saine et sauve.

— Mais comment puis-je savoir si je peux vous faire confiance ?

Je saisis le revers de sa blouse blanche et le tire vers moi. Il est beau de près, et je ne peux m'empêcher de humer son odeur. Mon Dieu, cette pilule continue à jouer avec mes hormones. Je le lâche immédiatement, et mon visage s'empourpre.

— Je suis désolée, je…

Heureusement, il ignore complètement mon geste.

— Vous êtes la seule à pouvoir décider, docteur Blake, mais vous avez cinq secondes pour prendre votre décision, quelle qu'elle soit.

Je suis choquée par ses paroles, mais aussi distraite lorsque la porte s'entrouvre et qu'il me donne un coup de poing dans l'estomac. Je me plie de douleur juste au moment où le Dr Muir et Françoise entrent dans la pièce. Je me demande bien pourquoi il a fait ça, mais ne peux rien dire. J'ai du mal à reprendre mon souffle après cette attaque surprise.

— Docteur Votrubec, je suis surprise de vous trouver encore ici, dit le Dr Muir. Vous avez votre échantillon ?

Toujours pliée en deux, les bras autour du ventre, je regarde Josef, puis les deux femmes, et je vois qu'il me fait un signe de tête presque imperceptible.

— Docteur Blake a des bouffées de chaleur, qui provoquent des pics anormaux de température et des palpitations cardiaques depuis la fin de cette session. C'est pourquoi j'ai été appelé ici puisqu'elle est sous ma responsabilité. Elle m'a aussi dit qu'elle souffrait de nausées, comme si elle allait vomir. Je vais l'emmener à la clinique, où elle restera en observation tant que cette réaction persistera.

— Je suis désolée, docteur Blake. Vous souffrez encore de ces symptômes en ce moment ?

Je sens une pointe de scepticisme dans sa voix quand elle se tourne vers moi.

Mes yeux vont du Dr Muir à Josef, et je me décide finalement pour lui. Je tente de répondre à sa question, mais suis prise de haut-le-cœur et me plie un peu plus comme si je souffrais atrocement.

— Oh ! je vois. Bien sûr, il faut lui donner quelque chose pour la soulager. C'est vraiment fâcheux.

Josef m'aide à me redresser, passe son bras autour de mes épaules et me conduit efficacement hors de la pièce.

— Je ramènerai le docteur Blake dans sa chambre dès que les symptômes auront disparu, Edwina.

— Oui, parfait.

Elle secoue la tête, l'air perplexe, lorsque nous passons devant elle. Elle se tourne vers Françoise qui se tient près de l'entrée.

— Cette nausée continue à survenir sporadiquement lors de nos tests cliniques. Il faut vraiment que nous en trouvions la cause avant…

Je n'en entends pas davantage, car Josef m'entraîne dans le couloir, tourne et s'engage dans un autre couloir. J'ignore l'heure qu'il est, mais nous ne croisons ni blouses blanches ni combinaisons argentées en chemin. Aucune trace de l'activité habituelle ! Josef avance en silence, d'un pas décidé. Le bras sur mon épaule, il me guide dans le labyrinthe du laboratoire. Soudain, aussi rapide que l'éclair, il me fait franchir une porte, et nous disparaissons dans l'escalier de secours.

— Suivez-moi, murmure-t-il. Il faut faire vite et éviter le moindre bruit.

Sans vraiment comprendre pourquoi, mais réagissant à sa pression, je fais ce qu'il me demande, et nous descendons deux volées de marches avant de sortir par l'issue de secours.

Je le suis tant bien que mal, tandis que nous marchons d'un bon pas, le long d'un autre couloir. À ma gauche, il y a un mur en béton sans la moindre ouverture, à ma droite, une longue baie vitrée. Elle est teintée et, quand je regarde de plus près, je vois des centaines de silhouettes alignées les unes à côté des autres. Certains visages sont marqués par la fatigue, d'autres expriment surtout l'ennui. Il y a des hommes et des femmes, puis je distingue des enfants aux yeux hagards.

Je m'arrête immédiatement, ne pouvant détacher mes yeux de ce spectacle. Josef continue à marcher devant, mais sent mon absence derrière lui. Il revient sur ses pas et me prend par le coude.

— S'il vous plaît, docteur Blake, nous n'avons pas de temps à perdre.

Il tente de m'entraîner avec lui, mais je reste clouée sur place, les yeux fixés sur la vitre.

— Qu'est-ce que c'est ?

J'approche mon visage de la vitre teintée et épaisse pour mieux voir.

— Qui sont ces gens ?

— Je n'ai pas le temps de vous expliquer. Dépêchez-vous, s'il vous plaît. Il ne faut pas qu'on nous voie ici.

— Peuvent-ils nous voir ?

— Non. Je vous expliquerai tout quand nous serons en sécurité. Venez vite, s'il vous plaît. Nous courons tous les deux un grave danger.

Il me supplie d'avancer, et je finis par faire un pas, non sans avoir jeté un dernier coup d'œil à ces gens derrière la vitre, qui ont l'air d'avoir été trimballés d'une vie à l'autre. Certains portent des valises, d'autres n'ont que les vêtements dont ils sont vêtus. Je frémis quand je pense soudain aux Juifs qui ont été rassemblés ainsi pendant la Seconde Guerre mondiale avant d'être envoyés dans les camps de la mort et je secoue énergiquement la tête pour chasser cette image dérangeante. Il ne peut rien avoir de commun entre les deux, n'est-ce pas ? Josef m'empoigne et m'entraîne de force plus loin. Plus tard, nous atteignons un embranchement.

Il se débat avec un trousseau de clés, trouve enfin la bonne et l'insère dans un clavier de sécurité, dont le rabat s'ouvre pour qu'il puisse entrer un code.

La porte coulisse, et nous revoilà devant une cage d'escalier qui monte en colimaçon. Il me fait franchir le seuil, tape à nouveau un code une fois de l'autre côté, attend que la porte soit bien fermée derrière nous, et nous commençons notre ascension.

Nous grimpons et grimpons encore en tournant autour du pilier central. Mes jambes n'ont pas autant souffert depuis cet affreux cours de step au club de gym, il y a environ trois ans.

— Josef, c'est encore loin ? dis-je d'une voix haletante, mais le plus basse possible.

Pour la première fois, mon estomac réalise douloureusement que ça fait un certain temps qu'il n'a pas été nourri correctement. J'ai un peu le tournis et je suis fatiguée.

— Nous avons encore un petit bout de chemin, dit-il gentiment. Tenez.

Il tend sa main vers la mienne, et je la prends pour m'aider à avancer. Nous continuons à monter et à tourner. Combien de temps cela peut-il continuer ? J'ai l'impression que nous sommes en train de monter tout en haut d'un gratte-ciel. Enfin, nous arrivons en haut, et je me laisse tomber au bord de la dernière marche, complètement hors d'haleine. Cette fois encore, il trouve la bonne clé, et la porte s'ouvre.

Un courant d'air frais me rappelle que ça fait longtemps que je n'ai pas mis le nez dehors. Mes poumons se réjouissent, mais la fraîcheur me fait frissonner, car je n'ai que ma robe légère sur moi. Je sors. Oh non ! Pas encore ! Mais où ai-je atterri cette fois ?

Septième partie

La vie est une série de changements naturels et spontanés.
Ne leur résistez pas ; cela ne provoque que de la peine.
Laissez la réalité être la réalité.
Laissez les choses affluer naturellement vers la direction qui leur convient.

Lao Tseu

Alexa

Il fait presque nuit, mais je vois que nous sommes entourés d'eau ! Heureusement, la terre n'est pas très loin.

— Il va falloir que nous nagions ?

Je ne pense vraiment pas avoir l'énergie pour ça. Ces dernières heures ont été étranges, ces derniers jours plutôt…, à vrai dire. Ça ne fait peut-être pas loin d'une semaine, à présent. *Oh ! ferme-la et arrête de réfléchir*, me dis-je.

Josef s'affaire autour d'une sorte de pylône. En fait, il est en train de détacher un petit bateau. Dieu merci.

— Montez et enfilez ça.

Il me tend sa blouse blanche, et je m'attends presque à ce qu'il me donne son stéthoscope en prime pour compléter mon look. À l'évidence, je suis en plein délire.

Heureusement, il n'y a qu'une seule paire de rames. Pendant qu'il rame consciencieusement, je prends un moment pour regarder autour de moi et je vois un phare pittoresque derrière nous. C'est sans doute de là que nous sommes sortis quand nous sommes remontés des profondeurs du laboratoire. Je reconnais soudain l'endroit où nous nous trouvons.

— Mon Dieu ! Nous sommes au lac de Bled !

Je suis complètement abasourdie.

— Oui, vous connaissez ?

— J'ai fait le tour du lac en vélo, il y a des années, dis-je. Comme tous les touristes qui viennent en Slovénie. Le laboratoire de Xsade est là-dessous ?

— Oui, mais ce n'est pas un laboratoire qui est officiellement reconnu. C'est un trait d'union très utile entre l'Europe de l'Est et l'Europe de l'Ouest. Peu de personnes sont au courant de son existence. Et rares sont celles qui connaissent cette sortie de secours au niveau du phare.

Incroyable ! L'un des endroits les plus féeriques de Slovénie, pour ne pas dire d'Europe. Je me demande bien comment mon conte de fées à moi va se terminer et si je vais réussir à échapper un jour à l'immense réseau d'influence de Mme de Jurilique. Il semble que, grâce à Josef,

j'ai au moins fait un pas dans ce sens. Je distingue les contours sombres des Alpes juliennes à l'arrière-plan. Si mes souvenirs sont bons, avant que l'église ne soit construite dessus, l'île de Bled abritait un temple dédié à Ziva, la déesse slave de l'amour et de la fertilité. Je suis vraiment sous le choc.

Ma vie peut-elle devenir encore plus bizarre ? Je secoue la tête et j'espère ne plus avoir à me reposer cette question. Je décide d'attendre que nous arrivions à destination (laquelle, je l'ignore) avant de poser d'autres questions. C'est vraiment trop pour moi. Je pense que Josef apprécie mon silence pendant qu'il continue à ramer.

***

Après avoir amarré le bateau et traversé le village à pied, nous arrivons enfin devant la maison de son oncle. Il nous salue avec un tel enthousiasme, qu'il est évident qu'il est très fier de son neveu. Il hausse les sourcils en regardant Josef et en inclinant la tête vers moi. Josef secoue la tête.

L'oncle, qui est un homme robuste avec une épaisse moustache poivre et sel et des vêtements un peu usés, a visiblement appris à ne pas poser de questions.

Il nous accueille dans sa petite maison bien rangée. Un feu brûle dans la cheminée pour atténuer la fraîcheur de la nuit, et une délicieuse odeur de ragoût imprègne la pièce.

Voilà qui me réchauffe instantanément le cœur. Josef me fait traverser la salle à manger et me conduit dans une petite chambre.

— Je n'ai pas pu me procurer grand-chose dans l'urgence, mais prenez ce dont vous avez besoin.

Il me montre des vêtements étalés sur le lit, ainsi qu'une ou deux serviettes, du savon et du dentifrice. J'enlève sa blouse blanche et la remplace avec gratitude par un gilet en cachemire bien doux.

— Merci, Josef, je ne sais vraiment pas quoi dire. Je crois que je suis encore sous le choc après ce retournement soudain de situation.

Pourtant, je devrais être habituée maintenant !

— Je peux vous demander une faveur ?

— Oui, bien sûr.

— Pourrais-je utiliser votre téléphone, quelques secondes seulement, pour appeler mes enfants. Ça fait des jours que… Et… je…

Ma voix s'étrangle, et je suis soudain submergée par l'émotion.

— Je suis désolée, dis-je en bégayant.

Il me regarde avec compassion, puis traverse la pièce à grandes enjambées et me prend doucement dans ses bras.

Je me raidis, peu habituée à ce qu'un homme que je connais à peine me témoigne une telle affection.

Il sent mon anxiété et desserre immédiatement son étreinte. Il s'empresse d'aller chercher un mouchoir qu'il me tend. Josef semble être un homme gentil et sensible qui ne me fera aucun mal.

— Merci. J'ai simplement besoin de savoir qu'ils vont bien et de leur dire que moi aussi je vais bien. Ça fait un moment qu'ils n'ont pas eu de nouvelles de leur maman.

Il répond avec une certaine tristesse dans les yeux.

— Je comprends, mais faites vite, s'il vous plaît, au cas où ils auraient déjà placé mon téléphone sur écoute. En fait, je pense qu'il serait plus prudent d'utiliser le téléphone de mon oncle pour ne pas prendre de risques.

Alors qu'il s'apprête à quitter la pièce, quelqu'un frappe énergiquement à la porte d'entrée. Josef me fait signe de me cacher derrière la porte à côté de lui et porte le doigt à sa bouche pour me faire comprendre qu'il faut que je me taise. Qu'est-ce qui se passe encore ?

J'entends des voix qui parlent une langue que je ne comprends pas : le slovène, je suppose. Josef tente de regarder par une petite fente dans la porte.

Son oncle lève la voix pour répondre aux questions qu'on lui pose, puis Josef ferme la porte silencieusement derrière nous et pose son dos contre les lattes en bois. Il ferme brièvement les yeux, comme s'il essayait de me cacher sa peur et son angoisse, mais il me suffit de regarder son corps pour comprendre que tous ses sens sont en alerte et qu'il est particulièrement tendu. J'ai l'impression que les battements de mon cœur font un bruit assourdissant dans la pièce.

Je pense soudain à Anne Frank et à la peur qu'elle a dû ressentir jour après jour en pensant à ce qui pourrait leur arriver, à elle et à sa famille, si on les découvrait. J'ai la nausée à l'idée qu'on puisse me trouver ici. Vont-ils m'emmener à la clinique ? Vont-ils prélever mon sang ? En ont-ils à ce point besoin ? Maintenant que je suis partie, je n'ai aucune envie d'y retourner. Je veux parler à mes enfants. Je ne pense pas que mon cœur puisse en supporter davantage.

Les voix s'éloignent, et nous entendons la porte d'entrée de la petite maison se refermer. Je laisse échapper un soupir de soulagement, tout comme Josef. Il pose ses mains sur mes épaules et me regarde droit dans les yeux.

— Il demande dans chaque maison du village si les habitants ont vu une femme cherchant de l'aide.

Il fronce les sourcils.

— Ils vous décrivent : mince, brune, cheveux ondulés qui tombent jusqu'aux épaules, yeux verts, anglophone. Ils savent à l'évidence que vous vous êtes échappée. Ça va aller, mais nous ne pouvons pas nous permettre de rester trop longtemps. Vous devez manger d'abord parce que vous êtes affaiblie, mais ensuite nous devrons partir. Je vais aller vous chercher le téléphone.

Je m'approche du lit et m'assois au bord, car je ne suis pas sûre que mes jambes puissent me porter encore bien longtemps. Josef me tend le téléphone, les yeux remplis d'angoisse.

— Ne parlez pas trop longtemps. Nous n'avons pas beaucoup de temps, et je ne veux pas qu'ils retrouvent votre piste à cause d'un coup de téléphone.

Puis il ajoute avec compassion :

— Je vais vous laisser un peu d'intimité.

Il se retourne et quitte la pièce après avoir fermé la porte derrière lui.

Le simple fait de toucher le téléphone, un moyen de communication moderne, me fait trembler les doigts.

Je compose rapidement le numéro de la maison avant qu'un nouvel événement inattendu ne vienne m'interrompre. Je prends une profonde inspiration dans l'espoir de me préparer psychologiquement à cette conversation.

— Allo ? répond une voix endormie.

— Salut, Robert, c'est moi. Je te réveille ?

— Alex, salut… Disons qu'il est encore très tôt.

— Oh ! Alors, les enfants dorment encore ?

Un sentiment de profonde déception m'envahit.

— Oui, bien sûr. L'école ne commence pas avant le lever du soleil.

J'entends son rire endormi.

— Comment vas-tu ?

— Oh !... Ça va. C'est juste que je voulais vraiment leur parler, leur dire bonjour, tu sais…

— Tu ne veux quand même pas que je les réveille, n'est-ce pas ? Ils ont reçu tes textos. On dirait que tu as été très occupée.

— Euh…, oui.

J'ai envoyé des textos, moi ? Comme c'est pratique.

— Désolée de ne pas avoir appelé.

— Tu es sûre que ça va ? Tu as l'air bizarre.

Je ne peux retenir mes larmes plus longtemps. Elles coulent doucement sur mes joues.

— Ça va. Je suis juste très occupée et fatiguée. Et vous, comment allez-vous ?

— On va bien. Comme Jordan vient de démarrer un nouveau projet de groupe à l'école, nous avons eu quelques-uns de ses copains à la maison, et Elizabeth répète tous les jours pour son concert à l'école. Elle se prépare vraiment sérieusement, tu sais.

Mon cœur se gonfle d'amour en l'entendant parler ainsi de nos enfants. Ces mots me ramènent à une vie tellement plus normale.

Je crois que je pourrais l'écouter parler pendant des heures des activités de nos enfants.

Un petit coup frappé à la porte m'indique sans doute que je dois mettre un terme à ma conversation.

— Oh ! Robert, désolée de t'interrompre, mais il faut que j'y aille. J'ai encore…, euh…, une réunion. Désolée de ne pas pouvoir parler plus longtemps. Dis-leur, s'il te plaît, que je les aime et serre-les très fort dans tes bras, puis embrasse-les de ma part dès qu'ils se réveilleront.

— Bien sûr. Tu es vraiment sûre que ça va ? On ne dirait vraiment pas.

Je redresse les épaules pour me persuader que je vais bien, surtout maintenant que je sais qu'eux vont bien et qu'ils sont en sécurité au fond de leur lit. Josef est venu me rejoindre.

— Oui, je suis juste un peu fatiguée, c'est tout. Je vous aime. Je vous rappelle bientôt, salut.

J'appuie sur l'icône rouge pour mettre fin à l'appel et pose à contrecœur le téléphone dans la main tendue de Josef tout en essayant d'essuyer les larmes sur mes joues. Je veux parler à Jeremy, mais je réalise soudain que je ne connais pas son numéro de téléphone portable par cœur. J'ai tellement l'habitude de l'appeler depuis la liste de mes contacts que je ne l'ai jamais mémorisé. De toute façon, je pense que je n'ai pas le temps de passer un autre coup de fil. Josef semble vraiment inquiet depuis que son oncle a reçu de la visite.

— Merci, Josef, dis-je doucement, reconnaissant le risque qu'il a pris pour garantir ma sécurité et ma tranquillité d'esprit.

Il me prend la main et m'entraîne hors de la chambre pour me conduire jusqu'à la table de la cuisine. Le goulasch est copieux et délicieux, et je réalise que c'est le repas le plus consistant que j'ai mangé ces derniers jours.

Je me sens rassasiée, mais épuisée aussi à cause du poids de tous les événements qui se sont enchaînés depuis que je suis descendue d'avion à Londres.

Après le repas, Josef me laisse un peu de temps pour me rafraîchir, puis nous sortons et nous dirigeons vers une voiture.

Son oncle lui a donné de l'eau, du pain et des fruits pour notre voyage, qui risque d'être long, et je le remercie pour son hospitalité. J'espère qu'il ne sera pas importuné pour nous avoir accueillis dans sa maison.

Il me serre dans ses bras comme si j'étais sa nièce et me tend une couverture pour me tenir chaud.

Il ne parle pratiquement pas anglais, mais il me suffit de regarder ses gestes pour comprendre qu'il est gentil et aimable.

Je me frotte le ventre pour lui montrer à quel point j'ai apprécié sa cuisine familiale, et un immense sourire apparaît immédiatement sur son visage. Je pense que c'est la première fois depuis au moins une semaine que je vois un sourire aussi sincère.

Josef m'aide à m'installer sur le siège passager, puis prend le volant. J'attache ma ceinture de sécurité et je pose la couverture sur mon torse et mes genoux. Je pourrais lui poser des questions, mais la fatigue est en train de prendre le dessus, et je pense qu'avec mon ventre plein, désormais, je pourrai facilement m'endormir. Il est concentré et silencieux, tandis que nous partons dans l'obscurité, en route vers l'inconnu.

Jeremy

Voilà des jours que nous n'avons plus reçu aucun signal du bracelet d'Alexa, mais je ne peux pas me résoudre à quitter cette région d'Europe. Mon cerveau rationnel comprend qu'elle doit être… morte (le mot est encore insupportable, même quand je ne le prononce pas à haute voix), mais mon instinct me dit que quelque chose m'a échappé, quelque chose d'évident, qui doit être sous mon nez sans que je le voie, et c'est sans doute parce que son corps a tout simplement disparu. Comment peut-on détruire une famille et dire aux enfants que leur mère est morte et qu'ils ne la reverront plus jamais ? C'est ce qui me ronge, ce qui me mine depuis deux jours.

Après l'arrivée de Martin, j'ai fini par convaincre Sam de prendre contact avec les autres membres du forum et d'essayer de glaner quelques informations. Apparemment, le Dr Lauren Bertrand a pris d'autres engagements dès que le forum a été repoussé.

Le Pr Schindler, un Allemand, souhaitait malgré tout rencontrer Sam pour parler avec lui de son travail récent. Ils ont donc décidé de se retrouver, mais de manière purement informelle, à Londres avec deux autres membres du forum originaires du Royaume-Uni. J'ai le sentiment qu'il était presque soulagé de me laisser pour retourner dans le monde qu'il connaît et bien sûr pour distraire son esprit de cette horrible situation.

Salina s'est montrée très patiente avec moi. Ensemble, nous sommes retournés dans tous les endroits que nous avons fréquentés depuis notre arrivée à Ljubljana.

En fait, je pense que Martin a chargé Salina de me suivre partout pour éviter que je ne leur cause trop d'ennuis. Je sais uniquement que quelque chose ne tourne pas rond, vraiment pas rond.

Martin a chargé un de ses hommes de faire le guet devant le château dès son arrivée ici et il a dit que la demeure semblait avoir été abandonnée. J'ai insisté pour y retourner, et nous avons ratissé les jardins environnants et regardé à travers les fenêtres.

J'ai même grimpé sur un treillage le long du mur pour regarder à travers les vitres de l'étage supérieur et j'ai failli tomber, à la grande consternation de Martin et Salina qui avaient franchement l'air horrifiés. Je doute qu'ils me laissent participer à la moindre recherche à présent.

De toute façon, il n'y avait aucun signe de vie là-bas. C'était vraiment bizarre, comme si les occupants étaient partis précipitamment.

J'ai eu la même impression quand nous sommes retournés à l'hôpital de Bled. Il était toujours ouvert, bien sûr, mais aucun des membres du personnel, à qui nous avions eu affaire le soir où Salina avait découvert le corps d'Alexa, n'était de service quand nous sommes revenus. Et personne n'a pu nous dire quand ces personnes seraient de nouveau de garde.

On dirait que tous ceux qui sont impliqués dans la disparition d'Alexa ont juré le silence ou se sont tout simplement volatilisés.

Toutes les pistes que nous avons essayé de suivre étaient bloquées ou ne menaient nulle part. Martin n'a pas tardé à être aussi frustré que moi.

Le seul lien positif que nous avons pu établir est celui entre un membre de notre forum, Lauren Bertrand, et Madeleine de Jurilique, la PDG de Xsade Europe. Elles ont échangé plusieurs coups de téléphone au cours des derniers mois et ont fréquenté la même école pour jeunes filles de bonne famille dans leur jeunesse. Incapable de découvrir si leur relation a son importance pour l'affaire qui nous concerne, Martin a envoyé un de ses hommes à la recherche de ces deux femmes. Cette tâche s'avère beaucoup plus difficile que nous le pensions. Nous attendons toujours des nouvelles.

C'est vraiment dur de déterminer ce que nous pourrions faire pour obtenir des informations, mais il n'est pas question que j'abandonne. Je chercherai à établir la vérité jusqu'à mon dernier souffle.

***

Il ne reste plus que Martin, Salina et moi désormais. Nous sommes en train de boire un petit noir dans un café de Ljubljana. Nous ne voulons négliger aucune piste, au cas où nous trouverions un petit indice, mais plus les heures passent, plus je suis découragé.

Tandis qu'ils sont plongés dans l'étude de documents qui viennent tout juste d'arriver, je m'excuse auprès d'eux et sors pour appeler Lionel McKinnon, notre président, et lui annoncer qu'Alexandra ne participera plus au forum à quelque titre que ce soit, même si je ne peux pas me résoudre à lui dire ce qui s'est passé. C'est trop dur et prématuré. Je vis peut-être dans le déni le plus total.

À moitié hébété, je continue à marcher dans les rues pavées sans vraiment prêter attention aux derniers rayons du soleil qui percent la couche nuageuse. Je suis complètement absorbé par mes pensées.

Même si Alexa était encore en vie, plus jamais je ne tolérerais qu'elle participe à une expérience. J'ai toujours pensé qu'elle était exceptionnelle, mais en découvrant le résultat de l'expérience à laquelle elle a accepté de se soumettre, j'étais vraiment choqué.

Le week-end que nous avons passé ensemble a déclenché une série inhabituelle d'événements qui ont stimulé à outrance son système nerveux. Ainsi, les cellules neuroendocrines se sont mises à libérer spontanément de l'adrénaline. Ce phénomène, associé à la libération d'hormones pituitaires dans son système sanguin, a permis au taux d'ocytocine et de sérotonine d'atteindre des sommets inattendus.

Ces découvertes exceptionnelles étaient de bon augure pour nos recherches sur la dépression, mais les résultats de ses analyses de sang à Avalon ont été plus extraordinaires encore. Les antigènes à la surface des globules rouges d'Alexa provenant d'un allèle (c'est-à-dire chacune des versions possibles d'un gène avec un code ADN distinct pouvant être transmis du parent à l'enfant) ont des caractéristiques uniques.

Je n'aurais jamais cru que son sang mettrait au jour un agent autorégénérant. Je m'en étais toujours douté, mais j'en ai maintenant la preuve irréfutable : c'est une véritable énigme.

Ces résultats ont très vite dépassé le cadre d'un remède contre la dépression. Ils signifient, d'une part, qu'elle a un groupe sanguin pratiquement unique et, d'autre part, que son sang pourrait potentiellement être utilisé pour lutter contre les cellules cancéreuses.

Malheureusement, cette grande nouvelle pour l'humanité n'en est pas une pour elle puisqu'elle la met en danger. Lorsque nos ordinateurs ont été piratés, j'ai dû mettre au point un stratagème pour faire croire aux autres scientifiques que toutes les personnes de groupe sanguin AB présentaient les mêmes caractéristiques que celles découvertes chez Alexa, sans toutefois entrer dans les détails. Si la vérité était découverte… Peut-être l'a-t-elle été après tout, ce qui expliquerait pourquoi elle est entre leurs mains au lieu d'être avec moi.

Je voulais lui expliquer la portée de mes découvertes en personne, une fois qu'Ed Applegate, mon partenaire de recherche, et moi aurions passé plus de temps à analyser les détails de ces résultats si particuliers. Plus j'en découvrais, plus je la mettais en danger en parlant avec elle au téléphone ou en lui envoyant des mails, en particulier après tous ces piratages.

Je ne pouvais pas courir ce risque. J'ai décidé de présenter certains des résultats à Zurich, pour cacher aux autres scientifiques et chercheurs son implication directe. C'est pourquoi j'ai voulu ratisser large en annonçant que j'allais procéder à des expériences sur une série de sujets ayant un groupe sanguin AB.

C'était une bonne stratégie, c'est du moins ce que je pensais à l'époque. À l'évidence, il y a eu au moins un laboratoire qui a pu accéder illégalement à nos résultats et qui a décidé de remonter directement à la source : Alexa.

Si seulement j'avais tout de suite suivi mon instinct, nous n'en serions pas là, nous aurions évité cet horrible gâchis. Mais je ne pouvais pas chasser cette lettre de chantage de mon esprit. Je me déteste !

Si je n'étais pas revenu dans sa vie, elle serait encore là pour ses enfants et ne serait pas concernée par cette horrible histoire.

J'ai tenté de rester occupé dans l'espoir que je me réveillerais un jour de cet affreux cauchemar.

Je sais que je dois réessayer d'appeler Robert, un coup de fil que j'ai repoussé trop longtemps, parce que c'est tout simplement trop dur de formuler ces mots dans ma tête, encore plus de les prononcer à haute voix. Je compose le numéro de téléphone, puis tente de contrôler les émotions qui bouillonnent à l'intérieur de moi. Conscient que je ne peux pas reculer plus longtemps devant l'inévitable, je prends une profonde inspiration en attendant que quelqu'un décroche.

— Robert, salut, c'est Jeremy.

Je parle d'un ton neutre.

— Jeremy, quelle surprise ! On dirait que vous vous êtes tous donné le mot pour appeler aujourd'hui.

— Qu'est-ce que tu entends par là ?

— Je viens de parler à Alexa, et voilà que tu appelles à ton tour.

Il me faut un moment pour saisir ce que ses paroles signifient.

— Quoi ? Tu es sérieux ? Tu viens de parler à AB ? Comment, quoi… ?

— Attends une minute, Jeremy ! Tu es sûr que tout va bien là-bas ? Alex semblait un peu bizarre, et je ne t'ai jamais entendu parler ainsi… Qu'est-ce qui se passe ?

— Tu es vraiment certain d'avoir parlé à Alex ?

— Bien sûr, je…

Je l'interromps, le cœur battant.

— Peux-tu me dire quand exactement ?

Robert marque une pause. J'entends de petites voix à l'arrière-plan. On dirait que l'un de ses enfants est en train de lui parler. Je fais de mon mieux pour contenir mon impatience.

— S'il te plaît, Robert, c'est extrêmement important.

— Tu n'es donc pas avec elle ?

— C'est une longue histoire que je ne peux pas te raconter maintenant, mais, non, je ne suis pas avec elle. Tu lui as parlé il y a combien de temps ?

— Une heure environ.

— Et elle allait bien ? Tu es absolument certain que c'était elle ?

— Qui veux-tu que ce soit d'autre ? Bien sûr que c'était elle.

Il semble quelque peu indigné, et je le comprends.

— Elle m'a paru un peu fatiguée, mais elle voulait surtout avoir des nouvelles des enfants.

Je suis envahi par un sentiment d'espoir, d'amour et de soulagement.

— Mon Dieu, Robert. Je ne te remercierai jamais assez. Il faut que je raccroche, je suis désolé. Je te rappellerai dès que je pourrai.

Je raccroche et me précipite au café, interrompant la conversation de Martin et de Salina.

— Martin, qu'en est-il du bracelet d'Alexa ? Vous avez reçu un nouveau signal ?

— Pourquoi ? Qu'est-ce qui s'est passé ?

Sentant mon impatience, il ouvre immédiatement un fichier sur l'écran de son ordinateur.

— Vous savez que ça fait plusieurs jours que nous n'avons reçu aucun signal.

— Il se pourrait que nous en ayons un à présent. Robert a parlé avec elle, il y a une heure.

Ma voix trahit mon excitation et mon espoir.

— Je ne sais pas si elle porte encore son bracelet, mais on dirait bien qu'elle est toujours en vie.

Je me mets à arpenter la pièce en attendant que le système se mette en route.

— Vous avez raison, Jeremy. Elle apparaît de nouveau sur le réseau. La voilà…

Je n'en crois pas mes yeux ; Martin non plus d'ailleurs. Nous regardons l'écran, fascinés. Salina laisse échapper un soupir bruyant. Notre soulagement est aussi instantané que spontané.

Après tout ce stress et cette tension accumulés, nous nous enlaçons et nous tapons dans le dos. J'ai l'impression de pouvoir recommencer à respirer ; mon cœur se remet à battre pour de bon.

Martin se concentre de nouveau sur l'écran, car un emplacement plus précis apparaît. Elle est en Croatie et se dirige vers Split. Je suis tellement absorbé dans ma contemplation de la carte que je sursaute quand mon téléphone sonne.

— Quinn à l'appareil.

— Docteur Quinn ? Docteur Jeremy Quinn ?

Une voix masculine avec un léger accent.

— Oui, c'est moi. À qui ai-je l'honneur ?

— Je suis le docteur Josef Votrubec.

Je deviens immédiatement suspicieux. Il ne me faut qu'une fraction de seconde pour me souvenir que j'ai entendu son nom à l'hôpital de Bled.

— Vous avez Alexa ?

— Oui. C'est pour cette raison que j'appelle. Elle est avec moi. Je l'ai aidée à s'enfuir…

— Elle va bien ? Quand est-ce que je pourrai la voir ?

Ces nouvelles soudaines sont si inattendues que j'en tremble. Le soulagement imprègne chaque pore de ma peau.

Martin insiste pour que je lui passe le téléphone, de sorte qu'il puisse s'arranger directement avec le Dr Votrubec. Je ne suis plus aux commandes, désormais. J'espère uniquement que le Dr Votrubec tiendra parole et que mon Alexa est saine et sauve.

Nous n'avons vraiment pas besoin de traverser toute l'Europe pour rien encore une fois. Et, à entendre Martin parler, je comprends qu'il ne prendra aucun risque, lui non plus.

Alexa

Quand je me réveille, il fait encore nuit, mais je sens que l'aube approche et que le soleil ne va pas tarder à apparaître à l'horizon. Je regarde Josef qui a l'air las, mais satisfait.

— Où allons-nous, Josef ? Il me semble que ça fait un moment que vous conduisez.

J'essaie de m'étirer sur mon siège.

— Oui, mais je voulais m'assurer que nous n'étions pas suivis. J'ai donc pris la route côtière. Nous nous dirigeons vers Dubrovnik et nous nous arrêterons là-bas.

— Vous avez eu des nouvelles ?

— J'ai entendu qu'ils vous avaient cherchée toute la nuit. Ils ne peuvent pas vraiment alerter les autorités, étant donné les conditions pour le moins inhabituelles de votre arrivée au château et à la clinique.

Il me regarde et me tend une bouteille d'eau.

— Il ne leur a sans doute pas fallu bien longtemps pour réaliser que c'était moi qui vous avais aidée à vous enfuir.

— Qu'est-ce que vous allez faire maintenant ?

— Eh bien, je pense que je vais chercher un nouveau travail, dit-il en laissant échapper un rire nerveux.

Je bois une gorgée d'eau et le regarde pensivement.

— Pourquoi avez-vous fait ça ? Pourquoi avez-vous pris de tels risques pour moi ?

— Il y a quelques personnes mal intentionnées chez Xsade. Il y a aussi plein de gens bien, mais, en ce moment, ce sont les personnes aux intentions les plus mauvaises qui semblent avoir le pouvoir dans cette société, et elles sont prêtes à tout pour s'imposer. Je ne peux plus travailler pour une entreprise en qui je n'ai plus confiance ni pour des supérieurs qui vont jusqu'à mettre la vie d'autres personnes en danger. Je sais que vous avez signé un contrat et que c'est à ce document que nous devons nous conformer. Pourtant, quand ils ont vu qu'ils n'obtenaient pas les résultats espérés, les scientifiques ont voulu effectuer d'autres analyses, des analyses que vous aviez explicitement refusées.

« Cette décision va complètement à l'encontre de mes valeurs, et j'ai compris que c'était la fin pour moi. J'ai su qu'il fallait que je démissionne, mais ma conscience ne me permettait pas de vous laisser entre leurs mains. Il ne me restait plus qu'à espérer que vous me feriez suffisamment confiance pour vous enfuir avec moi.

Je reste silencieuse quelques secondes. Je m'imprègne de ses mots et commence à réaliser tous les risques qu'il a pris pour moi tout en regardant la côte spectaculaire progressivement éclairée par le jour qui se lève.

— Merci, Josef. Je ne sais comment vous exprimer ma gratitude.

— Après tout ce que vous avez subi, Alexa, vous n'avez pas à vous sentir redevable de quoi que ce soit. J'aurais aimé que vous ne soyez jamais impliquée dans cette histoire.

— Josef, qui sont ces gens que nous avons vus quand nous avons quitté la clinique ?

Je pose la question d'un ton un peu hésitant, car j'ignore comment il va réagir, même si nous sommes seuls.

— Ce sont des gens originaires d'Europe de l'Est qui se portent volontaires pour tester les médicaments mis au point par Xsade contre une rémunération.

— Il n'y a aucun danger pour eux ?

— Ça dépend des médicaments qu'ils testent. Ces gens sont prêts à louer leur corps pour améliorer leurs conditions de vie et celles de leurs enfants. Xsade les paie et leur fournit un logement. Certains tests sont plus dangereux et nocifs que d'autres, mais les médicaments doivent de toute façon être testés sur des humains avant leur commercialisation.

Je repense aux tâtonnements des scientifiques pour la mise au point de médicaments contre le sida, la chimiothérapie... Je pense aussi aux différentes méthodes contraceptives qui ont vu le jour et qui ont facilité la vie des femmes : la pilule, le stérilet et plus récemment les implants. Nous acceptons désormais volontiers des solutions chimiques pour modifier notre cycle hormonal naturel. Il a bien fallu que quelqu'un teste ces différentes méthodes. En fait, il y a beaucoup de personnes qui testent les nouveaux médicaments. Et j'en fais partie, désormais. Je me demande si le succès de la pilule violette de Xsade va dépendre de la volonté des femmes de modifier le fonctionnement de leur corps pour quelques heures ou journées de plaisir. Je suppose que c'est exactement ce que je viens de faire. Je frémis littéralement à cette idée et m'empresse de la chasser de mon esprit.

— Les personnes que vous avez vues étaient rassemblées en fonction de leur groupe sanguin. C'est chez les

Hongrois que le groupe sanguin AB est le plus représenté. C'est pourquoi ils ont été convoqués ici. C'était une sorte de plan B pour Xsade puisque vous aviez refusé de leur donner votre sang.

— Je vois.

Mon Dieu, c'est inquiétant, n'est-ce pas ? Mon cerveau est incapable de gérer toutes les interrogations que cette discussion soulève. Je préfère donc changer de sujet.

— Vous avez une idée de ce que vous allez faire exactement, Josef ?

— D'abord, je vais vous mettre en sécurité, puis je pense que je vais retourner auprès de ma femme. Ça fait des jours que je ne l'ai pas vue.

— Vous êtes marié ? Je suis désolée, je n'en avais aucune idée. J'aurais dû vous poser la question.

Je suis affreusement gênée. J'étais tellement préoccupée par ma situation que je n'ai même pas pensé à la personne qui se cachait derrière la fonction.

— Vous avez des enfants ?

— Non, malheureusement, nous n'avons pas cette chance. Ma femme a fait une grossesse extra-utérine, et on ne nous a pas laissé beaucoup d'espoir. Mais on ne sait jamais. Comme la science ne cesse de faire des progrès, nous continuons malgré tout à y croire.

Il essaie de cacher son émotion derrière un sourire vide.

— Je suis désolée, Josef, mais, comme vous dites, on ne sait jamais ce qui peut arriver. Le monde avance si vite.

Je suis triste pour lui, car je repense à mon désir d'enfants avant d'épouser Robert. Nous poursuivons notre voyage en silence, chacun plongé dans ses pensées. Je suis un peu surprise quand il arrête la voiture. Le paysage est époustouflant. Nous sommes garés au bord de la mer, près d'une petite marina blottie derrière un promontoire rocheux, plutôt isolé. Il y a moins de trente yachts et bateaux à moteur amarrés ici.

Josef s'empresse de venir ouvrir ma portière et m'aide à descendre de la voiture. Je vais enfin pouvoir me dégourdir les jambes. Ça fait vraiment du bien d'être dehors, et j'inspire l'air chargé de sel. Je plisse les yeux en regardant le soleil se lever à l'horizon.

Josef m'accompagne sur une longue jetée, et nous nous approchons d'un hors-bord aux lignes épurées. Deux silhouettes sont assises dans le bateau, et, l'espace d'une seconde, je prie pour que Josef soit bien de mon côté et qu'il ne m'ait pas tendu un piège. J'essaie de me calmer en me disant que j'arrive d'habitude plutôt bien à cerner les gens. Tandis que mes yeux s'habituent progressivement à la lumière du soleil et aux ombres, l'une des silhouettes sort du bateau et se met à marcher dans notre direction. Elle porte une marinière et un pantalon de treillis beige. Je mets une bonne seconde à réaliser qu'il s'agit de Jeremy. Il s'avance vers moi, les bras ouverts, et je me demande si ce n'est pas un mirage.

Je fais un pas hésitant dans sa direction, me jette dans ses bras, et il me serre bien fort contre son torse. Les larmes coulent sur nos joues, et je l'étreins comme je n'ai jamais étreint quelqu'un dans ma vie. J'ai l'impression que mon cœur va exploser d'amour et de soulagement, tandis que je continue à sangloter et à enfouir ma tête dans la chaleur de son corps.

Finalement, je lève la tête pour regarder ses magnifiques yeux verts, et ses lèvres douces trouvent les miennes. Il m'embrasse doucement, prudemment, comme s'il évaluait ma fragilité, mais bientôt sa bouche en veut plus, en demande plus. Il prend mon visage dans la paume de ses mains, et nous nous embrassons profondément, passionnément. Nos larmes se mêlent. Il y a un sentiment d'urgence entre nous, comme si c'était notre dernière occasion de communier ainsi. On dirait que Jeremy s'assure que je suis bien réelle et non le produit de son imagination. Jamais, dans ma vie, je n'ai eu autant besoin de quelqu'un, je n'ai désiré autant quelqu'un. À en juger par sa fougue, il en va de même pour lui. J'espère vraiment que je ne suis pas en train de rêver parce que je n'ai jamais autant voulu une réalité comme celle-ci.

Nous nous séparons enfin pour reprendre notre souffle après avoir ainsi affiché publiquement notre affection, et je suis encore étourdie par l'intensité de ces retrouvailles. Jeremy me tient fermement par les épaules, et j'ai l'impression qu'il n'est pas près de me lâcher. Nous nous tournons alors vers Josef, qui attend patiemment, et je lui souris.

— Vous semblez heureuse, Alexandra.

— Vous ne m'aviez rien dit, Josef !

Il se contente de hausser les épaules innocemment.

— Jeremy, c'est Josef. Mais je pense qu'il est inutile que je fasse les présentations.

Les deux hommes se serrent la main.

— Je ne vous remercierai jamais assez. Vous n'avez pas idée de ce que cette femme représente pour moi.

Jeremy pose la paume de sa main libre sur son cœur en prononçant ces mots, et je sens les larmes me monter aux yeux.

— Je crois que je viens d'en avoir un aperçu, dit Josef en souriant.

Je rougis.

— Je suis vraiment désolé que vous ayez eu à endurer tout ça, ajoute-t-il d'un air contrit en prenant mes deux mains dans les siennes et en déposant un baiser dessus. Je vous souhaite beaucoup de bonheur.

Jeremy me lâche à contrecœur pour que je puisse serrer le bon docteur dans mes bras.

— Merci pour tout, Josef. Je vous en serai éternellement reconnaissante.

Jeremy et Josef échangent une brève accolade. On voit qu'ils ont envie d'exprimer quelque chose, mais qu'ils ne savent pas trop comment s'y prendre.

— Ne la laissez pas trop longtemps ici, docteur Quinn. Il ne faut pas prendre de risques inutiles.

— Je ne la quitterai pas des yeux, docteur Votrubec. Je vous donnerai des nouvelles.

Juste au moment où nous nous apprêtons à nous séparer pour de bon, nous entendons un crissement de pneus, une voiture vient de franchir à toute vitesse le virage en épingle à cheveux juste avant la marina.

— Jeremy, faites tout de suite monter Alexa ! crie l'homme à bord du bateau.

J'entends le moteur ronfler, Jeremy m'entraîne vers le bord de la jetée et m'aide à monter sur le hors-bord. Il saute pour venir me rejoindre. Je reste sans voix quand le bateau démarre en trombe et s'éloigne de la marina. Je me retrouve plaquée contre le siège. Je vois le visage horrifié de Josef et deux hommes remonter la jetée en courant et en pointant un pistolet sur lui. Il lève les mains en l'air. Le bateau avance vite et contourne une falaise aux formes déchiquetées. Josef et les hommes disparaissent de ma vue. Jeremy m'attire contre lui, et nous restons silencieux, dans les bras l'un de l'autre jusqu'à ce que nous soyons certains que personne ne s'est lancé à notre poursuite. Une fois que nous sommes entièrement seuls au milieu de la mer, la vitesse et le bruit diminuent un peu.

— Mon Dieu, Alexa, je n'en reviens pas ! C'est incroyable ce que tu viens de subir. Votrubec a raison : il faut vraiment que nous te fassions disparaître le plus vite possible d'ici.

Jeremy crie en direction du conducteur.

— Partons vite d'ici, Martin !

Un hochement de tête vient confirmer que le message est bien reçu. Le bateau change de cap, et nous longeons un promontoire rocheux spectaculaire. Je suis encore sous le choc de ce qui vient de se passer, et le bruit du moteur est si fort que nous ne pouvons pas parler. Je reste donc silencieuse et me blottis contre le corps chaud de Jeremy, tandis que nous filons à toute vitesse.

Quelques instants plus tard, nous ralentissons enfin, et je vois un yacht luxueux derrière un affleurement caché. Martin positionne adroitement le hors-bord le long du magnifique bateau.

— Oh ! Tu veux dire que nous allons monter là-dessus ? C'est ainsi que tu veux me faire disparaître ?

Je suis bouche bée.

— On peut dire que tu ne fais jamais les choses à moitié, Jeremy.

Il me tient fermement la main, tandis que j'avance avec précaution sur la passerelle.

— Jamais quand il s'agit de toi, Alex.

Ces mots semblent provoquer une certaine angoisse chez lui, car ses traits se crispent. Je sais que je me sentirai plus en sécurité quand nous serons à l'intérieur et que nous voguerons sur la mer. Nous aurons alors enfin le temps de parler de tout ce que la vie a mis en travers de notre chemin ces derniers temps.

Huitième partie

Nous n'arrêtons pas de jouer parce que nous vieillissons,
nous vieillissons parce que nous arrêtons de jouer.

Oliver Wendell Holmes

Alexa

Dès que je monte à bord de ce luxueux yacht de croisière, mon univers se transforme complètement. Je n'ai jamais vu un bateau aussi incroyable. De magnifiques ponts en bois ; des salles à manger et des salons aussi bien à l'intérieur qu'à l'extérieur ; un spa sur le pont à tribord. Notre hors-bord a miraculeusement disparu dans un garage prévu à cet effet. On dirait que notre grand yacht de croisière l'a tout simplement englouti. Jeremy me présente à Martin, qui était apparemment déjà chargé de notre sécurité à Avalon, et qui, d'après ce que je comprends, continuera à nous accompagner si Jeremy et Leo font encore partie de mon avenir. Jeremy continue les présentations avec Salina, qui, bien que de petite taille, me paraît très forte, intelligente et futée. Je lui serre la main chaleureusement, parce qu'on dirait bien qu'elle ne fera pas de cadeau à Jeremy. Le courant passe tout de suite entre nous. Puis, je rencontre le reste de l'équipage : le capitaine, un chef cuisinier et quelques marins.

Pendant tout le temps que durent les présentations, le bras de Jeremy reste sur mes épaules. Pour être honnête, c'est presque trop pour moi. Je n'arrive pas à intégrer tout ce qui se passe autour de moi, mais, à vrai dire, ça fait quelque temps que ma vie ressemble à une aventure complètement folle.

— Je peux te demander comment tu as réussi à organiser tout ça ?

Je sens son bras protecteur sur mes épaules. On dirait bien qu'il ne va plus jamais me lâcher. Je n'en ai aucune envie d'ailleurs.

— Un ami de Leo… Comme il n'aura pas besoin du bateau avant le mois prochain, il était ravi de nous le prêter avec son personnel pour la semaine.

— Je vois.

Je laisse glisser mes doigts sur le mobilier de la suite avec salon tandis que nous poursuivons notre visite du bateau. Il y a vraiment des gens d'une richesse indécente dans ce monde. Je suis un peu dépassée par ma situation et ne peux m'empêcher de repenser aux visages de ces gens qui faisaient la queue pour vendre leur corps aux laboratoires pharmaceutiques.

— Ça va, Alexa ? Tu veux t'allonger ?

— Oui, j'aimerais bien. Nous avons tellement de choses à nous raconter, Jeremy. Je ne sais vraiment pas par quoi commencer.

Les événements de la semaine passée m'ont épuisée aussi bien physiquement qu'émotionnellement. Et voilà que je me retrouve sur un yacht de luxe avec Jeremy (j'ai l'impression d'être arrivée au pays d'Oz après avoir été entraînée dans la tornade de Dorothée).

— Je sais, ma chérie, j'ai exactement le même sentiment que toi. Pendant des jours, j'ai cru que tu étais… Je ne savais pas…

Ses yeux se remplissent de larmes, et il est incapable

de poursuivre. Je le sers très fort contre moi pour qu'il sente que je suis bien là, pour qu'il sache que je suis bien réelle et que nous sommes enfin réunis. Je n'ose même pas imaginer ce que j'aurais ressenti si j'avais été à sa place, si j'avais ignoré s'il était mort ou encore vivant. C'est une situation que je ne souhaite à personne.

— Tu peux me prêter ton téléphone, Jeremy ? Il faut absolument que je parle à Elizabeth et Jordan. J'ai l'impression que ça fait une éternité que je n'ai pas entendu leur voix, et ils devraient être réveillés et à la maison à l'heure qu'il est.

— Bien sûr. Je vais aller dire à l'équipage que nous pouvons lever l'ancre. Je reviens tout de suite.

Il me regarde amoureusement, m'embrasse langoureusement, puis me lâche la main à contrecœur.

Quel soulagement quand j'entends enfin leur petite voix enjouée ! L'émotion menace de me submerger, mais c'est finalement la sensation d'apaisement qui l'emporte. Mon estomac noué commence petit à petit à se détendre. Ils sont de bonne humeur, bavards et n'ont aucune idée de ce que je viens de vivre. Les messages envoyés par Xsade étaient sans doute suffisamment vagues pour ne pas éveiller leurs soupçons. Dieu merci !

Je leur manque autant qu'ils me manquent, et ils font tout leur possible pour ne pas me parler de la grosse surprise qu'ils me réservent. Ils y arrivent… presque. Mon cœur se gonfle d'amour pour eux. Robert me confirme que tout va bien et que, oui, ils mangent bien. Ma mère leur a fait passer quelques bons petits plats qu'elle a concoctés au cas où Robert aurait été trop occupé pour cuisiner. Je ris en retrouvant la joie, les plaisirs simples et la gestion du quotidien de notre condition de parents et je sais que je n'y renoncerais pour rien au monde. Quand je pense à tout ce qui m'est arrivé ces derniers jours ! Heureusement, ils n'en ont rien su, et leur vie a continué à suivre son cours normal. C'est un grand réconfort pour moi, et je suis vraiment reconnaissante qu'ils n'aient pas été entraînés dans cette horrible histoire.

Quand Jeremy revient, je lui tends le téléphone avec un grand sourire et beaucoup d'amour. Je suis tellement soulagée !

— Merci.

— Les enfants vont bien ?

— Oui, très bien. Ils n'ont aucune idée de ce qui s'est passé et sont très excités parce qu'ils me réservent une surprise. Trop mignons !

— Je suis impatient de faire vraiment leur connaissance. On dirait qu'ils ont déjà un caractère bien affirmé.

— Ils sont magnifiques, Jeremy. Pendant tous ces jours où je n'ai pas pu leur parler, j'ai réalisé à quel point ils étaient importants pour moi, dis-je d'une voix chevrotante.

Jeremy me prend immédiatement dans ses bras. Je niche ma tête contre son torse et laisse couler quelques larmes de bonheur.

— Tu sais ce qui m'a le plus manqué pendant ces quelques jours ? C'est de ne pas pouvoir leur dire bonne nuit. Il n'y a pas de plus beau privilège pour une mère ou un père que celui de border son enfant dans son lit, de l'embrasser avant qu'il ne s'endorme, puis de regarder son petit visage angélique et paisible pendant qu'il fait de beaux rêves.

Son doigt rattrape doucement la dernière larme qui coule sur ma joue.

— Je suis tellement désolé, Alexa. Je ne voulais

vraiment pas te faire subir ça, ni te mettre en danger. Tu penses que tu pourras me pardonner un jour ?

— Je t'aime, Jeremy, je t'ai toujours aimé. Certes, j'ai vraiment traversé une épreuve, n'en doute pas une seconde. Mais tout s'est bien terminé. Nous sommes ici et nous sommes ensemble. Il ne me manque plus que mes enfants, mais j'ai pu leur parler, et c'est déjà beaucoup. On va arriver à surmonter tout ça.

La douleur gravée sur son visage est bouleversante. Je me mets sur la pointe des pieds pour embrasser ses lèvres, son menton, ses joues et tenter de faire disparaître son angoisse. Il lui faut un moment pour se détendre, mais je persévère, et il finit par m'embrasser à son tour. Nous nous diluons dans l'instant présent. C'est fou ce qu'il m'a manqué !

— Tu veux que je te fasse couler un bain ?

Ses lèvres caressent ma nuque, tandis qu'il prononce ces mots, les mains posées délicatement sur mes hanches. Je pense immédiatement aux autres endroits où je voudrais sentir ses mains et ses lèvres.

— Oui, je veux bien. Ça fait une éternité que je n'en ai pas pris un et je suis vraiment impatiente d'enlever ces vêtements. J'ai l'impression de sentir mauvais.

— En fait, tu sens étonnamment bon. Laisse-moi t'aider à te déshabiller.

Il laisse tomber le gilet de mes épaules, le fait glisser le long de mes bras et descend la fermeture éclair au dos de ma robe qui tombe immédiatement au sol. Je n'ai plus que mes nouveaux sous-vêtements noirs sur la peau, ceux que j'avais achetés exprès pour ce voyage. Il peut enfin les voir.

— C'est nouveau ?

— Pour tes yeux uniquement..., dis-je avec insolence

tout en regardant ses yeux dans le miroir au-dessus du lavabo.

Puis je me souviens que ce n'est pas tout à fait vrai : d'autres yeux les ont vus avant lui. Il sourit en regardant mon corps, mais un froncement de sourcils vient assombrir son visage.

— Qu'est-ce qui ne va pas ?

Je sens que son attitude a changé.

Il fait glisser une bretelle de mon soutien-gorge par-dessus mon épaule, abaissant ainsi le coussinet qui couvre mon sein. Il semble vraiment choqué par ce qu'il voit, passe le doigt sur mon sein, puis descend jusqu'à mon ventre.

Je comprends soudain ce qui a provoqué sa réaction, mais il me fait pivoter juste à cet instant, et je me retrouve face à lui. Mon Dieu ! Nous ne nous sommes jamais retrouvés dans une telle situation. Je reste silencieuse et immobile tandis qu'il continue à inspecter mon corps avec le plus grand soin. Ses doigts s'attardent en haut de mes jambes et s'arrêtent au niveau de l'intérieur de mes cuisses. Il reprend enfin la parole.

— Qu'est-ce qu'ils t'ont fait ?

Je ne sais pas si je dois être embarrassée, en colère, vexée, enchantée ou fière. Je suis envahie tour à tour par ces émotions contradictoires, comme si je venais de faire tourner la roue de la loterie. Les yeux de Jeremy ont l'air de suivre un processus similaire, même si ses émotions sont totalement différentes. Je me demande sur laquelle de ces émotions la roue va s'arrêter. Je décide d'intervenir avant que l'une d'elles ne prenne le dessus sur une autre.

— Ils ont fait beaucoup de choses, Jeremy. Aucune d'elles ne m'a blessée, certaines m'ont fait un peu peur.

Je repense à mon voyage un peu particulier jusqu'au château.

— Mais une fois que je suis allée dans la clinique, j'ai participé de mon plein gré aux expériences conformément au contrat que j'avais signé et je dois avouer que j'ai beaucoup appris sur moi-même.

— Mais tu as le corps couvert de petits bleus. Ça ressemble à des suçons.

Je ne peux m'empêcher de sourire en l'entendant prononcer ce mot d'adolescent.

— Tu trouves ça drôle ?

Pas lui, visiblement.

— Un peu, je dois dire.

Je ne m'arrête plus de sourire.

— Pas toi ?

— Alexa, tu as été enlevée sous mes yeux, trimballée d'un pays à l'autre, tu as disparu pendant plus de trois jours, et j'ai cru que tu étais morte. Maintenant, tu as des bleus et des marques sur tout le corps. Comment peux-tu me regarder en souriant et me dire qu'ils ne t'ont pas fait de mal ?

Il a vraiment l'air bouleversé. Il me fait pivoter de nouveau et soulève mon bras pour que je puisse voir la marque juste au-dessous de l'aisselle aussi bien que lui.

— Je te jure, Jeremy, qu'ils ne m'ont fait aucun mal.

Je hausse les sourcils et me demande ce que va en conclure son esprit analytique.

— Ça…, ça t'a plu ?

Il semble carrément étonné.

— Beaucoup plus que je ne l'aurais imaginé.

— Avec d'autres hommes ?

J'hésite.

— S'il te plaît, j'ai juste besoin de savoir. Dis-moi la vérité. Qui t'a fait ça ?

— Deux femmes.

— Et elles ne t'ont pas fait mal ?

— C'est tout le contraire, en fait.

Je le dévisage, les yeux écarquillés, guettant sa réaction. Il a toujours voulu que j'explore l'« autre côté », que je le fasse avec des femmes, et je n'en avais jamais eu l'audace jusqu'à présent. Il est même allé plusieurs fois jusqu'à m'en fournir l'occasion, mais je n'ai jamais accepté. Et maintenant, j'ai tenté l'expérience ; du moins, c'est elles qui m'ont guidée, qui l'ont fait avec moi.

— D'accord. C'est différent alors.

Je sens que son corps et son esprit absorbent l'information. Sa peur et sa colère laissent place à la curiosité et à la fascination.

— Je t'assure, Jeremy, que tu m'as fait subir bien pire… et bien mieux aussi, d'accord.

Cette fois, je ne peux retenir mon rire plus longtemps. Je ne l'ai jamais vu si peu sûr de lui et de ses émotions. C'est très valorisant quelque part.

— Jeremy, dis-je avec autorité. Un bain me ferait le plus grand bien.

— Oui, un bain, bien sûr.

Toujours pas très à l'aise avec notre conversation, il s'affaire avec les robinets de la baignoire, ce qui me donne l'occasion d'inspecter mon corps et mes bleus plus attentivement. Ce n'est pas si grave, même s'il y en a beaucoup – plus que je ne l'aurais cru.

— Tu avais raison, Alexa.

— À propos de quoi ?

Je crie pour qu'il puisse entendre ma voix par-dessus le bruit de l'eau qui coule.

— Nous avons beaucoup de choses à nous dire. Voilà qui devrait être intéressant.

***

Le bain me fait un bien fou. C'est un sentiment indescriptible. Je plonge mon corps dans l'eau très chaude, tandis qu'un parfum de lavande et de jasmin emplit l'air. J'ai enfin la sensation de pouvoir relâcher toute la tension prisonnière de mon corps pendant ces trois jours. Je ne suis pas vraiment surprise de voir Jeremy se déshabiller et me rejoindre. J'ai l'impression qu'il n'a aucune envie de me laisser plus que quelques secondes au cas où je devrais encore une fois lui échapper.

Je sais désormais que ma place est auprès de lui, mais je sais aussi que nous avons beaucoup de choses à régler. Il tient mon corps entre ses jambes et passe ses bras autour de mes épaules. Je pose ma tête contre son torse et me sens en sécurité pour la première fois depuis des jours. Je ne suis pourtant pas certaine que ça soit tout à fait le cas. Il faut que je m'en assure.

— Je suis vraiment tirée d'affaire, Jeremy ? Y a-t-il un risque qu'ils me retrouvent ?

— C'est une bonne question, ma chérie. Laisse-moi t'expliquer tout ce qui s'est passé après notre départ d'Avalon.

***

Durant les vingt-quatre heures qui suivent, Jeremy m'explique tout ce qu'il avait l'intention de me dire lors de nos retrouvailles prévues à Londres – avant que nos projets ne soient brutalement interrompus.

Il me parle de la lettre de chantage, et j'en ai presque le tournis. Je repense à ce sentiment d'urgence et à cette peur sous-jacente que je sentais chez lui durant notre week-end et je comprends à présent pourquoi les choix qu'il a dû faire ont été si difficiles pour lui.

Parfois, les décisions que nous prenons dans la vie sont dictées par notre volonté de protéger ceux que nous aimons, de leur épargner une douleur potentielle. Jeremy ignorait si la menace était réelle ou non ; aucun de nous ne connaissait vraiment les véritables intentions de l'autre, la nature réelle de nos sentiments. Ces éléments nous ont perturbés et ont brouillé les décisions que nous voulions prendre.

Si seulement nous nous étions fait suffisamment confiance pour avoir une « vraie » conversation. Si seulement j'avais su qu'il connaissait les tendances sexuelles de Robert, alors que je n'en avais encore aucune idée, je n'aurais peut-être pas été aussi hésitante ou nerveuse. Je n'ai pas eu le temps de réfléchir à grand-chose durant ce week-end.

Les événements s'enchaînaient si vite ; je ne savais jamais ce qui m'attendait puisque je ne voyais rien.

De plus, ça faisait tellement longtemps que Jeremy et moi ne nous étions pas retrouvés, aussi bien émotionnellement que sexuellement… Nous n'étions peut-être pas assez sûrs de nous.

C'est bien d'avoir du recul, mais ça ne change rien au passé ni aux décisions que nous avons prises. Changerais-je quelque chose si j'en avais la possibilité ? Je n'en suis pas certaine.

Je ne mettrais jamais mes enfants en danger ; alors, peut-être a-t-il pris la bonne décision à ma place, et je ne peux pas nier le fait que je me suis beaucoup amusée durant ce week-end. Je ne m'étais peut-être jamais autant amusée depuis mon entrée dans l'âge adulte. Est-ce complètement irresponsable de ma part ?

Je dois reconnaître que j'ai participé à l'expérience de mon plein gré et que, grâce à elle, j'ai appris énormément de choses sur moi. Après tout, j'essaie toujours de vivre sans avoir de regrets.

En revanche, j'ai beaucoup plus de mal à digérer le caractère unique de mes globules rouges. C'est vraiment un choc. Cette capacité à l'autoguérison que me décrit Jeremy me paraît presque irréelle.

Je lui demande si cette caractéristique a été transmise génétiquement à mes enfants, mais il n'en sait rien et ne veut faire aucun prélèvement ni analyse pour le moment. Il est encore plus protecteur depuis qu'il est conscient des risques et des dangers accrus.

On dirait qu'il opte désormais pour une approche qui va complètement à l'encontre de tout ce qui l'a motivé durant sa carrière : le moins nous en savons, le mieux nous nous en porterons.

Mais je pense qu'il m'aime plus que tout au monde et, maintenant que je le sais sans l'ombre d'un doute, je suis la plus heureuse des femmes. Je souris et serre les bras contre ma poitrine dans un élan d'indulgence envers moi-même.

Oui, je suis heureuse malgré mon sang énigmatique que certaines personnes cherchent à voler… Un frisson me parcourt le dos à cette pensée.

Une fois encore, je caresse inconsciemment mon bracelet, qui est toujours là. Jeremy m'assure qu'ils cherchent un moyen de le modifier, de sorte qu'il puisse être repéré même sous la terre ou sous l'eau, puisque le laboratoire de Xsade, situé *sous* le lac de Bled, a bloqué le signal. J'espère qu'ils trouveront, car je ne veux plus jamais qu'il me perde.

***

Après quelques jours passés en mer, je me sens revigorée et pleine de vie. L'air marin fait le plus grand bien à mes poumons, et le soleil a coloré ma peau d'ordinaire plutôt pâle. J'hésite à retourner à Londres dans l'immédiat après tout ce qui s'est passé. C'est pourquoi nous décidons de mettre le cap sur Barcelone pendant que nous pouvons encore utiliser le bateau.

Mes bleus ont pratiquement disparu, fort heureusement. Jeremy n'aimait vraiment pas les voir sur mon corps ; je le comprends un peu. Il dit que, quand il les voit, il ne peut s'empêcher de se reprocher tout ce qui m'est arrivé. Depuis, nous faisons l'amour doucement, tendrement, dans l'ombre. C'est exceptionnellement romantique ! Nous sommes complètement absorbés par le mystère de notre union et évitons de parler de l'avenir qui nous attend une fois que nous quitterons ce bateau et regagnerons la terre ferme.

Tandis que nous dînions sur le pont hier soir, il m'a demandé de lui décrire dans les moindres détails ce que j'ai vécu dans le laboratoire de Xsade. Fidèle à lui-même, il a voulu connaître mes réponses au questionnaire et savoir ce que j'ai ressenti à chaque étape du processus : ce qui m'a surprise, ce qui m'a fait peur, tout. Au départ, je n'étais pas certaine de vouloir en parler, de vouloir qu'il sache, mais il m'a incitée à me confier. Il m'a écoutée patiemment pendant des heures, prêtant attention à chaque mot, à chaque expression de mon visage. Une fois lancée, j'ai pris confiance et je suis devenue intarissable. J'ai réalisé que j'avais besoin de parler de la peur et de l'angoisse que j'avais ressenties, de ma réaction quand Mme de Jurilique m'avait fait douter de son amour pour moi, de ma colère contre lui, car j'étais persuadée alors qu'il m'avait trahie.

Il s'est plus inquiété de mes émotions que de mes soupçons tandis que je parlais. C'était justement la thérapie dont j'avais besoin. Son langage corporel a changé presque imperceptiblement quand il m'a posé des questions réfléchies sur mon expérience dans l'« usine à orgasmes », comme il aime à l'appeler. Je pense que ça l'a aidé à dédramatiser. Il a compris que je n'avais pas été retenue dans une affreuse geôle.

Ainsi, la situation nous paraît avec le recul moins insupportable et plus légère. Il n'a pas quitté mon visage des yeux quand je lui ai raconté les expériences auxquelles j'avais participé passivement ou activement. Il n'a jugé ni mes actes ni mes réactions ; il s'est contenté de m'écouter attentivement comme s'il avait besoin de comprendre intimement mon point de vue.

Je me suis sentie purifiée à l'issue de cette discussion. Je sais à présent ce qu'il a enduré, ce qu'il a fait pour que je revienne dans sa vie. J'ai compris son besoin de me protéger et de protéger mes enfants, et cela a renforcé ce lien indestructible entre nous. Nous sommes conscients à présent que nous devons vivre ensemble désormais et ne plus jamais nous séparer.

Jeremy

C'est notre dernière nuit ensemble sur le bateau. Nous nous approchons de Barcelone, d'où nous prendrons l'avion pour les États-Unis. Alexa porte un déshabillé noir très sexy, et je suis en boxer. Nous discutons, et j'ai le grand privilège d'admirer et de caresser les courbes somptueuses et soyeuses de son corps. Elle réagit encore plus fortement à mon contact que lors de notre dernière rencontre. C'est incroyable.

Elle pense que nous allons à Boston pour une brève rencontre avec le professeur Applegate et pour que je puisse récupérer quelques affaires avant de la raccompagner chez elle. Je ne peux pas supporter l'idée qu'elle voyage sans moi. Son enlèvement est encore beaucoup trop présent dans mon cœur. Il va certainement falloir un certain temps pour que ça change.

Leo a insisté, par l'intermédiaire de Moira, pour que Martin et Salina restent avec nous tant que nous n'aurons pas retrouvé Mme de Jurilique et compris quelles sont ses intentions exactes vis-à-vis d'Alexa. Une fois de plus, je suis vraiment heureux que Leo fasse partie de ma vie. Je lui dois tellement !

Je suis ravi d'avoir pu comploter en cachette avec Robert pour qu'il vienne nous rejoindre à Orlando, en Floride, avec les enfants. C'est vraiment un type bien. Il m'est difficile de l'admettre, mais je commence à comprendre pourquoi Alexa l'a choisi pour être le père de ses enfants. Depuis Avalon et la conversation capitale qu'Alex et Robert ont eue concernant leur mariage, il est en contact régulier avec Adam, le frère de Leo. Ainsi, les enfants resteront avec nous pendant qu'il se rendra à Londres pour retrouver Adam après toutes ces années. Je suis curieux de voir si ça va marcher entre eux. Je l'espère.

Je me suis dit que Disney World serait l'endroit parfait pour apprendre à connaître Elizabeth et Jordan, et pour distraire Alexa de tout ce qu'elle a subi ces dernières semaines. À vrai dire, elle a très vite récupéré, et sa libido est loin d'être en berne ; c'est même tout le contraire.

Je pensais devoir me montrer très patient avec elle, lui laisser le temps de se remettre après tout ce qu'elle a enduré, mais elle semble presque insatiable. Je ne m'en plains pas. Pourtant, je sais que je ne dois pas perdre de vue notre priorité du moment : ses retrouvailles avec ses enfants. Le plus tôt sera le mieux, car nous allons devoir réfléchir à un moyen de réorganiser nos vies pour être ensemble plutôt que séparés par des milliers de kilomètres.

Tout le monde est excité à l'idée de lui faire une surprise, et je suis heureux qu'Elizabeth et Jordan aient réussi à garder le secret, même s'il s'en est fallu de peu à plusieurs surprises. Ça m'amuse. Alexa se demande certes ce qu'ils complotent, mais elle semble distraite et heureuse, et j'aime la voir ainsi. Pour la première fois depuis des semaines, je commence à croire que nous allons enfin pouvoir vivre ensemble.

Je caresse doucement l'intérieur de son poignet et joue avec ses cheveux.

— Alors, c'est vraiment ce que tu veux, Alexa ?

— Oui.

— Tu es beaucoup plus sûre de tes désirs et tu les assumes beaucoup mieux depuis ton expérience à l'usine à orgasmes.

— Je suis sûre du désir que tu éveilles en moi, Jeremy, et de ton aptitude innée à m'exciter.

— Merci, je suis ravi de l'entendre.

Et soulagé, me dis-je.

— Alors, tu veux vraiment jouer ?…

— Plus que tu ne le penses. Je veux jouer tout de suite. Ça sera différent quand nous serons avec Jordan et Elizabeth. Nous serons des parents avant tout, pas des amants. Le temps que nous passerons ensemble ne sera pas rien que pour nous. Je vais me concentrer sur eux. Cet instant est à nous, rien qu'à nous, et je ne veux pas le gâcher.

Elle pousse un profond soupir avant de s'asseoir à califourchon sur moi et de plaquer mes mains contre les draps de part et d'autre de ma tête.

Une position dans laquelle elle se retrouve régulièrement avec moi. Je ne peux m'empêcher de sourire en regardant son visage rayonnant.

Ses cheveux noirs tombent au-dessous de ses épaules, mais ne sont pas assez longs pour toucher sa poitrine. Je sais qu'elle n'est pas assez forte pour me maintenir dans cette position. Elle le sait aussi.

— Alors, soyons amants !

Comme si elle lisait dans mes pensées, elle dit :

— Pour le moment, oui. Ah ! Ça fait du bien d'être au-dessus.

— Je crois que je vais finir par m'inquiéter, car tu as l'air d'apprécier de plus en plus cette position.

Elle rit.

— Pas autant que d'autres…

Elle est certainement plus joueuse qu'avant et s'abandonne encore plus que durant notre week-end ensemble. Les doutes assaillent mon esprit, mais elle a l'air heureuse. Elle a plus confiance en son corps et en notre relation. L'usine de la pilule violette lui a peut-être réellement donné l'occasion de découvrir son moi sexuel. En tout cas, elle est superbe à regarder et à sentir. Mon corps tout entier est d'accord. Eh bien, si l'amour de ma vie a envie de jouer, qui suis-je pour lui refuser ce plaisir ?

— Et tu me fais confiance ?

— Oui, je te fais confiance, Jeremy. Qu'est-ce que je dois faire pour te le prouver ? Je comprends maintenant pourquoi notre week-end ensemble a été aussi extrême, pourquoi il y avait tellement de forces différentes en jeu. Mais, plus que tout, je sais que tu as fait tout ça parce que tu m'aimais, parce que tu voulais que je fasse de nouveau partie de ta vie et que tu nous protégeais, moi et mes enfants.

Elle caresse doucement ma joue.

— Tu sembles oublier que, même si j'ignorais tout ça à l'époque, j'ai fait un choix. Je t'ai choisi – à chaque étape du week-end que nous avons passé ensemble. Tu as repoussé mes limites et ça m'a plu. J'ai peut-être résisté au départ, mais j'ai aimé. Tu as su puiser au plus profond de moi, tu m'as permis de m'ouvrir, tu l'as dit toi-même, comme une rose qui s'épanouit. Et me voilà.

Je suis certes un peu flétrie, mais je continue à m'ouvrir. Parce que je t'aime et je sais que tu m'aimes, que tu m'as toujours aimée et que tu m'aimeras toujours. Crois-moi, ça me donne une confiance incroyable.

Il y a une telle foi dans ses yeux que j'en suis tout retourné. Quel discours ! Je ne m'attendais pas à une telle éloquence, mais c'est exactement ce que j'avais besoin d'entendre.

— Tu me surprendras toujours.

Elle couvre mon visage de baisers légers ; ses lèvres délicates se contentent d'effleurer ma peau. Toujours à califourchon sur moi, elle frotte sa joue contre ma barbe de trois jours. Je n'arrive toujours pas à croire qu'elle aime sentir ces poils drus contre sa peau.

— Toi et moi, nous sommes faits l'un pour l'autre, nous le savons à présent, et je suis impatiente de commencer notre nouvelle vie. Nous avons encore des problèmes à régler, mais ce n'est pas insurmontable. Et pour l'heure…

— Oui, docteur Blake ?

Elle fait glisser sa langue sur mes lèvres.

— Le moment est venu de jouer, docteur Quinn.

— En effet.

Je la retourne, de sorte que nos positions sont inversées, à la seule différence qu'elle ne peut pas se dégager, à part si je lui en laisse la possibilité. Je lui rends ses doux baisers avant d'en augmenter l'intensité et de dévorer sa délicieuse bouche.

Elle se tortille de plaisir au-dessous de moi. Toujours à califourchon sur elle, j'ouvre le tiroir de la table de nuit et j'en sors deux bracelets en cuir noir avec menottes. Ils ressemblent exactement à ceux que j'avais utilisés durant notre week-end. J'observe son visage, guettant sa réaction quand elle comprendra exactement ce dont il s'agit.

— Tu veux vraiment jouer, Alexa ?

Je ne la forcerai jamais, plus jamais, à faire quelque chose qu'elle ne veut pas, même si je pense qu'elle le désire secrètement. J'ai tiré la leçon des derniers événements.

Elle hoche la tête. Ses mamelons se dressent immédiatement quand elle voit les liens. Elle me tend son poignet libre pour que je puisse enrouler le cuir noir autour. La lueur dans ses yeux m'indique que son sexe est déjà humide.

Je sens l'excitation monter en moi, tandis que je fais la même chose avec son autre poignet. Elle me regarde intensément, toujours beaucoup plus silencieuse dans ces circonstances que d'ordinaire. Je sais que c'est parce qu'elle est entièrement absorbée dans l'instant présent avec moi, dans l'attente de ce qui va se passer.

Je fais glisser la bretelle de son déshabillé pardessus son épaule. Dès qu'elle m'a expliqué ce qu'elle a ressenti en voyant les deux couples ensemble dans la pièce circulaire, j'ai remarqué la poutre en bois et j'ai attendu l'occasion de l'utiliser. Mais uniquement quand elle serait prête, et elle semble plus que prête à présent.

J'ai bandé en l'écoutant décrire la première fois qu'elle a vu une femme jouir et la façon dont elle a réagi. J'ai senti mon sexe durcir tandis que je regardais sa bouche sexy formuler ces mots. Je n'ai pas osé l'interrompre ; j'avais besoin de tout savoir, de connaître chaque détail concernant ses sentiments et ses réactions, pour mieux comprendre ce qui l'excite et pour lui prouver et me prouver à moi-même que je peux satisfaire ses besoins sexuels.

Je la soulève du lit et la porte jusqu'à la poutre. Ses yeux s'agrandissent de surprise. Je ne peux pas déterminer si elle a remarqué la présence de cette poutre auparavant, mais il y a une certaine impertinence dans sa réaction, et j'en conclus que c'est peut-être exactement ce qu'elle espérait. Mes intentions sont claires désormais, et elle sourit d'un air entendu en levant les bras au-dessus de sa tête. Elle fait preuve de beaucoup plus d'initiative même dans sa façon d'être soumise. J'enroule ses bras autour de la poutre en bois ronde et je relie ses poignets grâce aux menottes, puis recule d'un pas pour admirer son magnifique corps nu attaché.

— Tu es à l'aise dans cette position ?

Elle hoche la tête en silence pour me faire comprendre que oui.

Elle est étirée de tout son long et s'appuie sur la partie antérieure de la plante du pied, comme si elle portait des talons aiguilles. Son corps est tout simplement irrésistible ; ses seins ronds m'invitent à les prendre dans ma bouche, mais je sais que ce n'est pas encore le moment. Je regarde sa taille, ses hanches, son ventre. Quel festin visuel ! Mon attirance pour elle est totale.

Je fais le tour de la poutre et prends mon temps pour admirer son dos et ses fesses, autant que le devant, et j'embrasse même son omoplate en passant. Je retourne de l'autre côté et m'intéresse à son visage, prenant ses joues dans mes paumes, la regardant dans les yeux, sondant son âme. Je l'embrasse avec fougue jusqu'à ce qu'elle en ait le souffle coupé et soupire.

C'est fou ce qu'elle m'a manqué ! Elle est mon univers. J'ai été privé d'elle pendant trop longtemps ; maintenant, elle est à moi, et je suis à elle. Je suis tellement heureux que ça soit désormais ma réalité.

Je me penche pour embrasser son ventre, puis j'enfonce ma langue dans son nombril, le cœur de son être. Je la fais tourner dedans avant d'aspirer sa peau vers moi. Elle laisse échapper un soupir, et je lève les yeux vers son visage pour contrôler sa réaction. Ma main glisse entre ses cuisses afin de confirmer physiquement la lueur dans ses yeux.

Il ne reste pratiquement aucune trace de ses petits bleus, mais je me souviens exactement de leur emplacement sur son corps, et la voie est libre désormais pour que je puisse reproduire chacun d'eux avec ma bouche. Pour une fois dans ma vie, je ne suis pas un plan précis et méthodique. J'écoute et j'observe son corps, je le sens réagir sous mes mains et ma bouche pour déterminer où je dois sucer, mordiller et mordre.

Un désir charnel, primitif monte en moi et m'incite à imprimer mon empreinte sur son corps pour la superposer aux traces laissées par d'autres bouches sur le corps de ma femme. Je ne peux plus m'arrêter tandis que ma langue, mes lèvres et mes dents intensifient leur embuscade sur les zones les plus sensibles de son corps.

— Mon Dieu, Jeremy…

— Tu aimes ?

— Oui…, mais…

Je mordille doucement son téton, j'ouvre plus grand la bouche pour aspirer une partie de son sein avec, utilisant la pression de ma langue pour augmenter l'effet, puis je mords son bout de sein tout en caressant les lèvres de sa vulve.

— Oh !…

— Oui, mais… quoi, Alexa ?

Je me consacre ensuite de la même façon à l'autre sein tout en titillant sa vulve avec mes doigts.

— J'écoute.

Ses gémissements s'intensifient, et je me félicite d'avoir verrouillé la porte de notre chambre.

— Tu veux que j'arrête ?

J'écarte ses jambes pour que ma bouche puisse avoir accès à l'intérieur de ses cuisses et je continue à aspirer et à mordiller sa chair blanche et rose, conscient que certains de mes suçons laisseront des traces, et d'autres, non.

— Non…, non, ne t'arrête pas.

Sa peau brûlante se couvre d'un magnifique voile de sueur, et ses yeux deviennent vitreux sous l'effet des sensations intenses qui l'assaillent. Je ralentis, car je ne veux pas qu'elle vienne si tôt. Nous n'avons pas encore fini de jouer, loin de là.

Je recule et m'éloigne un peu de son corps, admirant sa magnifique silhouette.

— Tu es superbe, Alexandra. Tu respires le désir et l'amour, tu m'impressionnes. Je jure que je pourrais jouer toute la nuit avec toi. Comme se fait-il que nous n'ayons jamais testé cette position auparavant ?

— S'il te plaît, ne te contente pas de regarder. Touche-moi. J'ai besoin de te sentir.

— Attends une minute, ma chérie. Tu te montres trop vite impatiente et tu es déjà trop chaude.

Suspendue à la poutre dans le coin de la pièce, les yeux voilés par le désir, elle pousse un soupir de frustration.

Je marche jusqu'à la table de chevet, j'ouvre le tiroir et j'en sors deux objets.

Ses yeux s'agrandissent un peu plus quand je les pose au bord du lit et m'assois à côté d'eux. Fascinant… Ses yeux me disent tous les mots qu'elle refuse de prononcer ; elle lèche sa lèvre inférieure, mais reste obstinément silencieuse.

Je croise les jambes et j'appuie mon menton sur ma paume, réfléchissant quelques secondes à ce que je vais faire ensuite.

Je décide que nous avons tous les deux besoin de boire un verre. Je m'approche d'elle, qui est attachée et silencieuse dans un coin de la pièce, et l'embrasse doucement sur les lèvres.

— Je reviens dans une minute.

— Jeremy, tu ne peux pas me laisser comme ça !

— Mais tu as retrouvé la parole, dis-moi. J'ai besoin de t'entendre, ma chérie. Je veux savoir comment tu te sens à chaque instant. Penses-y en attendant que je revienne.

Je ne peux résister à l'envie de lui donner une petite tape sur les fesses pour m'assurer que j'ai toute son attention. L'expression de son visage me confirme que c'est le cas à présent.

Je reviens dans la chambre avec une bouteille de sancerre bien fraîche dans un seau à glace et deux verres.

— Tu as soif ?

Elle hoche la tête.

Je fais glisser la bouteille glacée le long de son bras levé, puis le long de son corps. Elle frissonne sous l'effet du froid sur sa peau brûlante.

— Je suis désolé, ma chérie, je ne t'ai pas entendue. Tu veux boire quelque chose ?

— Oui, s'il te plaît.

J'ouvre la bouteille, verse un peu de vin dans un verre, en bois une petite gorgée avant de le porter à ses lèvres pour qu'elle goûte.

— Tu aimes ?

— C'est parfait.

— Tout comme toi.

Je ne peux pas résister à l'envie de mordiller rapidement son mamelon, et elle soupire.

— Si tu restes silencieuse, je vais croire que tu ne t'amuses pas.

— Tu sais très bien que si.

— Tu en reveux ?

— Oui, s'il te plaît.

— Tiens, prends-en plus. C'est trop bon pour s'en priver. Prête ?

Elle avale rapidement, ce qui est aussi bien, puisqu'elle laisse échapper un rire.

— Jeremy, tu ne peux pas me laisser comme ça !

— Mais si, je peux, au sens propre comme au figuré.

— Mais je sais que tu ne vas pas le faire.

— C'est vrai.

Je bois une gorgée de vin et repose la bouteille dans le seau.

— Il y a plein de choses avec lesquelles on peut jouer dans cette pièce, tu ne trouves pas ?

— Oui.

Un seul mot prononcé par une voix gorgée de désir.

Je prends un glaçon dans le seau.

— Tu t'es un peu énervée tout à l'heure, et ça t'a donné chaud. J'ai pensé qu'un peu de glace te rafraîchirait.

Je fais glisser le glaçon sous ses bras, en travers de sa poitrine, prenant le temps de tracer des cercles autour de ses tétons, puis de son nombril, avant de l'insérer dans son sexe et de resserrer ses jambes en exerçant une pression avec les miennes.

— Mais on l'a déjà fait, n'est-ce pas ?

Nos visages sont tout près l'un de l'autre ; sa respiration s'emballe.

— Oui.

— Et ça t'a plu ?

— Oui.

— Un peu, beaucoup ?

— Ça m'a beaucoup plu.

— Avec un autre homme, c'est ça qui t'a plu, Alexa ? En avoir deux à la fois ?

Son visage s'empourpre immédiatement à cause du souvenir ou de ma question, des deux peut-être.

— Ça m'a plu, mais j'aime encore mieux être avec toi.

— Plus que ça ? Plus que ce que nous sommes en train de faire ?

— Non, j'aime mieux ça.

— C'est bon à savoir. J'apprécie ta franchise.

Je lâche ses jambes et me dirige vers le lit.

— Et qu'en est-il de ça, ma chérie ? Ça t'a plu, ça aussi ?

Je prends le bandeau de notre fameux week-end et le fais glisser entre mes doigts.

Son corps se relâche, et son sexe luit entre ses cuisses. Ses bras relevés au-dessus de sa tête la maintiennent en place.

— Dis-moi.

— Oui, j'ai aimé.

Je m'approche d'elle et fais doucement glisser la soie sur son visage, sa bouche et ses yeux.

— Oh ! Jeremy…

— Dis-moi ce que ça représente pour toi.

— Ça symbolise tout. Nos retrouvailles…, la découverte.

— Continue, Alexa, s'il te plaît. J'ai besoin de savoir, dis-je pour l'encourager tout en continuant à caresser son corps avec le bandeau et en guettant les sensations qu'il va provoquer, les émotions qu'il va susciter.

— Tu réveilles mon corps sexuellement, comme en ce moment. Tu m'as permis de m'ouvrir, Jeremy, tu m'as permis d'avoir des sensations que je n'avais jamais eues auparavant.

Je le fais glisser entre ses cuisses, et elle se met à haleter. Ma queue réagit instinctivement à son mouvement.

— Je n'ai pas besoin de te convaincre de l'impact de la stimulation visuelle.

Je pose le bandeau sur son épaule, et il pend en partie sur son dos, en partie sur son torse jusqu'à ses seins. Je ne la priverai plus jamais de sa vue, à moins qu'elle ne me le demande explicitement, j'en suis certain. En cet instant précis, je veux qu'elle puisse tout voir.

— Et qu'en est-il de cet objet ?

Je soulève une cravache en cuir noir avec une claquette rouge à l'extrémité.

— Je ne l'ai jamais vu.

Elle a le souffle court, sa respiration est superficielle, sa poitrine se soulève et retombe rapidement sous l'intensité de son excitation. C'est fascinant à observer.

— Non, tu ne l'as jamais vu, mais tu l'as assurément senti.

Je fais glisser la cravache sur son ventre, sous ses seins, sur ses tétons, entre ses fesses, puis entre ses cuisses, comme si je jouais délicatement avec l'archet d'un violon, comme si j'accordais son corps.

Elle ferme les yeux et laisse échapper des gémissements grondants, tandis que je poursuis mes caresses. L'énergie sexuelle dans la pièce augmente et s'intensifie.

La réaction est soudaine et choquante. Elle atteint le point de non-retour au moment où je fais glisser la cravache entre ses jambes, et je maintiens fermement son corps contre le mien de peur qu'elle ne se fasse mal. Je la sens palpiter, tandis qu'elle halète et gémit, luttant contre les sensations qui l'assaillent.

Mon Dieu ! Je n'ai jamais rien vu de tel. Je mets un moment à comprendre qu'il faut que je lui détache les poignets pour la libérer de la poutre. Tout s'est passé si vite. Je soulève son corps du sol d'une main et me débats avec les menottes avant de parvenir à les ouvrir, puis Alexa s'effondre dans mes bras.

— Qu'est-ce qui se passe, Alexa ? Tout va bien ?

Je transporte rapidement son corps pris de convulsions jusqu'au lit, me demandant si elle fait une sorte de crise, puis je l'allonge à côté de moi tout en la tenant fermement dans mes bras jusqu'à ce que les spasmes diminuent et qu'elle redescende sur terre. En attendant, impatient de la regarder dans les yeux, j'écarte les mèches de cheveux qui tombent sur son visage.

— Chérie, tu es blessée ? Qu'est-ce qui s'est passé ?

Elle sourit en me regardant à travers ses mèches épaisses et dépose un baiser sur mon torse.

Je remercie le ciel qu'elle soit saine et sauve.

— Alexa, s'il te plaît, dis-moi. Qu'est-ce qui s'est passé ?

— C'était vraiment intense. Ça n'avait jamais été aussi intense que ça.

— De quoi parles-tu ? Tiens, bois un peu d'eau. Tu es blessée ?

— Blessée, non pas du tout, mais c'est un peu embarrassant, tu ne trouves pas ?

— Ça t'est déjà arrivé ?

— Ça m'arrive de temps à autre depuis le week-end que nous avons passé ensemble, mais ça n'avait jamais atteint une telle intensité. C'est sans doute parce que c'est la première fois que nous jouons depuis notre week-end. Le bandeau, la cravache…, tout ce qu'ils représentent pour moi : les souvenirs, les sentiments… Mon Dieu...

Elle prononce ces mots en haletant, tentant de reprendre son souffle avant de boire une gorgée d'eau et de se laisser retomber sur le lit.

— Laisse-moi une minute. C'était vraiment très fort.

Mon cerveau tourne à plein régime et rivalise avec mon sexe qui reprend de la vigueur maintenant que je sais qu'Alexa n'est pas blessée. Ma queue est ravie quand les mains d'Alexa enlèvent mon slip à la hâte et qu'elle enroule son corps nu autour du mien, mais mon cerveau reste inquiet.

— Ma chérie, il faut que tu…

— Assez discuté, Jeremy. J'ai besoin de te sentir en moi et je n'accepterai aucun refus.

Toutes les pensées cohérentes disparaissent immédiatement de mon esprit, et mon corps prend le pouvoir, tout comme le sien…

Alexa

Quelle surprise ! Comment ont-ils réussi à organiser tout ça sans que je sois au courant ? Je ne le saurai jamais. Je pense que j'ai dû passer les deux premières heures à pleurer après avoir pu serrer Elizabeth et Jordan dans mes bras, ce qui les a beaucoup perturbés. J'ai dû leur expliquer que c'étaient des larmes de joie parce qu'au bout d'un quart d'heure, ils se sont demandé ce qui ne tournait pas rond chez leur mère.

Nous venons de passer quatre jours magnifiques. Ça n'aurait pas pu être plus parfait.

Nous sommes allés à Magic Kingdom, à Animal Kingdom et au Centre Epcot aujourd'hui. Nous avons joué, ri et beaucoup mangé.

J'ai essayé de repousser le Typhoon Lagoon le plus longtemps possible, jusqu'à ce que les traces de suçons après ma dernière nuit sur le bateau avec Jeremy aient disparu et que je puisse me montrer en maillot de bain sans trop avoir honte.

Mon corps frissonne au souvenir de cette nuit torride. Espérons que nous pourrons y aller demain. Tout le monde est fatigué, mais heureux, et je ne peux plus m'arrêter de sourire depuis que nous sommes réunis.

Je n'arrête pas d'aller voir les enfants, pendant qu'ils dorment, pour m'assurer qu'ils sont bien bordés. Avant de partir, je les embrasse sur le front. Je ne cesse de remercier le ciel de m'avoir donné la chance de les avoir. Ils remplissent mon cœur de paix et d'amour.

Je ferme la porte le plus doucement possible derrière moi pour ne pas les gêner dans leur sommeil. Le sourire que j'affiche constamment symbolise mon bonheur, ma vitalité. Je suis tellement heureuse de passer ces vacances avec ma famille reconstituée. J'ai presque besoin de me pincer pour m'assurer que tout ceci est bien réel et que tout s'est si bien passé.

Jeremy a été génial avec Jordan et Elizabeth. Il est parvenu à trouver un équilibre presque impossible entre amitié et autorité. Jusqu'à présent, ils l'ont accueilli dans leur vie avec beaucoup plus de facilité et d'enthousiasme que je n'avais osé l'espérer. Croisons les doigts pour que ça continue.

On dirait que la discussion que Robert et moi avons eue avec les enfants bien avant que je ne parte pour Londres les a beaucoup mieux préparés aux changements dans la vie de leurs parents que je ne l'escomptais. C'est marrant comme les enfants acceptent beaucoup mieux le changement que les adultes. Ils savent que leur père et leur mère les aiment profondément, et c'est ce qui compte le plus à leurs yeux.

Jeremy est dans le salon, superbe, décontracté et détendu. Il écoute les messages sur sa boîte vocale. Mon cœur pourrait exploser d'amour pour les personnes dans cet appartement. Jeremy reporte son attention sur moi, son visage s'illuminant d'un sourire. Je ne me rappelle pas m'être sentie aussi bien un jour, comme si je pouvais littéralement déborder de bonheur. Je respire tout simplement la joie.

— Comment vont-ils ?

Ses bras tendus m'attirent contre la chaleur de son corps.

— Ils vont très bien. Ils sont complètement épuisés à cause du voyage jusqu'ici et de leur enthousiasme à l'idée de passer une semaine complète à Disney World. Je pense qu'ils vont dormir à poings fermés pendant un certain temps.

— Tu as l'air heureuse.

— Je ne pourrais pas l'être davantage. Je n'arrive pas à croire que c'est la réalité après tout ce que j'ai vécu ces dernières semaines. Il faut presque que je me pince pour m'en persuader.

— Ce n'est pas la peine, Alexa. Tu sais que je me porterai toujours volontaire pour t'aider dans ces cas-là.

Je le regarde en haussant les sourcils, le pince légèrement et me blottis encore un peu plus contre lui.

— Tes enfants sont super, Alexa. Vous avez vraiment bien travaillé, Robert et toi. Vous pouvez être fiers de vous.

— Nous le sommes, Jeremy, dis-je en rayonnant. Mais je suis encore plus heureuse qu'ils semblent t'accepter dans ma vie.

— J'espère. Je ne sais vraiment pas ce que je ferais si je venais à te perdre de nouveau, ma chérie. Je n'ose même pas y penser.

Il fronce les sourcils presque imperceptiblement tout en jouant distraitement avec mes cheveux lâchés dans mon cou, tournant et enroulant une mèche autour de ses doigts.

— Qu'est-ce qui ne va pas, Jeremy ? Tu as reçu un message ? Je jette un regard en direction de son téléphone.

— Pas encore. Aucune nouvelle de Josef, et on dirait que madame de Jurilique s'est évanouie dans la nature.

Tandis que Jeremy continue à parler, j'adresse une prière silencieuse à l'univers pour que Josef soit retourné sain et sauf auprès de sa femme, en particulier après tous les risques qu'il a pris pour moi. Je me sentirai beaucoup mieux quand ils sauront où elle se cache et quand ils auront fait le nécessaire pour qu'elle ne représente plus une menace pour moi.

— Salina est toujours sur sa piste avec un autre agent, mais n'a pas encore découvert où elle se trouve. Je viens également de recevoir un mail de Sam qui m'a demandé de te transmettre ses amitiés. Il s'apprête à repartir pour l'Australie après avoir rencontré de manière informelle d'autres membres du forum.

Voilà qui retient immédiatement mon attention.

— Qu'en est-il du forum ? C'est vrai que je n'ai même pas pensé à te le demander.

— C'est bien la dernière chose à laquelle tu devais penser, Alexa. Il a été repoussé indéfiniment. De toute façon, je ne veux plus que tu y participes, ma chérie. C'est trop risqué.

Je n'essaie même pas de protester. Je me contente de hocher la tête tandis qu'il me serre contre lui. Je ne suis pas du tout prête pour prendre part à un forum mondial. J'aimerais juste recommencer à mener une existence normale, pour quelque temps au moins, si c'est possible. J'ai besoin de souffler, de me consacrer à mes enfants et de m'habituer à mes nouveaux devoirs en tant que partenaire de Jeremy. Mince, j'ai l'impression que mon cœur va exploser. Je lève les yeux vers le visage de Jeremy et constate qu'il est devenu anxieux, en colère presque.

— Je n'en reviens pas que Lauren Bertrand m'ait trahi, nous ait trahis comme ça. Quand je pense qu'elle t'a mise en danger..., c'est scandaleux. Elle a fourni des informations sur tes allées et venues, a transmis nos résultats à madame de Jurilique et à Xsade, tout ça pour des notes de frais par-ci et des vacances gratuites par-là... Ça me rend dingue, ces égoïstes qui ne réfléchissent jamais aux conséquences de leurs actes sur les autres. Si tu ne l'avais pas croisée par hasard à Singapour, les choses ne seraient peut-être jamais allées aussi loin.

— D'après ce que j'ai vu de madame Dorée, je suis sûre qu'elle aurait trouvé un moyen de m'enlever avec ou sans l'aide de Lauren. On ne plaisante pas avec ce genre de femmes, je t'assure, Jeremy.

— Après ce qu'elle t'a fait subir, cette gar...

— Jeremy, s'il te plaît, je n'ai aucune envie de parler d'elle. Ça va perturber mon bonheur présent.

— Désolé, ma chérie, je sais. C'est juste que ça me rend furieux.

— C'est bon, tout va bien. Nous sommes ici, ensemble, comme il se doit. Mes enfants sont en sécurité et vont bien. Robert a retrouvé Adam. Il nous suffit de régler quelques détails dans nos vies, comme trouver le pays dans lequel nous allons vivre...

— Nous avons tout le temps d'y réfléchir, mon amour. Il nous reste encore cinq jours pleins pour visiter tous les parcs à thème du coin, et je veux que tu fasses enfin la connaissance de Leo avant que nous ne retournions en Tasmanie.

— Tu veux parler du mystérieux Charlie ? Tu vas vraiment me présenter à Leo après toutes ces années ?

— Pas seulement toi, ma chérie, les enfants aussi. Il veut que nous passions un peu de temps avec lui à son retour d'Amazonie. Il a réussi à entrer en contact avec Moira.

— Je n'en reviens pas ! J'ai toujours rêvé de rencontrer l'homme le plus important de ta vie. On doit vraiment être spéciaux pour toi. Je me sens soudain parfaitement sereine, comme si toutes les barrières disparaissaient entre nous, comme si nous allions enfin devenir un vrai couple.

— Toi et tes enfants, vous êtes les personnes les plus importantes de ma vie, Alexandra. Je t'aimerai et te protégerai jusqu'à mon dernier souffle.

Peut-on prononcer des paroles plus réconfortantes ? Je suis plus amoureuse que jamais. Jamais je n'aurais cru ou imaginé pouvoir aimer quelqu'un à ce point. Quel miracle !

Épilogue

On frappe à la porte, et Jeremy s'extirpe du canapé après notre petit intermède dans le salon. C'est probablement Martin qui vient s'assurer, comme à l'accoutumée, que tout va bien pour nous quatre. Je serre un coussin contre moi pour compenser l'absence de Jeremy. Il faut vraiment que nous parlions de l'endroit où nous allons vivre, mais aussi de la façon dont nous allons gérer nos vies et nos carrières. Je suppose que nous allons devoir attendre de voir comment les choses se passent entre Robert et Adam avant de prendre des décisions, car ni Robert ni moi ne voudrons vivre séparés d'Elizabeth et de Jordan. J'essaie de chasser ces pensées de mon esprit puisque nous ne pouvons pas résoudre le problème pour l'instant. Nous finirons bien par trouver une solution. Comme Jeremy n'est toujours pas revenu, je vais dans la cuisine pour ouvrir une bouteille de vin. Peut-être Martin acceptera-t-il d'entrer boire un verre avec nous. Il doit s'ennuyer ferme à Orlando. Dire qu'il est obligé de nous suivre dans tous les parcs à thème ! Je me dirige vers la porte d'entrée et vois Jeremy en grande conversation avec Martin, une conversation plutôt animée, on dirait.

— Tout va bien ? Vous voulez entrer prendre un verre ?

Je montre la bouteille dans ma main. Ils échangent un regard nerveux avant de poser les yeux sur moi. Jeremy invite Martin à nous suivre et verrouille la porte derrière lui. Je sors des verres du placard et les remplis de vin avant de les distribuer.

— Qu'est-ce qui se passe ? Vous avez l'air bizarres, tous les deux.

Martin pose une épaisse enveloppe format A4 sur la table de la cuisine.

— Qu'est-ce que c'est ?

Je tends la main pour faire glisser l'enveloppe jusqu'à moi. Jeremy retrouve enfin la parole.

— Alexa, ne fais pas ça, s'il te plaît !

Son visage affiche immédiatement une expression peinée.

— Qu'est-ce qui ne va pas, Jeremy ? Tu vas me le dire ou faut-il que j'ouvre moi-même l'enveloppe pour le découvrir ?

Il semble paralysé par l'angoisse.

Je regarde Martin avant d'ouvrir l'enveloppe. Il hoche doucement la tête.

Je sors le contenu et lis la lettre sur la première page.

Chère docteur Blake,

J'espère que vous avez passé un très bon séjour sur la Méditerranée en compagnie de votre amant et que vous avez retrouvé des forces. J'espère aussi que vous appréciez les joies de Disney World en compagnie de vos adorables enfants, Elizabeth et Jordan. Quel dommage que vous n'ayez pas pu passer la totalité des soixante-douze heures

convenues dans notre clinique ! Vous nous avez fourni des informations très utiles, mais il nous manque encore un élément. Si vous n'acceptiez pas notre dernière requête, nous nous verrions contraints de prendre des mesures pour vous persuader de coopérer. Vous trouverez ci-joint des titres de journaux qui vous donneront un petit aperçu des stratégies que nous utiliserons pour obtenir ce que nous voulons. Je vais être très claire avec vous : nous avons besoin de votre sang. Si, pour une raison ou une autre, vous décidiez de ne pas coopérer dans les dix prochains jours, nous serions dans l'obligation de lancer notre campagne mondiale « Connaissez-vous vraiment le docteur Alexandra Blake ? » Inutile de dire que nous avons en notre possession des photos et des vidéos très explicites pour illustrer notre propos. Je me permets de préciser que, si cette campagne ne suffisait pas à vous convaincre, nous nous arrangerions pour accéder à ce qui se rapproche le plus de votre sang, celui de vos enfants.
Je suis impatiente de retravailler avec vous dans un avenir très proche.

Bien cordialement,
Mme Madeleine de Jurilique

J'étale ensuite les pages jointes à la lettre sur la table. Ce sont des maquettes de premières pages de journaux internationaux.

Une mère indigne délaisse ses enfants pour mener des expériences sexuelles perverses

ALEXANDRA BLAKE NUE – Admirez-la sous toutes les coutures

UNE PSYCHOLOGUE SOMBRE DANS LA FOLIE – Confieriez-vous vos enfants à cette femme ?

ADULTÈRE, SADOMASOCHISME – Est-ce donc cela que vous enseignez à vos enfants ?

Je lis un des titres et vomis immédiatement dans l'évier de la cuisine. Jeremy se tient derrière moi, me frotte les épaules pendant que je vomis et que les larmes ruissellent sur mon visage comme si tout le bonheur que je ressentais encore il y a quelques minutes s'extrayait physiquement de mon corps. Jeremy me passe l'essuie-main, et je sèche mon visage. Il me serre contre lui, tandis que je sanglote contre sa poitrine.

— Quand est-ce que ça va s'arrêter ? Je ne pense pas pouvoir en supporter davantage.

Je regarde les hommes devant moi d'un air désespéré.

Jeremy et Martin passent immédiatement en mode action et étudient de près les documents ou plutôt les torchons étalés sur la table de la cuisine. Ils parlent de telle stratégie et de tel scénario, réfléchissent à ce que nous pourrions faire. Ils téléphonent à Salina et Moira, et laissent des messages pour Leo, Ed et toutes les personnes susceptibles de les aider.

Ils sont tellement absorbés par leur réflexion qu'ils ne remarquent pas que je les laisse pour aller m'allonger sur le lit avec un gant de toilette froid sur les yeux.

Comment ma vie a-t-elle pu se transformer de façon aussi radicale ? Si simple et ennuyeuse d'abord, si enivrante et excitante ensuite. Si effrayante et bizarre, puis si belle, heureuse et parfaite. Et maintenant, ça ! Comment ose-t-elle ? Tout ce pour quoi j'ai travaillé pendant des années pourrait être anéanti en quelques secondes si ces articles étaient publiés ! Ils pourraient provoquer un véritable scandale !

Ces photos vont me hanter jusqu'à la fin de mes jours. Il faut profiter du bonheur pendant qu'on le tient. On ne sait jamais quand il nous sera retiré. Il y a encore dix minutes, je nageais justement dans le bonheur, et maintenant, il a disparu.

Passé…, présent…, futur.

J'entre dans la chambre des enfants pour vérifier une énième fois que rien ne cloche, m'assurant qu'ils dorment bien, qu'ils sont en sécurité, et je prends quelques secondes pour m'imprégner de leur innocence – une innocence que je ne retrouverai jamais. J'essaie d'inspirer profondément, comme pour l'absorber à l'intérieur de moi. Je retourne discrètement dans la cuisine, où sont assis Jeremy et Martin, toujours en pleine discussion.

— Arrêtez, s'il vous plaît, arrêtez tout ça.

Jeremy se lève, ouvrant immédiatement ses bras puissants pour me serrer contre lui. Je le repousse doucement.

— Assieds-toi, Jeremy, s'il te plaît.

— Qu'est-ce qui se passe, ma chérie ? Ne t'inquiète pas, on va trouver une solution. Je ne la laisserai pas te toucher ou toucher à tes enfants.

— J'ai pris ma décision.

Dans la même collection

Le Jeu des Tentations

Indigo Bloome

Secrets d'Ombres

Marina Anderson

Le Sanctuaire
de la Soumission

Marina Anderson

Journal intime
d'une Femme Soumise

Sophie Morgan

www.city-editions.com